작은마음동호회

윤 이 형
소 설

작 은 마 음 동 호 회

문학동네

차례

작은마음동호회

* '작은마음동호회'라는 단어는 시인 유형진의 페이스북 포스트에서 빌려왔습니다.

나는 마음이 작다. 그래서 혼자 대답하지 못하고 여러 날 생각했다. 후회가 밀려왔다. 대체 왜 내가 편집장이 됐을까. 왜 서문을 쓰겠다고 했을까. 서문에서는 '작은마음동호회'가 무슨 모임인지, 우리가 누구인지를 밝히고 책을 만들게 된 취지를 간략하게 소개해야 했다. 글쎄, 우리는 누구일까. 무엇일까.

우리가 비장해지면 사람들이 웃는다. 그러니까 나는 내가 먼저 웃기로 했다. 웃으면서 최선을 다해 비장하게 생각했다.

아주 사무적으로 말하자면 우리는 글을 쓰고 책을 만드는 엄마들이다. 우리 중엔 동화를 쓰는 사람도 있고, 번역을 하는 사람도, 외주 편집자도, 프리랜스 웹 디자이너도, 패션지 자유기고가도 있다. 유명인은 없지만 다들 쓰는 일에선 한가락씩 한다. 우리는 망해가고 있다고 알려진 한국 출판계 최후의 성실한 독자들이며, 팬들이며, 독설 넘치는 비평가들이기도 하다. 물론 나처럼 제도권 문학에 아무런 연이 닿지 않은 채 혼자서 시와 소설을 끄적이는 게 다인 사람도 있지만.

우리는 아내들, 며느리들, 딸들이다. 우리의 역사적인 첫 책에 들어갈 원고를 쓰면서도 이것이 미친 짓이라는 생각을 반쯤은 버리지 못하는 사람들이며, '찻잔 속의 태풍' '손바닥 안의 발버둥'이라는 말들을 한 번씩은 떠올려본 사람들이며, 지금도 마음속에서는 우리 자신을 비웃고 코웃음치는 목소리가 들려오는 사람들이다. 모임을 만들고 몇 주가 지난 뒤에야 '세경이 엄마' '준우준영 쌍둥맘' 같은 호칭 대신 서로의 이름 석 자를 부르는 데 익숙해진 사람들이기도 하다.

우리는 부당한 권력에 대항하는 대규모 집회가 열리는 토요일마다 빈집에서 아이와 마주앉아 있는 사람들이다. 아이와 컬러링북을 칠하거나, 와서 김장을 하라는 시어머니의 급한 호출을 받고 달려가는 사람들이다. 그렇게 나가고 싶으면 유아차라도 끌고 아이를 데리고 나가면 되지 않느냐는 질문에 그러면 '맘충' 취급을 받지 않겠느냐고 볼멘소리로 대답하면서도, 인파 속에서 밀리고 밟히다 아이가 혹시 다칠까 겁내는 마음이, 차가운 초겨울 바람이 아이의 볼을 꽁꽁 얼리지 않을까 걱정하는 마음이, 실은 우리 자신이 만들어낸 나약한 핑계이고 열등감이 아닐까, 나는 실은 전혀 정치적 존재가 못 되는 게 아닐까, 자기검열을 하다 마음을 다친 채 새벽 두시에 책상 앞에서 맥주 캔을 따는 사람들이다.

우리는 다른 사람들이 대통령 변호인의 '여자로서의 사생활' 발언을 비판하고 있을 때, 우리가 핑크색 립스틱과 피부관리와 꽃무늬 원피스를 포기한 지 대체 몇 년이나 되었는지 떠올리다가, 그런 이야기는 어디에도 할 수 없음을 깨닫고 입을 다무는 사람들이다. 비정규직 노동자들의 열악한 근무조건을 다룬 뉴스를 보며, '그래도 저 사람들은 하루에 열두 시간만 근무하면 끝이구나' '점심시간이 한 시간이나 있네. 앉아서 밥을 먹을 수는 있겠지' 같은 생각을 하고 곧바로 부끄러움과 자기혐오에 빠져본 사람들이다. 혼자 노래방에 가서 두 시간 동안 악을 쓰고, 아이를 때리지 않으려고 부엌 휴지통을 찌그러뜨리고, 신경정신과 상담 예약을 했다가 취소하고, 증명할 수 없는 무언가를 증명하기 위해 일기를 쓰고 과일청을 만들다가 시계를 보고 쫓기듯 자러 가는 사람들, 방안에서만 서성거리는 사랑스러운 지식인들이다. '현명한 엄마' '효부'라는 말에는 온몸을 긁으며 염증을 내지만, '페미니즘'이라는 단어를 보면 자궁에 통증을 느끼는, 그 통증을 속으로 삭이는 데 익숙한 사람들이다.

우리는 공들여 고른 단어들로 허공에 우아하게 저글링을 하다가 관객 없는 무대에서 갑자기 뛰어내리는 피에로다. 나이를 먹듯 꾸준히 가난해지는 자기 언어의 잔고를 매일 지켜보는 회계사이고, 자신의 정직과 허세 양쪽으로부터 소장을 받고 힐난을 당하는 피고소인이다. '우리의 적은 반찬이다, 빨래다'라고 하면 웃지 않을 사람이 누가 있겠는가? 그러니 우리는 그것들 때문에 우리가 종종 현실의 눈물을 흘린다는 사실을 필사적으로 숨긴다. 우리의 슬픔은 유머를 덧씌워 우그러뜨리지 않고는 표현되거나 전해지지 않는다. 우리는 거울을 보고 웃지만, 누군가가 우리를 보고 웃거나 반대로 처참하다는 표정을 지으면 그 사람의 멱살을 잡고 싶어진다.

우리는 바이링궐이다. 우리의 말들은 반쯤은 자신의 것이지만 반쯤은 우리를 괴롭히는 사람들의 것이다. 우리는 종종 싸우려다 싸울 대상을 변호하며 주저앉는다. 그러고 나서는 성나고 괴로운 마음이 되어, 자신을 때려 기어이 피를 내곤 한다. 아무리 싫어도 우리 입에선 자꾸만 '아줌마'라는 말이 흘러나온다. 우리가 우리 자신을 비하하는 그 말이.

그런 게 싫었다. 그래서 목표를 정했다. 이제 더이상 자신을 괴롭히지 말자. 우리의 첫번째 구체적 목표는 아이를 맡기고 나가고 싶은 정치적 집회에 나가는 것이었다. 그러기 위해 각자의 입장과 생각을 써서 모은 책이 필요했다. 그것을 우리의 집회 참여를 막는 사람들에게 주고 읽게 하자. 설득하자. 그들을, 그리고 '내가 이렇게까지 해서 꼭 거기 나가야만 하나'라고 자꾸 중얼거리려 하는 우리 자신을. 쉽게 먹히지는 않겠지만, 안 되면 그때 가서 다른 공동 행동을 다시 생각해보자.

나는 여기까지 생각했다. 하지만 여전히 문장이 쉽게 써지지는 않았다. 이제 우리가 누군지를 설명할 수는 있을 것 같은데, 다른 이유 하나가 더 있었다.

서빈도 우리 중 한 사람일까?

이런 식의 서문을 쓴 다음에 마지막에 우리의 일원으로 서빈의 이름을 넣어도 되는 것인지, 나는 확신할 수 없었다.

원칙대로라면 넣어야 했다. 서빈이 아니었다면 우리의 첫 책 『작은마음』 vol.1은 만들어질 수 없었을 테니까. 광장에서의 집회와 집에서의 노동의 나날들이 길고 지루하게 이어지고, 페이스북에서 하소연을 나누던 우리가 한 명 두 명 모여 스물다섯 명으로 늘어나고, 모임을 만들자는 제안이 나와 온라인 카페가 생기고, 다양한 이야기가 오가던 와중에 은형씨가 서빈의 강의를 듣고 온 이야기를 했다. 동네 주민센터에서 주민들을 대상으로 하는 작은 강의로, 말하자면 소규모 멘토링 클래스 같은 것이었다. 서빈은 일러스트레이터이자 독립출판물 발행인으로서 마이크를 잡았고, 글을 쓰고 그림을 그려 자신만의 책을 만들어내는 일의 의미와 즐거움에 대해 이야기한 모양이었다. 세 아이의 엄마인 은형씨는 그날 강의를 듣고 집에 돌아와 잠을 이룰 수 없었다고 했다.

—주위를 둘러보니 나처럼 애들을 학교랑 어린이집에 보내고

온 엄마들이 가득했어요. 강의가 끝나고 질문시간이 됐는데, 어떤 엄마는 자기 아이가 학교에서 권해준 책을 잘 읽지 않는다며 상담을 부탁했고, 또 어떤 사람은 남편과 자주 싸우는데 사랑한다는 말에 그림을 곁들인 편지를 써서 주면 남편 마음이 풀릴까 물었어요. 글쓰기나 그림 그리기에는 관심이 없지만 시어머니에게 책을 만들어드리면 어떨까, 점수를 딸 수 있지 않을까 해서 나온 사람들도 있었고요. 그랬더니 강서빈 작가님이, 다른 사람들이 아니라 자기 자신을 위해서 쓰고 읽어보세요, 그림을 그려보세요, 이기적이 되세요, 하고 말씀하시더라고요. 아주 부드럽게 말씀하시는데 왜 그렇게 눈물이 나던지.

그 이야기를 들으며 나는 왜 손톱 가위를 떠올렸을까. 아이 손톱을 자르는데 아이가 울기 시작했었다. 맨살이 잘렸나 살펴봤지만 아무렇지도 않아서, 나는 화를 좀 냈다. 대체 왜 울어? 뭐가 어쨌다고?

책을 만들자는 이야기를 처음 꺼낸 것도 은형씨였다. 은형씨는 서빈에게 연락해서 그날 강의에서 다 듣지 못한 독립출판물의 구체적 제작과정을 속성으로 전수받았고, 우리는 회의를 하며 은형씨로부터 다시 배웠다. 우리의 첫 책 일러스트를 서빈에게 맡기자는 제안에도 모든 회원이 망설임 없이 동의했다. 바쁘고 유명한 일러스트레이터이기 때문에 페이를 제대로 쳐주어야 한다는 의견이 나왔고, 결국 회원 모두가 적지 않은 금액을 갹출해 작업비로

지급하기로 했다. 서빈은 흔쾌히 동의했고 우리의 원고를 꼼꼼히 읽은 뒤 책 전체의 삽화를 그려주었다.

그 결과물은 기대 이상이었다. 인아씨는 에세이와 함께 자신의 두 아이들 사진을 같이 보냈는데, 서빈은 그것을 아주 멋진 세밀화로 바꿔주었다. 내가 인아씨라면 액자에 넣어두고 싶을 정도였다. 노란색이 아니라 푸른색과 보라색, 은색 은행잎들이 바람에 휘날리는 산책로를 환상적으로 펼쳐놓고, 그 길에 놓인 수없이 많은 허들 앞에 한 권 두 권 책을 가져와 쌓고 있는 여자들을 그려넣은 표지 일러스트도 흠잡을 데가 없었다. 서빈은 책 구석구석에 넣을 우리 모임의 캐릭터도 만들어주었다. 〈오즈의 마법사〉에서 모티프를 얻은 듯한 소심하지만 용맹해지고 싶은 사자와, 도로시 복장을 했지만 귀엽거나 예쁘지는 않은, 그러나 우리처럼 보이는 수많은 여자들이었다.

이제 서문을 뺀 모든 원고의 편집은 끝났다. 인쇄에 들어가기 전에 최종 시안을 뽑아 확인하는데, 서빈이 아니었다면 이런 책은 나올 수 없었겠다는 생각이 들었다. 서빈이 없었다면 우리는 그저 새벽 두시에 혼술을 마시며 채팅을 나누는 친목 모임으로만 남아 있었을지도 몰랐다.

나는 서빈을 안다는 말을 모임의 누구에게도 하지 않았다. 서빈은 알았을까? 아니었을 것이다. 은형씨가 서빈에게 편집장이라고 내 이름을 전하기는 했겠지만, 김경희라는 이름이 세상에 한둘도 아니고 말이다.

서빈이 처음이자 마지막으로 그려주었던, 지금은 잃어버린 내 초상화를 기억한다. A4 스케치북에 연필로 그린 그림이었다. 나는 칠 년 동안 끼고 다닌 내 치아교정기를 좋아한 적이 단 한 번도 없었지만 그 그림 속에서 앞니를 드러내고 웃고 있는 나는 싫지 않았다. 서빈은 내 교정기를 없애지도 간략화하지도 않았다. 내 주근깨도, 다듬지 않은 눈썹도, 구불거리는 긴 머리도 있는 그대로 똑바로 그려넣었다. 그 그림 속의 나는, 영민해 보이거나 아름다워 보이지는 않았으나 특별해 보였다. 자신만의 이야기가 있는 사람, 언제나 쓰고 있는 사람처럼 보였다. 서빈이 그림 속에 노트북을 넣어주었으니까. '꼉이에게'. 한귀퉁이에 서빈은 그렇게 썼다. 꼉이에게, 써빈.

서빈이 처음으로 시사주간지 고정 꼭지를 맡고 일러스트레이터로서 이름을 막 알리기 시작했을 때였다. 그때 카페 창가로 들어오던 햇빛의 빛깔과 그 안에서 작은 요정들처럼 움직이던 먼지 입자들, 우리가 마신 고구마라테의 달콤한 맛까지 생생하게 기억난다. 한 시간쯤 걸렸다. 완성된 그림을 받아든 순간보다, 내가 누군가의 모델이 되어 미소를 지었다가, 턱관절에 경련을 느끼며 이를 드러내고 웃었다가, 몸의 간지러움을 참았다가 하며 온전한 시선을 받고 있던 그 앞의 한 시간이 나는 몇 배쯤 황홀했다. 고야를 향해 포즈를 취한 마하가 된 기분이었다. 그 누군가가 서빈이어서 기뻤다. 내가 사랑하는, 재능 많은 친구여서.

무엇으로 답례를 할까 한참 생각했다. 뱃속에 민설이가 있었던 나는 태교로 뜨개질을 하고 있었기에, 마침 겨울도 다가오니 목도리를 떠주면 어떨까 물었다. 서빈은 소설을 써달라고 했다. 자신이 나오는 이야기를. 잊지 마, 나는 네가 쓰는 글이 정말 좋아, 그렇게 말했다. 나는 웃었고, 라테를 마시다 기침을 했다. 그게 서빈과의 마지막 만남이었다.

그다음에는 무슨 일이 있었을까. 이런 일들은 아무리 설명해도 재미가 없고 제대로 말할 수도 없다. 책을 만들면서 회원들이 했던 얘기도 비슷했다.

—글로 써놓고 나니까 좀 이상해요. 내가 정말 이런 사람인가? 여자로서 당하고 있는 것들을 솔직히 썼다고 생각했는데, 써놓고 보니 나는 이것보다는 조금 더 나은 존재인 것 같기도 하고, 실제로는 이렇게 무지하거나 겁이 많지도 않은 것 같아요. 내가 나를 너무 비하하는 게 아닌가 싶기도 하고요. 그런데 이상하게도, 내 언어로 정확히 '나'를 표현할 수가 없어요. 이렇게 해도 저렇게 해도 뭔가 좀 어색해요.

나도 그랬다. 그럼에도 어색함 사이에서 말들을 골라 천천히 적어보자면, 서빈과의 마지막 만남 이후 나는 조금씩 무거워졌고, 힘겨워졌다. 감각들은 여전히 날카로웠지만 나는 조금씩 느려졌고, 몸을 둥글려 내 안의 생명이 너무 참혹한 풍경들에 노출되지 않도록 본능적으로 조심했다. 나는 나의 지혜와 명민함을 잃지 않았지만, 그것들을 표현할 기회를 아무런 예고나 통보 없이 잃었다. 내 안의 감정들은 한층 커지고 깊어지고 다채로워졌지만 아무도 그것을 알거나 느끼지 못했다. 나는 아이를 낳았고, 마음과 힘을 다해 사랑으로 키웠으며, 그 기쁨으로 울고 웃었고, 노력했지만 등단은 하지 못했다. 별다른 이유도 없이 계속 나를 개념이 없는 사람으로 몰아붙이던 시동생에게 처음으로 맞서 말대꾸를 하고 시댁에서 돌아온 날, 이제 나도 조금은 목소리를 낼 수 있는 사람이 되었나, 혼자 뿌듯해하며 트위터에 접속해 이런저런 말을 적고 지우다가, 어째선지 문득, 정말로 문득 생각이 나서 서빈의 이름을 검색해봤고, 찾아낸 계정에서 이런 트윗을 보게 되었다.

'너와 멀어진 건 아마도 네가 육아로 바쁘기 때문이라고 생각했는데, 사실은 그게 아니었는지도 몰라. 나는 너에게 언제나 귀찮은 존재가 아니었을까. 남자 없이는 살지 못하는 친구들과 하나씩 멀어지면서 깨달은 건, 나는 사실 늘 들러리에 불과했다는 것.'

아무 일도 없었는데, 아무것도 잘못하지 않았는데 어느새 도착해 있는 자리가 있다. 아니, 아닌가. 내가 무언가를 잘못했을까. 나도 모르게 둔감해졌고, 안전만 추구하는 의존적인 사람이 되었고, 그래서 누군가를 배제했을까. 내가 태어나서 처음으로 완성한 단편소설에 서빈이 그려준 삽화를 보며 나는 서빈의 말들을 다시 떠올렸다. 날카롭고 차가운 칼이 마음을 베고 지나가면, 따뜻한 스팀 타월이 거기서 흘러나오는 피를 계속 닦아주는 것 같았다.

—멋진 그림들, 그려줘서 고마워.

나는 말하고 테이블 위에 책을 올려놓았다. 우리의 첫 책은 예정보다는 조금 얇아졌지만, 아름다웠고 근사했다. 나는 설명했다. 장난처럼 시작했지만 정말로 이 책이 도움이 되었다고, 회원들 모두가 가족에게 이 책을 읽게 했고, 다는 아니지만 제법 변화가 일어나서, 다음주 집회에는 과반수가 넘는 회원들이 당당하게 아이를 맡기고 나올 수 있게 되었다고. 아, 물론 싸움이 일어난 집도 많고, 몇몇 회원들은 모임에서 탈퇴하고 말았지만, 그래도 이렇게 첫걸음을 떼게 되었다고.

—네 이름을 우리가 쓴 서문 밑에 다른 사람들 이름과 함께 넣을까 하는 문제로 회의를 했는데, 의견이 반반이었어. 너무 유명한 분이고, 우리와는 달리 전문가고, 아이 엄마도 아닌데 '작은마음동호회' 같은 데 이름을 넣으면 폐가 될 테니 맨 뒤에만 넣고 '컨트리뷰터' 같은 호칭을 쓰자는 의견도 있었고, 그래도 책의 반 이상에 기여했는데 당연히 우리의 일원이지 않냐는 의견도 있었어. 찬성 쪽이 더 많아서 결국에는 넣기로 했어. 네 의견을 물어봤어야 했는데, 내가 생각이 부족해서 그러지 못했어. 실례가 되었다면 미안해.

편집장 김경희가 일러스트레이터 강서빈에게 말했다. 나는 당당했고, 부끄럽지 않았다. 그러고는 경희가 되어 서빈에게 말했다.

—너 결혼했다며. 임신도 했다면서. 축하해. 은형씨한테 뒤늦게 들었어. 너는 나랑은 다르게 똑똑하니까, 충분히 잘해나갈 거라고 생각해. 아직은 몸이 괜찮지? 입덧은 하는지 모르겠다. 무리를 해서라도 태교 여행은 꼭 가. 나는 그거 안 갔다 와서 정말 후회했어. 무조건 좋은 생각 많이 하고, 좋은 것만 봐. 지금이 제일 행복한 때일 거야, 아마.

옆자리에 놓아두었던 쇼핑백을 내밀고, 서빈의 얼굴을 처음으로 똑바로, 오래 들여다보았다. 서빈은 여전히 예뻤고, 여전히 젊었고, 여전히 서빈이었다.

—민설이 어릴 때 입던 옷이 집에 많은데 네가 싫어할 것 같아서 내복 새걸로 하나 샀어. 근데 애들은 금방 크니까 옷은 많이 사 입힐 필요 없더라. 나는 거의 중고로 키웠어. 혹시 잘 모르는 게 있거나 조언이 필요하면 얘기해. 아마 안 그러겠지만. 태명이 뭐니?

대답이 돌아오지 않아 한참을 앉아 있다가 나는 일어섰다. 돌아서 몇 걸음 걷는데 경희야, 하는 목소리가 들려왔다. 서빈은 앉은 채 나를 보며 말했다.

—네 소설 잘 읽었어. 재미있었고…… 아니, 좋았어. '붉은 발' 얘기가 나와서 너라는 거, 바로 알았어. 그거, 네가 예전에 쓰겠다

고 했던 소설이잖아? 아주 오래전에.

—그랬나. 그때는 주인공이 소녀였지. 지금은 아이를 버리고 여행을 떠났는데 아무데도 다친 곳이 없는데도 걸어가는 자리마다 핏자국이 남는 여자로 바뀌었지만. 아직 잘 모를 거야, 없으면 살 수 없는 뭐가 생겨버린다는 거. 그치만 너도 이제 어쩔 수 없이 알게 되겠지.

나는 과장된 웃음을 지어 보이고, 좋게 봐줘서 고마워, 말하고는 자리를 떠났다. 서빈이 그려준 내 소설의 주인공은 굵은 털실로 짠 빨간 목도리를 하고 있었다.

지하철을 타고 돌아오는 내내 눈을 치켜뜨고 있었다. 눈가로 작고 좁은 마음이 밀려올라와 당혹스러웠다. 서빈을 다시 봐서 정말 좋았고, 서빈이 정말 미웠다.

그날 밤 은형씨와 대화를 했다. 채팅창이라서 보이지는 않았지만 은형씨의 손가락이 심하게 흔들리고 있다는 걸 알 수 있었다.

—편집장님, 강서빈 작가님 말인데요. 제가 그다음엔 말씀 안 드렸나요? 아…… 계류유산, 되셨대요. 그랬대요. 많이 힘들어하셨는데. 어떡하죠?

지은씨가 깃발을 만들었다. 동호회 이름과 함께 서빈이 디자인한 겁 많은 사자와 여자들 그림을 넣고 색색깔 자수로 장식한 깃발이었다. 수정씨는 핫팩을 준비했고, 현주씨는 밤새워 구운 머핀을 락앤락 여섯 개에 꽉꽉 채워 가져왔다. 공동 제작한 패치를 가슴에 나눠 달았고, 노래를 함께 흥얼거렸다. 아무도 공지하지 않았는데 이미 몇 번이나 읽은 『작은마음』을 다들 가방 속에 넣어가지고 온 게 확인되어 잠시 모두가 함께 웃었다.

아이 없이 처음 밟아보는 광장은 넓었고, 저녁 바람은 매섭지만 시원했다. 우리는 지난밤의 시사 프로그램과 최근에 본 영화와 고등학생들이 쓴 선언문과 우리의 다음 책 얘기를 하며 걸었다. 아무도 저녁 반찬 얘기를 하지 않았다. 두꺼운 겨울옷으로 무장하고 나왔는데 공기는 점점 뜨거워졌다. 어디선가 꽹과리 소리와 북소리가 들려왔다. 누군가가 소리쳤다. 저쪽으로 갑시다! 사람들이 뛰기 시작했다. 질서정연했지만, 빨랐다. 내게는 너무 빨랐다.

깊이 생각할 겨를도 없이 나도 뛰었다. 이런 것이었나. 이런 것이었구나. 사실은 별것도 아니었는데, 그래서 별거였구나. 왠지 자꾸만 웃음이 났고 눈물도 나려 했다. 처음에는 이런 것이 이렇듯 낯설어질 때까지 방치해둔 나 자신에게 미안했는데, 구호를 함께 외치는 동안 점점 내가 정말로 대통령을 퇴진시키러 이 자리에 나온 것일까 궁금해졌다. 이것이 나의 한계일까. 허들일까. 하지만 아무리 생각해봐도, 나는 이제 내가 다시 만날 수 없게 된 한 사람과 길 위에서 우연히 마주치고 싶다는 생각 때문에 거기 있는 것만 같았다. 어지러웠다.

잊어버리고 싶었다. 하지만 잊을 수가 없었다. 나는 옹졸했다.

사람이 사람을 그렇게 대해서는 안 되었다. 투명하고 뜨거운 무언가가 오로惡露처럼 몸에서 흘러나와 점점이 떨어지는 것 같아 뒤를 돌아봤지만, 아스팔트 위에는 아무것도 없었다.

어둠이 주위를 덮었다. 민설이는 잠들었을 시간이었다. 자정까지는 들어가야 했다. 사람들이 흩어졌다. 자꾸만 운동화 끈이 풀려 고쳐 매다가 나는 길을 잃었다. 깃발을 놓쳤다가 다시 찾았다. 조금 뒤에 또 놓쳤다. 세번째로 깃발을 발견하고 다가갔을 때, 거기 그 사람이 있었다. 칼바람에 붉어진 볼을 하고, 발을 동동 구르며, 다른 사람들과 함께.

저녁 내내 입속에서 맴돌던 그 말을 하려는데 입술이 붙은 듯 말이 나오지 않았다.

서빈이 웃으며 핫팩을 내밀었다.

나는 그것을 받아 두 손으로 감쌌다. 내가 추웠다는 걸, 많이 추웠다는 걸, 그제야 알 수 있었다.

승혜와 미오

이호 엄마에게서 전화가 걸려온 것은 오후 다섯시가 거의 다 된 시각이었다. 미안해요, 갑자기 야근인데 한 아홉시나 열시쯤 되어야 갈 것 같아요. 열시보다 늦지는 않을게요. 비도 이렇게 많이 오는데, 미안해서 어떻게 하죠? 참, 반찬이 다 떨어졌을 텐데 이호 짜장면이나 시켜주세요, 탕수육 하나랑. 아니면 피자 시켜서 같이 드세요. 돈은 나중에 드릴게요. 승혜는 알겠다고 대답하고 전화를 끊은 뒤 어린이집으로 이호를 픽업하러 갔다.

엄마 오늘 좀 늦으신대, 말하자 이호는 별로 기대하지도 않았다는 듯 아주 잠깐 입을 삐죽이고는 승혜가 펴주는 우산을 받아들었다. 장대 같은 장맛비가 주룩주룩 쏟아지고 있었다. 둘러멘 어린이집 가방이 젖지 않게 우산을 들다보니 티셔츠 앞쪽이 금세 축축하게 젖어버렸다. 바짓단도 젖었다. 앞머리에도, 안경에도 물방울이 송골송골 맺혔다. 젖은 옷을 타고 한기가 사르르 올라왔다. 카디건이라도 입고 올걸, 승혜는 소름 돋은 팔을 만지며 걸음을 재촉했다. 집 쪽으로 가려다 잠시 생각하고는 방향을 바꿔 이호의 손을 잡고 동네 마트로 향했다.

워킹맘에 싱글맘인 이호 엄마는 요리를 하기에는 너무 바빴다. 그래서 일주일에 세 번 배달되는 반찬을 포장용기째 냉장고에 넣어두곤 했다. 승혜의 계약 사항에 요리는 포함되어 있지 않았으므로, 승혜는 그 반찬들을 꺼내 밥과 함께 이호에게 차려주기만 하면 됐다. 아무리 봐도 그렇게 맛이 있어 보이지는 않는 그 반찬들을 이호가 깨작거리는 걸 보고 있자면 승혜는 묘하게 마음이 짠해지곤 했다. 마트를 천천히 돌며 바구니에 고기와 야채를 담았다. 배달음식을 시켜 먹어도 좋겠지만 오늘은 비가 너무 많이 왔고 너무 추웠다. 따뜻한 국물이 있는 무언가를 아이에게 먹이고 싶었다. 이호에게 언젠가 한 번은 요리를 해주고 싶다고 늘 생각했었다. 그게 오늘일 줄은 몰랐지만 말이다. 그리고 그게 그 음식일 줄도 몰랐다. 기묘하고도 집요한 충동이 승혜의 몸을 움직였다.

이호에게 비스킷 몇 개를 간식으로 챙겨주고 아이패드를 들려준 다음, 장 봐온 것들을 풀었다. 다시마와 국물멸치가 물속에서 끓는 동안 숙주를 씻었다. 꼼꼼히 문질러 씻은 알배기 배추 잎을 도마 위에 펼쳐놓고 그 위에 샤브샤브용으로 얇게 저민 쇠고기를 얹은 후 깻잎을 덮었다. 다시 고기 한 겹을 깔고, 배춧잎을 한 장 더, 이불처럼 덮었다. 이렇게 쌓아올린 것을 적당한 크기가 되도록 칼로 썰자 도마 위에 핏물이 스며나왔다.

승혜는 잠시 칼을 놓고 눈가를 문질렀다. 결막염이라도 오려는 것처럼 눈두덩 전체가 빨갛게 부어오르면서 눈꼬리에 자꾸만 눈물이 배어나왔다. 너무 울어서 눈이 부으면 가라앉지 않고 며칠간 그럴 때가 있었다. 이상하다, 난 안 울었는데. 운 건 내가 아니라 미오였는데, 왜 내 눈이 아프지? 승혜는 생각했다. 이틀 전, 출근하는 길에 미오는 눈물을 펑펑 쏟으며 승혜에게 소리를 질러댔다. 도대체 나한테 왜 이러는 거야? 나보고 어쩌라고. 응? 어쩌라고. 아니, 소리를 지른 건 나였던가. 눈물을 쏟은 것도 나였던가. 너무 화가 나면 하얗게 기억이 지워졌다. 다시 생각하는 것만으로도 두통이 일어 승혜는 눈을 질끈 감았다 떴다.

널찍한 전골냄비 맨 밑에 숙주를 깔고 다 우러난 육수를 부었다. 배춧잎과 고기와 깻잎을 겹쳐 페이스트리처럼 만든 무더기를 거대한 꽃 모양으로 차곡차곡 돌려 담았다. '밀푀유millefeuille'는 천 개의 잎이라는 뜻이지만 이 냄비에 정말로 천 개의 잎이 들어가는 건 아니다. 냄비를 다 채우는 일이 생각만큼 오래 걸리지 않는다는 것에 승혜는 조금 놀랐다.

동그랗게 비워둔 가운데 부분에 느타리버섯과 팽이버섯을 넉

넉히 채워넣고 십자 모양으로 칼집을 넣은 표고버섯 몇 개를 올린 후 뚜껑을 덮고 가스불을 켰다. 그것으로 끝이었다. 모양을 내는 데 두어 시간쯤 걸릴 줄 알았는데 너무 간단해서 좀 허탈할 정도였다.

'밀푀유 나베'라는, 앞쪽은 프랑스어이고 뒤쪽은 일본어인 이묘한 이름의 퓨전 음식을 처음 본 것은 페이스북에서였다. 페친 누군가가 '좋아요'를 누른 포스트에 사진이 있었다. 친구 몇 명이 모여 집에서 만들어 먹는 모양이었는데 사진에서 과시하는 분위기가 와락 풍겼다. 그럴 만도 했다. 저걸 어떻게 만들지? 그 화려한 꽃 장식을 처음 본 승혜가 한 생각은 그거였으니까.

그 순간 환상이 시작되었다. 어쩌면 집착 혹은 페티시라고 불러야 할지도 몰랐다. 왜 하필이면 그 음식이었는지는 모른다. 그저, 빨간 고기와 하얀 배추가 겹겹이 쌓여 냄비 속에서 부글부글 끓고 있는 그 한 장의 사진이 승혜에게는 절대로 닿을 수 없는 어떤 아득한 세계의 상징, 영원한 불가능의 표지로, 한순간 기이하고도 강렬하게 각인되어버리고 말았다. 레시피를 외우는 데는 그리 오래 걸리지 않았다. 승혜는 상상 속에서 몇 번이나 이 음식을 만들었다.

그건 혼자서, 혹은 두 사람이 먹을 음식은 아닌 듯했다. 최소한 세 사람용이었다. 그래야 쓸쓸하지 않을 것 같았다. 아니, 쓸쓸하지 않을 수 있는 사람들만 만들어 먹을 수 있는 음식 같았다. 두 사람의 이야기가 두 사람만의 골방에 너무 오래 머물러 변색되기 전에 창문을 열어 환기를 시키고, 누군가를 소리쳐 부르고, 이리 와서 우리의 이야기를 함께 나눠 가져달라고 자랑스레 선언할 수 있는 사람들만. 그게 얼마나 큰 특권인지 알지도 못할 만큼 너무 당연하게 그럴 수 있는 사람들만.

포스트 밑에는 감탄과 함께 '남편 생일에 시가 어른들께 생색내기 좋았다' '집들이 음식으로 딱이다'라는 댓글들이 달려 있었다. 과연 그렇겠다고 승혜는 생각했다. 내가 저 음식을 만들 일이 있을까. 아마 없지 않을까. 이유는 여러 가지였다.

(1) 미오에겐 친구가 많았지만, 승혜에겐 미오밖에 없었다. 미오의 친구들이 자신과 비슷한 부류일지—아니, 정확히 말하면 승혜 자신이 미오의 친구들을 실망시키지 않을 만한 사람일지—승혜는 확신할 수 없었고, 이 생각을 할 때마다 열등감인지 자괴감인지 모를 묘한 감정이 일었는데, 미오 역시 그걸 감지했는지 아무도 집에 초대하지 않았다.

(2) 전골 요리를 좋아하는 승혜의 엄마라면 밀푀유 나베 역시 맛있게 먹어줄 것 같았다. 미오와 승혜를 다정한 눈으로 번갈아 바라보며, 두 사람의 앞날에 덕담을 건네면서. 하지만 이건 이루어질 수 없는 꿈이었는데, 승혜의 엄마는 승혜가 누군가와 동거하고 있다는 사실을 알지 못했고, 더욱이 승혜가 여자를 사귄다는

사실 또한 당연히 알지 못했다.

(3) 결정적으로, 미오는 비건이었다. 승혜는 미오를 위해 함께 채식을 할 수 있었지만, 미오는 승혜를 위해 육식을 해줄 수 없었다. 이것은 한 방향으로 흘러가도록 정해져 있는 화살표였으며, 승혜는 이 화살표의 방향에 불만을 품어본 적이 한 번도 없었다. 그래서 하필이면 고기가 들어간 이 요리에 기묘하다 할 만큼 비밀스러운 집착을 품게 된 자신을 깨달았을 때 적잖이 당황할 수밖에 없었다. 하지만 그건 승혜로서도 어쩔 수 없는 일이었다.

'그건 어쩔 수 없는 일이야.'

승혜는 자신의 입에서 나온 이 말이 얼마나 잔인하고도 감미롭게 허공을 울렸는지를 기억했다. 미오 때문에 전 연인을 떠나면서, 길 한복판에 주저앉아 하염없이 눈물을 흘리는 그녀에게 했던 말이었다. 그날 이후 왜곡된 소문이 퍼져 온라인 커뮤니티에서 알고 지내던 모든 사람을 잃었다. 그래도 어쩔 수 없었다. 그건 이상한 말이었다. 더이상 정직할 수 없는 말이었지만 몹시 편리하게 책임을 방기해버리는 말이기도 했다. 너무도 불공평한 말이었다. 그러나 승혜에게는 한 사람과 헤어지고 다른 사람을 만나는 일 이전에, 조금 더 성숙한 인간이 되기 위해 마지막으로 꼭 해야 하는 칼질 같은 말이기도 했다.

미오는 대학에서 조교로 일하고 있었고, 조교 생활이 끝나면 시민단체에 들어가 일할 계획이었다. 전 연인과 함께 속해 있던 모임의 끝도 없는 무의미한 분쟁과 험담과 친목 놀이에 알게 모르게 넌덜머리를 내고 있던 승혜에게는 목표가 분명해 보이는 미오의 삶과 담백하고 건강한 생활방식이 신선한 충격으로 다가왔다. 미오를 만나면서 승혜는 조심스럽게, 자신이 어른이 되어가고 있다는 생각을 했다. 예전과는 조금 다르게 살 수 있을 것 같았고, 철없는 짓은 그만할 수 있을 것 같았다. 조금 벅찬 어딘가에 상향지원을 하는 마음으로 승혜는 미오를 만났다.

물론, 그런 이유가 다는 아니었다. 승혜는 미오의 더벅머리와 속눈썹이 긴 외꺼풀 눈과 장난기 어린 웃음을, 녹차처럼 차분한 표정과 음습함 한 점 없이 고요한 분위기를 좋아했다. 미오 곁에선 책이 잘 읽혔고, 공기 맑은 대나무숲 한가운데 앉아 있는 것처럼 정신 집중이 잘됐다. 한편, 절대로 그런 건 못할 줄 알았는데 미오가 마마무 춤을 너무도 완벽하게 따라 했을 때 승혜는 경이로움을 느낌과 동시에 세상에 하나뿐인 더없이 사랑스러운 선물을 받았다는 생각을 하지 않을 수 없었다. 미오를 만난 뒤 승혜는 날씬하지 않은 자기 몸이 끔찍한 게 아니라 아름답고 자연스러운 것일 수도 있다는 생각을 태어나서 처음으로 했다. 조금씩 자신을 좋아하는 법을 배워갔고, 하루하루 죽어가는 게 아니라 살아가고 있다는 생각도 할 수 있게 되었다.

—누나, 나랑 포켓몬 카드배틀 하자!

이호가 승혜의 손을 잡아끌었다. 고깃국물이 끓는 따뜻한 기운이 장마로 으슬으슬해진 실내 공기를 천천히 밀어내고 있었다. 승혜는 가스불을 끄고 거실 매트 위에 이호와 마주앉았다. 아이는 비슷비슷해 보이는 포켓몬 카드를 네 벌이나 갖고 있었다. 잃어버리지 않았을까? 한 벌에 백오십 장이니까 네 벌이면 육백 장이나 되는데, 잃어버린 카드는 없는 걸까? 있지 않을까? 무엇이 없어졌는지, 이호 엄마는 알까? 아니, 이호는 알까?

누나는 카드 게임을 잘해서 좋아, 이호가 덱을 섞으며 중얼거렸다. 엄마도 잘하시지 않아? 승혜가 물었다. 엄마는 룰도 모르는걸. 그냥 억지로 하는 척만 할 뿐이야. 엄마는 집에 오면 잠만 자려고 해. 주말에도 하루종일 잠만 자.

이호는 일곱 살답게 개구쟁이 기질로 폭발할 것 같은 내면과 얼굴의 반이나 차지할 것 같은 동그란 눈, 아오리 사과를 깨물어 먹는 듯 상큼한 웃음소리, 가끔씩 깜짝 놀랄 만큼 진지해지는 표정을 지닌 아이였다. 유튜브 채널을 많이 봐선지 머리가 좋았고 어휘력이 독보적이었다. 승혜가 보기에는 아역배우를 시켜도 될 것 같았다. 자신의 아이도 아닌 남의 아이에게 그토록 무한한 사랑스러움을 느끼는 자신이 승혜는 낯설었다. 어려서부터 지금까지 줄곧, 승혜는 아이들이 좋았다. 그냥 막연히 좋은 게 아니라 자꾸만 돌봐주고 싶고 무언가를 챙겨주고 싶고 사주고 싶을 만큼 좋았다.

낡은 건물에서 누수를 탐지하는 일에 잘 맞는 사람이 있고 피아노의 음계를 정확히 조율하는 일을 하도록 태어나는 사람이 있는 것처럼, 승혜에게는 그런 일들이 세상이 부여해준 자그맣지만 중요한 사명처럼 생각되었다. 길에서 조그만 아이들을 보면 승혜는 그냥 지나치지 못하고 웃으며 말을 걸곤 했다. 걸음을 멈추고 오랫동안 같이 노는 일도 있었다. 모르는 사람들의 아이들을 사진으로 보고 있기만 해도 너무나 행복했다. 남들에게는 두통과 짜증을 유발한다는 아이들의 울음소리나 칭얼거림, 미운 다섯 살 시기를 맞은 독재자들의 그 말도 안 되는 행동과 요구와 밀고 당기기가 승혜에게는 아무렇지도 않게 느껴졌다. 나는 결코 엄마가 될 일이 없을 텐데, 승혜는 가끔 생각했다. 왜 내 안에 모성을 닮은 부분이 있는 걸까? 나더러 어쩌라는 것일까? 알 수 없고 혼란스러웠으므로, 승혜는 그 부분을 락앤락 용기에 담아 냉동실에 넣듯 자신의 깊은 곳에 집어넣고 가만히 두었다. 진심으로 사랑하는 사람을 만나, 다른 사람들은 몰라도 그 사람에게만은 이해받고 싶다는 생각을 하며 조심스럽게 열어 보일 수 있을 때까지.

나 보육교사 시험 준비할까? 승혜가 말을 꺼냈을 때, 미오는 보육교사? 하고 되물었다. 응, 어린이집에서 일하는 선생님 말이야. 승혜가 대답하자 미오는 피식 웃으며 말했다. 어린이집에서 너같이 하고 다니는 사람 안 받아줄걸.

그런가? 승혜가 중얼거렸다. 그날 그 화제는 거기서 끝이었다.

별다른 위험은 감지되지 않았기에 승혜는 서운함 같은 것은 느끼지 않았다. 그래서 깊이 생각하지 않았고, 페미니즘 북카페에서 하는 〈베이비 포퓰러〉 상영회 공고를 보았을 때 같이 가자고 미오의 손을 잡아끌었다. 그 영화는 줄기세포를 이용해 서로의 난자만으로 임신을 하는 레즈비언 커플의 이야기였는데, 보기 전부터 충분히 흥분해 있었던 승혜는 상영장을 나와서는 거의 열광에 가까운 분위기로 영화에 대한 칭찬을 늘어놓았다. 얼마 전 읽었던, 오직 정자가 필요해서 한 남자와 차례로 관계를 가진 뒤 차례로 아이를 낳아 넷이서 행복하게 사는 레즈비언 커플이 나오는 소설 이야기도 덧붙였다. 가부장제에 얽매이지 않아도 되고, 서로와 헤어지지 않고도 여자들끼리 아이를 낳아 키울 수 있다는 점이 승혜에게는 너무도 이상적인 삶의 방식처럼 느껴졌던 것이다. 콜라를 마시며 승혜의 열띤 반응을 묵묵히 듣고 있던 미오는 알 듯 모를 듯한 웃음을 지으며 한마디를 던졌다.

—너, 정말로 아이를 좋아하는구나.

응, 그런 것 같아. 승혜가 천진하게 대답했다. 우리 나중에 입양해서 아이 키울까?

미오는 웃었다. 승혜의 마음을 상하지 않게 하려고 애쓰는 듯한 미소였다. 그러고는 잠시 말이 없더니, 안 되겠다는 듯 짧게 말을 흐렸다. 나는 별로 생각 없는데, 그런 거……

아, 승혜가 말했다. 그렇구나. 아이가 싫다는 것인지, 아니면 승혜와 함께하는 삶을 그렇게 먼 미래까지 상상해본 적이 없어 당혹스럽다는 것인지—이건 이해 못할 바도 아니었다. 그녀들은 어쨌거나 겨우 이십대 후반이었으니까—알 수 없었지만, 물어보기에도 뭐했으므로 그냥 그렇게 수긍하는 수밖에 없었다. 달리 어떻게 하겠는가? 그런 건 별로 생각 없다고 미오가 말했는데.

그 문제에 대해 미오가 조금 더 명확한 의사를 밝힌 건 몇 달이 지나서였다. 지금 승혜의 눈두덩이 빨갛게 부어 있는 이유이자, 두 사람이 서로를 향해 맹렬하게 부재중 전화를 남겨대면서도 막상 전화가 걸려오면 받지 않는, '나는 상처가 났어, 너한테 그걸 보여주고 싶어, 그런데 낫기는 싫어, 다만 네가 죄책감을 느끼길 바랄 뿐이야' 식의 바보 같은 짓을 되풀이하고 있는 이유의 원천이 되는, 일련의 사건이 일어나기 시작했던 때.

승혜는 이호에게 두 판을 내리 지고 마지막 판을 이겼다. 시계를 보니 일곱시 반이어서 밥을 차려줄까 물었지만, 아이는 단호하게 도리질을 하며 '엄마 오면 같이 먹을래' 하고 대답할 뿐이었다. 동그란 배를 쓸어봐도 어째선지 별로 배가 고픈 기색이 아니어서, 욕조에 미지근한 물을 받아 땀과 습기로 범벅이 된 아이의 몸을 씻겼다. 물장구를 치며 까르륵 소리를 내는 아이와 놀아주고, 깨끗하게 닦아, 보송보송한 면 내복을 입히고 유튜브 채널을 틀어준 뒤 아까 쪄놓았던 찰옥수수 두 개를 접시에 담아 내주었다. 그런 다음 멍하니 아일랜드 식탁 앞에 앉아 있자니, 그런 자신의 모습이 참으로 기이하게 느껴졌다. 습관처럼, 혹은 상처에 앉은 딱지를 자꾸 떼어보고 싶은 마음처럼, 쓰라린 상상이 또 찾아왔다. 마치 이호가 자신과 미오의 아이이고, 일하러 간 미오를 자신이 기다리고 있는 것 같다는 상상. 아니, 그래서는 안 되었다. 이호는 이호 엄마의 아이였다. 그렇게 남의 삶을 아무렇게나 환상으로 바꿔 슬쩍 올라타려 해서는 안 되었다. 일단 유전적으로 말이 안 됐다. 더군다나 미오가 그런 삶을 원하지 않는다는 것이 이렇게 명백해졌는데 말이다. 승혜는 이호네 집 안을 눈으로 훑었다. 집은 단정하게 정리되어 있는 편이었지만 손이 덜 가는 구석구석마다 피로한 삶의 기색이 내려앉아 있었다. 싱크대 한쪽엔 미처 다 닦아내지 못한 물때가 끼어 있었고, 형광등 위엔 먼지가 가득했으며, 욕실 슬리퍼 한 짝은 발등에 걸쳐지는 부분이 떨어져 너덜너덜했다. 승혜의 눈에 이호 엄마는 최선을 다해 이를 악물고 삶을 살아내고 있는 것 같았다. 가끔은 까무러치기 직전으로 피곤해 보이기도 했다. 자신이 이호 엄마라면 결코 이만큼 해낼 수 없을 것 같다는 생각이 들었다. 아이를 키우는 삶이라는 건 부럽지만 그만큼 큰 대가를 요구하는 것이리라.

여덟시가 되어, 승혜는 밀푀유 나베를 데워 국그릇에 뜬 뒤 밥과 김치와 간단한 소스와 함께 아이에게 내주었다. 누나랑 같이 먹지 않을래? 다시 한번 물었지만 이호는 아까와 똑같이, 싫어, 엄마랑! 이라고만 대답할 뿐이었다.

승혜는 이호의 그릇을 들여다보았다. 맑은 국물에 담긴 배추와 고기 무더기에서 김이 모락모락 올라오고 있었다. 미오는 왜 그렇게 고기를 못 견디게 싫어하게 되었을까, 승혜는 문득 생각하고는 자신이 그런 의문을 떠올렸다는 사실에 놀랐다. 얼마 전까지만 해도 그런 게 한 번도 궁금하지 않았다. 미오는 얼굴이 까만 대로, 너무나 좋아해서 목이 다 늘어난 티셔츠를 매일 입고 다니면 다니는 대로, 운동을 싫어하면 싫어하는 대로, 그냥 그대로 미오였고, 승혜는 또 그대로 승혜였는데, 점점 서로의 '그대로'가 못마땅해지는 일이 늘어가고 있었다.

두 사람이 사귄 지 사 년, 함께 산 지는 삼 년이 조금 넘어가고 있었다. 이쯤이면 이렇게 되는 건 당연한가? 승혜는 궁금하고 서글프고 두려웠다. 그런데 한번 그런 생각을 하자, 마치 마음속 깊이 눌러놓은 사악한 마음이 한꺼번에 치밀어오르는 것처럼, 점점 더 여러 가지 생각들이 떠오르는 것이었다. 이를테면 〈옥자〉를 봤을 때. 미오는 그 영화를 보고 나서 몸이 아프다고 했다. 슈퍼 돼지들이 갇혀 있는 공장 신이 너무 고통스러워서 그것만으로도 눈물이 날 것 같다고. 승혜가 보기에 그 장면은 누구나 대충 알 만한 공장식 축산업의 문제점을 다소 전형적으로 보여주는 장면이었고, 그래서 충격도 없었다. 다른 생명이 흘리는 피가 승혜에게 미치는 영향은 거기까지였다. 사람들은 그런 걸 다 알면서도 고기를 맛있게 먹는다. 슬프지만 그것이 인간이 지닌 망각의 힘이고 외면의 힘이다. 그런 망각과 외면이 단 한 점도 남김없이 사라진 세상을 살아간다는 건, 바로 곁에서 너는 죄인이라고 울부짖는 누군가의 목소리를 24시간 내내 들어야 하는 생지옥의 경험일 거라고 승혜는 생각했다. 아니나 다를까, 미오는 옥자가 단백질 채취를 당하는 장면을 보며, 마치 날카로운 금속 봉이 자기 살을 실제로 뚫고 들어와 단백질을 쭉 뽑아가기라도 하는 것처럼 신음을 내뱉고 땀을 흘리며 괴로워하는 것이었다. 영화를 같이 보던 날에는 그렇게 민감하게 아파하는 미오가 안쓰럽고, 미오가 아픈 게 너무도 싫고, 그 민감함이 사랑스럽다고 분명히 생각했었는데, 지금 승혜의 마음속에서는 그런 미오를 '이해할 수 없다'는 생각이 빳빳이 고개를 들고 있는 것이었다.

미오는 아무것도 망각하지 않고 아무것도 외면하지 않는 사람이었다. 아니 최소한 그렇게 살려고 노력하는 사람처럼 보였다. 자신에게 중요한 것은 절대로 잃어버리지 않고, 버려야 할 것은 가차없이 버리는 사람이었다. 어디서나 자신이 퀴어임을 자랑스럽게 밝혔고, 가족이 그것을 받아주지 않자 가족과 절연했다. 혐오 발언을 보면 그냥 지나가지 않고 반드시 댓글을 달거나 항의했으며, 승혜의 눈에는 시간과 에너지의 과도한 소모로 보이는 그런 행동들을 결코 낭비라고 생각하지 않았다.

물론, 당연하게도, 승혜가 클로짓closet인 것에 대해 미오는 아무 말도 하지 않았고, 아무런 불만도 없었다. 미오가 조금이라도 승혜를 향해 '나는 이런데 너는 왜 그래, 왜 이렇지 못해' 식의 반응을 보이는 사람이었다면, 애초에 승혜는 미오를 사랑하지도 않았을 것이다. 미오는 자신이 소수자를 혐오하는 가족과 칼로 자르듯 분명하게 연을 끊을 수 있었던 데에는, 역설적으로 유년 시절 내내 사랑받으며 성장한 단단한 경험도 하나의 요인으로 작용했다는 사실을 알고 있었다. 승혜네 집은 그렇지 않았다. 승혜의 아버지는 술을 마시면 주사를 부리고 아내를 발로 걷어차는 사람이었고, 결국 승혜가 중학생일 때 집을 나가버렸다. 그때부터 자신을 키우느라 혼자서 있는 힘을 다해—아마도 지금 이호의 엄마처럼—필사적인 삶을 살아온 자신의 엄마를 승혜는 도저히 어떤 식으로든 폄하하거나 미워할 수가 없었다. 그래서 어느 날 TV를 보다가, 동성애 그거, 정신 나간 애들이 하는 거 아니냐, 다 잡아다가 병원에 가둬야 되는 거지 저거 저거, 하고 중얼거리는 엄마를 보았을 때, 아무 말도 못하고 한밤 놀이터로 나가 혼자서 그네를 타며 펑펑 울기만 했다. 승혜는 엄마에게 도저히 그 말을 할 수 없었다. 엄마를 충격받게 할 수 없었고, 울게 할 수 없었다. 엄마의 말을 반박하며 엄마와 싸울 수도 없었다. 그건 그냥 불가능한 일이었고, 생각만으로도 호흡이 가빠지고 정신이 아득해지는, 너무 힘겹고 어려운 일이기만 했다.

미오와 함께 살기 위해 자췻집을 구하고 독립을 하면서도 그랬다. 너 혼자 사는데 방 두 개가 왜 필요하냐? 너무 넓지 않아? 호강 났다, 호강 났어, 퉁을 주면서도, 승혜의 엄마는 십 년이 넘게 덜 먹고 덜 자며 바리바리 부어두었던 적금을 깨서 딸에게 괜찮은 투룸을 구해주었다. 빨리 남자친구 만들어서 인사를 시키라는 게 엄마가 내건 조건이었다. 독립을 하고 석 달이 지나 갑자기 집에 찾아오겠다는 엄마의 전화를 받았을 때, 승혜는 하얗게 질려 집안을 정리하고, 미오의 물건들을 한데 둘둘 말아 상자에 쑤셔넣은 다음 옷장에 집어넣고, 감기에 걸려 누워 있던 미오를 일으켜서는 뭐라고 설명할 여유도 없이 동네 카페로 쫓아 보냈다. 엄마를 보내고 얼이 빠진 채 카페로 달려갔을 때 미오는 차가운 커피를 마시며 아무 일도 없다는 듯 책을 읽고 있었지만, 표정은 그다지 좋아 보이지 않았다.

화났어? 승혜가 묻자 미오는 뭐 그런 바보 같은 질문이 있느냐는 듯한 표정을 했다.

—……미안해.

—미안해하지 마. 이 집 보증금 니가 냈잖아.

미오는 그렇게 말하며 열 때문에 붉어진 얼굴로 웃었다. 미오가 그렇게 차갑게 웃을 때면 승혜는 견딜 수 없이 가슴이 아팠다. 어쩌면 그 가슴 아픔 때문에 미오를 이렇게 좋아하는 것인지도 몰랐다.

이호가 수저도 대지 않은 음식 그릇을 도로 싱크대에 가져다 올려놓으며 승혜는 생각했다. 내가 정상가족 이데올로기에 젖어 있는 걸까. 그래서 이렇게 아이들을 좋아하는 걸까. 살면서 내가 학습한 생각들이 내 몸의 신경 하나하나에 영향을 미쳐, 특정한 호르몬을 분비하라고 명령하고, 미묘한 방식으로 나를 이끌어, 비 오는 여름밤 남의 집에서 남의 아이를 보며, 저 아이가 나와 미오의 아이라면, 하고 자신도 이해할 수 없는 상상을 하는 데까지 오게 만든 것일까. 내게는 이렇듯 포근한 그 상상이 미오에게는 전혀 포근하지 않고, 아무 맛도 없고, 심지어 피하고 싶은 것이기까지 하다면, 나는 어떻게 해야 할까. 머리가 아팠다. 깊이 들어가면 들어갈수록 마음이 아프고 누군가가 머리를 후벼파는 것 같아서, 승혜는 그냥 서운해하기로 했다. 미오를 사랑했고, 미오도 나를 사랑해서, 그 마음을 서로 선명히 확인할 수 있어서 함께 삼 년을 살았는데, 미오는 나와는 달랐구나, 그것도 많이 달랐구나, 하는 식으로, 단순하고 흑백이어서 슬픈, 그래서 편리한 결론을 내려버렸다. 어디서부터 잘못된 것일까, 대체 어디서부터.

시작이 어디였지? 미오의 전 여자친구였다. 그래, 그 사람. 머리가 길고, 팔다리가 가느다랗고, 동그란 안경을 쓴 조용조용하고 귀여운 인상의, 하지만 입을 열면 똑 부러지는 말밖에 하지 않았던, 그 자그마한 여자. 인권단체 활동가로 오래 일을 했다는 그녀는 여러모로 승혜와는 대조되는 느낌의 사람이었다. 어느 날 미오네 학교에서 학술발표회가 열려 승혜가 들으러 갔더니, 거기에 그 사람이 있었다. 조교인 미오는 그날 그 자리에 진행요원으로 참석했기 때문에 발표가 진행되는 내내 음향기기를 체크하고, 문제가 생겨 넘어가지 않는 PPT를 손보고, 발제문이 담긴 프린트를 사람들에게 나눠주느라 분주하게 움직이고 있었고, 승혜 쪽으로는 눈도 돌릴 틈이 없어 보였다. 행사가 끝나고 승혜가 미오를 기다리느라 자리에서 일어나 엉거주춤 서 있는데, 멀리서 미오가 그 사람과 마주선 채 얘기를 나누는 게 보였다. 등을 돌리고 있어서 그 사람은 뒷모습만 볼 수 있었지만, 미오의 표정은 또렷이 보였다. 미오는 '슬픈 웃음'을 짓고 있었는데, 이런 표현이 웃기기는 하지만, 그렇게밖에 말할 수 없는 표정이 있었다. 두 사람이 그리 긴 대화를 주고받지는 않았다. 대단한 대화도 아닐 것이었다. 들리지는 않았지만, 잘 지내? 좋아 보여. 응, 나는 잘 지내. 너는? 나도 잘 지내. 건강해 보여서 기뻐. 뭐 그런 것이었겠지.

승혜는 사실 미오와 사귀는 동안 그런 일이 한 번은 일어나지 않을까 막연히 상상했었다. 그리고 다소 통속적인 그런 상상은, 승혜에게는 그 자체로 미오와 하는 사랑이라는 각본을 완성하는 데 필수적인 요소이기도 했다. 세상에 고결하고 우아하기만 한 사랑이 어디 있을까. 어느 사랑에나 유치함과 찌질함이라는 불순물이 섞여들기 마련이라고 승혜는 생각했다. 그리고 누구에게나 과거는 있는 법이고, 성숙한 사람은 연인의 과거를 자신의 것처럼 받아들이고 인정할 줄 아는 사람일 것이라고, 짐짓 결연하게 마음에 새기며 초등학생처럼 다짐하는 자신의 귀여움에 스스로 도취되어 싱긋 웃기도 했다. 승혜가 예상하지 못한 것이 있다면, 그날 그 자리에 헤어진 연인과 마주보며 서 있는 미오의 얼굴에 떠오른 슬픈 웃음이 상상했던 각본보다 몇 배쯤은 더 각별해 보인 것이었고, 또한 승혜 자신이 그 미소에 짐작보다 몇 배쯤 격렬하게 반응한 것이었다. 미오의 그 미소 속에는—승혜 마음의 가장 유치한 부분을 동원하여 말하자면—'대체할 수 없음'이 선명히 들어 있었다. 손에는 말아 쥔 마이크와 남은 프린트 무더기를 들고, 그날 별로 신경을 써서 입고 나가지 못한 탓에 여기저기 구겨진 검은색 폴로 티셔츠와 낡은 청바지를 입고, 화장도 하지 못한 채 옛 연인을 마주하고 서 있는 미오의 얼굴에 떠오른 건, 분명 자신의 초라함을 무참해하는 사람의 표정이었다.

발표회가 끝나고 며칠이 지난 뒤, 미오의 휴대폰에 그 사람에게서 온 문자가 찍혀 있었다. '미오, 할 얘기가 있어요. 편한 시간에 전화 줘요.' 그 자체로는 아무것도 표상하지 않는 것처럼 보이는 그 짧은 문장에서 승혜는 위험을 감지했는데, 그런 불안은 분명히 승혜 자신의 자격지심에서 나온 것이었다. 사실 그 사람과 미오는 예전에 트위터에서는 유명한 커플이었고, 미오의 트윗을 밑으로 밑으로—더이상 손목이 아파 마우스 휠을 돌릴 수 없을 때까지 밑으로—내리다보면 여전히 그녀와 함께 찍은 커플 셀카를 볼 수 있었다. 그 문자를 본 뒤 승혜는 트위터에서 그 사람의 계정을 찾아 눌러보았다. 당연한 일인지는 모르겠지만 미오와 마주쳤다는 얘기 같은 건 없었고, 그저 그녀의 정갈한 일상이 녹차처럼 차분하고 대나무숲에 부는 바람 소리처럼 고요하게, 점점이 남겨져 있었다. 그러니까, 한마디로 그녀는 미오와 매우 닮은 사람이었다. 그리고 승혜와는 매우 다른 사람이었다.

그 문자는 며칠 뒤에 지워져 있었다.

미오는 그 문자를 왜 지웠을까. 지우기 전에 전화를 했을까. 한 다음에 통화 기록까지 지웠을까. 왜 지웠을까? 미안해서? 아니면, 숨기고 싶어서? 두 사람, 무슨 얘기를 했을까.

호기심이 일었지만 승혜는 아무 반응도 하지 않았다. 유치함의 맨 밑바닥까지 떨어지고 싶지 않기도 했지만, 그보다는 겁이 난다는 이유가 더 컸다. 그렇게 잘 눌러놓았다고 생각했다. 하지만 생각만큼 모든 게 제대로 되지는 않은 것 같았다. 또 며칠이 지나자 미오가 갑자기 답답하다는 얼굴로 이렇게 물었으니까.

—왜 그래? 내가 뭘 잘못했어?

—뭐가?

—나한테 화를 내고 있잖아. 며칠째 계속.

—내가 언제? 그리고 뭘?

—아니다…… 아니야.

미오가 한숨을 쉬며 말했다. 왜 그렇게 지겹다는 듯 한숨을 쉬는 것일까. 승혜는 눈물이 날 것 같았다. 하지만 꾹 참았다. 두 사람 다 한동안 말이 없었다. 미오는 점퍼를 걸치더니, 어디로 간다는 말도 없이 소나기가 좌락좌락 쏟아지는 바깥으로 나가버렸다.

베이비시터 면접에 붙었다고 말했을 때 미오는 잘됐다, 하고 짧게 말하고는 그래서 이어커프 뺀 거야? 아니면 또 잃어버렸어? 하고 덧붙여 물었다. 잃어버리지는 않았다. 하지만 승혜는 갑자기 지적받은 기분이 되어 아무 말도 할 수 없었다. 늘 하고 다니던, 미오가 선물해준 리볼버 모양의 은색 이어커프 두 개를 왼쪽 귀에서 빼고, 내내 반삭에 가까운 투 블록 커트로 짧게 쳤던 머리도 더벅머리처럼 조금 길게 길러 단정하게 정리했다. 매일 입다시피 하던 하와이안 셔츠 대신 얌전한 남색 셔츠를 입었다. 그랬는데도 이호라는 이름의 그 집 아이는 엄마를 쳐다보며 물었다. 엄마, 이 누나는 왜 형같이 생겼어? 남자 아니야?

이호 엄마는 승혜의 생김새 따위에는 크게 신경쓸 겨를이 없는 것 같았다. 그저 당황한 얼굴로, 그런 말 하면 안 돼, 하고 아이에게 주의를 주었을 뿐이다. 하지만 앞으로도 조심하는 게 좋을 것 같다고 승혜는 생각했다. 분위기를 익히기 위해 첫날 놀이터에 같이 나가 앉아 있을 때, 일본 애니에 나오는 마법소녀 코스프레를 한 두 명의 젊은 여자가 나타났다. 나란히 앉아 있는 아이 엄마들 사이로 당황해하는 표정과 수군대는 말소리가 번져갔다. 확실히, 승혜가 보기에도 그렇게 경건해 보이는 복장은 아니었다. 적어도 육아의 세계에 어울리는 복장은 아니었다. 세일러복 치마는 짧았고, 그 밑으로는 가터벨트가 보였고, 분홍색 가발은 이 동네에서는 너무 튀었고, 화장은 짙었다. 하지만 승혜 또한 십대 때는 일요일마다 그 비슷한 코스튬을 차려입고 여기저기 돌아다니곤 했는데. 이호 엄마는 뭐라고 말을 얹지는 않았지만 걱정스러운 표정을 하고 이호가 그 여자들의 곁에 가는지 안 가는지 보려고 연신 벤치에서 일어났다 앉았다 하고 있었다. 내가 어떤 사람인지 알면, 이 엄마는 나를 자르겠지? 승혜는 그렇게 생각하며, 그런 생각을 하면서까지 굳이 이런 아르바이트를 하려고 하는 자신을 싫어하며, 그럼에도 숨을 죽이고 조심스럽게 앉아 있었다.

세상에는 베이비시터 일을 할 만큼 아이를 좋아하는, 그러면서 별로 그러지 않을 것처럼 생긴, 레즈비언도 있는 법이었다. 누군가는 그런 베이비시터는 없다고 주장할지 몰랐다. 그리고 누군가는 그런 레즈비언이 정말 있느냐고 의아해할지도 몰랐다. 얼핏 생각하면 겹쳐질 수 없을 것 같은 두 세계 양쪽에 발을 한쪽씩 걸치고 살아보려고 애쓰는 것이 남들 보기에는 그저 우스꽝스럽거나 안쓰러울지도 몰랐지만, 승혜 자신에게는 몹시 혼란스럽고, 매 순간 이질감이 찾아들고, 결론적으로 제법 버거운 일이었다. 그리고 승혜는 스스로 남들의 시선이 조금도 섞이지 않은, 온전히 자기 자신만의 시선으로 살아가는 사람이 아직은 되지 못했음을 알고 있었다. 그 점이 미오와 승혜의 다른 점이었다. 하지만 승혜는 그런 사람이었고, 있을 수 있다거나 있어야 한다는 문제를 떠나 이미 그냥 그렇게 세상에 '있었다'. 그래서 승혜는 자신이 이상하다거나 어딘가 잘못되었다는 생각이 들수록 더 꿋꿋해야 한다고 생각했다. 남들이 뭐라고 하든 두 땅에 단단히 발을 붙이고 서 있어야 했다. 하고 싶은 일을 해야 했고, 그래서 세상에 자신만의 작은 쓸모를 만들어야 했다. 설령 그 '쓸모'가 사랑하는 사람의 마음에 별로 들지 않는 것이라 할지라도 말이다.

그랬기 때문에 어느 날 일찍 학교에서 돌아온 미오가 연락도 없이 놀이터를 찾아왔을 때, 그리고 이호에게 말을 해버렸을 때, 승혜는 정말로 화가 났다.

—안녕!

미오는 태연한 표정으로 놀이터 벤치에 앉아 이호에게 말을 걸었다.

누나, 이 누나 누구야? 이호가 동그랗게 눈을 뜨고 승혜에게 물었다. 누나 친구야?

—친구가 아니고 애인이야. 우린 서로 사랑해서, 같이 살아.

미오는 승혜의 얼굴이 점점 난감한 표정으로 변해가는 것을 천천히 바라보다가, 가방에서 초코바 하나를 꺼내 이호에게 주고는, 승혜에게는 아무 말 없이 일어나 버스 정류장 쪽으로 발걸음을 옮기는 것이었다.

그날 밤 집에 들어오자마자 승혜는 따져 물었다.

—대체 왜 그랬어?

—……뭐가. 너 일하는 거 보고 싶어서 간 건데.

—그 얘기가 아니잖아. 그런 말을 애한테 하면 어떡해? 일곱 살이라서 다 알고, 기억했다가 엄마한테 말한단 말이야.

—아우팅이라도 한 것 같다, 내가.

—아우팅 맞잖아. 일곱 살은 사람도 아니야? 그리고 나는, 사람도 아니야?

—……야, 김승혜. 그러면 나는. 너희 어머니 찾아오셨을 때, 너도 나를 사람 아닌 것처럼 대했잖아. 숨겼잖아. 들킬까봐 전전긍긍했잖아.

잠시 말문이 막혀 승혜는 가만히 있었다. 겨우 다시 입을 열었다.

—그게, 그렇게 기분 나빴니.

—……네 상황은 알지만, 그런데, 그래도, 내가 떳떳하지 못한 존재가 된 것 같아서 슬펐어. 불쾌했고. 무슨, 너무 낡아서 남들 보기에 창피한 구두라도 된 것 같더라.

—그렇다고 꼭 그렇게 해야만 했어? 내가 이 일 하는 게, 그렇게 싫어? 내가 망하는 걸 보고 싶어서 그래? 미오야, 나 여기 첫 직장이거든. 이제껏 백수로 지내온 내가 너무 한심해서, 내가 뭘 하고 싶은지, 정말로 좋아하는 게 뭔지, 나름대로 많이 고민해서, 처음으로 열심히 생각하고 또 생각해서 결정했단 말이야.

—……그래 알아. 하지만 내가 그 말을 했다고 네가 망한다면,

잘리거나 한다면, 그건 내가 잘못한 게 아니라 그 사람들이 잘못된 거야. 알았어?

—너는 정말 모든 걸 네 멋대로 생각하는구나. 그래, 미안하다. 미안해 미오야. 너처럼 잘나지 못해서, 떳떳하지 못해서.

—……그런 말이 아니잖아. 그냥 나는…… 가끔 두려워. 네가, 다른 사람들처럼…… 가족을 필요로 하는 것 같은데, 어떻게 해야 할지 모르겠어. 나는 네 가족이 되어줄 수가 없는 사람인데.

눈물이 고여서 승혜는 고개를 숙였다. 다시 고개를 들었더니, 미오의 눈에도 눈물이 고여 있었다. 미오가 다시 입을 열었다.

—……승혜야, 나는, 너를 좋아하는데, 네가 필요로 하는 삶을 내가 줄 수는 없는 것 같아. 누구를 키우고 싶지도 않고, 그러면서 희망을 갖고 싶지도, 이 세상에 내 유전자를 남기고 싶지도 않아. 아이를 키우기엔…… 여긴 너무 잘못되어 있는 세상이라고 나는 생각해. 그리고…… 정말 미안하지만 나는 가족이라는 게, 너무 버거워. 남자, 가부장제, 그런 게 아니라, 그냥 가족이라는 제도 자체가 나한테는 너무 힘들어.

—그래서.

승혜는 겨우 말했다.

—그래서, 지금 무슨 말을 하는 거야. 헤어지자고?

미오가 화난 얼굴로 승혜를 보며 중얼거렸다. 왜 그런 말을 하니…… 어떻게 그런 말을 하는 거야, 너.

네가 하게 만들었잖아, 승혜가 눈물을 흘리며 중얼거렸다. 나는 도대체 너한테 뭐야?

—너는 몰라.

한참 말이 없던 미오가 허공을 향해 말했다.

—나한테 가족이 무엇이었는지, 너는 몰라. 결코 알 수가 없을 거야. 너는 내가 화목한 집안에서 자라났다고 생각하지. 행복하고 화목한 가정에서 말이야. 내가 너보다 가진 게 많다고, 그래서 배부른 소리를 한다고만 생각하겠지.

그래, 나는 몰라, 승혜가 그 말을 되풀이했다. 나는 결코 알 수가 없을 거야. 그런데, 그런 게 그렇게 중요하니?

미오는 대답하지 않고 두 손을 들어올려 눈물을 닦았다.

승혜는 첫 만남 이후로 자신이 내내 이상화해왔던 미오의 다른 면, 방향은 달랐지만 자신만큼이나 성숙하지 못한 미오의 면모를 그날 처음으로 보았다. 내가 영화 속 주인공이라면, 내가 나오는 영화는 정상가족에 대한 판타지를 지닌 레즈비언을 그렸다는 이유로 비판받게 될까? 충분히 퀴어하지 않다고? 하지만 승혜는 영화 속 인물이 아니었다. 그리고 승혜에게 이런 기분을 느끼게 한 미오는 승혜가 그려왔던 완벽한 사람이 아니었다. 멀리서 보면 이런 환멸은 일정 시간 이상을 함께 보낸 커플의 역사에서는 집안의 바퀴벌레처럼 흔하게 발견되는 것이고, 그래서 어깨를 으쓱하고 그냥 넘겨버려야 하는 것인지도 몰랐다. 하지만 승혜에게 미오는 평범한 연인 이상이었다. 너무 많은 세상을 미오를 통해 배웠고, 너무 많은 꿈을 미오를 보며 꾸었다. 그게 문제였다. 승혜는 어떻게 해야 할지 알 수가 없었다. 그런 이유로 사랑하는 일을 그만두기에는 두 사람이 힘을 합쳐 쌓아올린 슬프고 기쁘고 벅차고 험난했던 일상의 조각들이, 생생한 감정들이, 감각들이, 너무 많았다. 그 하나하나의 기억들이 천 개의 이파리처럼 승혜의 가슴속에서 파르르 흔들렸다.

미오가 선언처럼 내뱉었던 '너는 몰라'라는 말에 담긴 무서움을 어떻게 견뎌야 하는 것인지, 승혜는 아무리 생각해도 알 수 없었다. 그 말은 심연의 말이었고, 그것을 똑바로 감당하기에 승혜는 너무 젊었다. 나는 무엇을 모르는 것일까. 얼마나 모르는 것일까. 미오 또한 나를 얼마만큼, 알지 못하고 있는 것일까. 승혜는 무서웠다. 그래서 무서움의 크기만큼 유치한 행동을 하기 시작했다. 그동안 문제삼지 않았던 미오의 차가운 말투나 남을 배려하지 않는 행동들, 담배를 피우고 길에 꽁초를 버리는 버릇, 경직되고 폭력적으로 느껴지는 사고방식 같은 것들을 하나씩 끄집어내 눈앞에 펴 보이며 미오를 못살게 굴기 시작했다. 미오 역시 비슷한 행동을 승혜에게 했다. 그동안 자신이 사주었으나 승혜가 잃어버린 자잘한 선물들을 찾아내라고 요구하고, 자기 SNS를 감시하는 행동을 그만두라고 말하고, 너는 사람을 너무 갑갑하게 한다고 소리를 질러댔다. 승혜만큼 미오 역시 무서워하고 있었다. 승혜는 그걸 느낄 수 있었다. 하지만 그걸 안다고 해서 그 하나하나의 작은 행동들이 아무런 상처도 남기지 않는 것은 또 아니어서, 그렇게 젊은 두 연인은 서로를 물고 뜯고 눈이 빨개질 때까지 울음을 터뜨리면서 하루하루를 보내게 되었다.

그리고 장맛비가 쏟아지는 계절이 되어, 승혜는 이렇게 아이 엄마가 돌아오지 않는 남의 집 부엌에서, 미오 때문에 먹지 않은 지 오래였던 고기를 넣어 굳이 요리를 만들고는, 그 고기의 살점을 하나씩 입에 넣고 천천히 씹는 상상을 하며 시간을 보내고 있는 것이었다. 승혜는 미오가 그토록 진저리치는 육식을 하는 자신의 모습을 미오에게 보여주고 싶었다. 유치함의 절정이라는 생각이 들어 웃음이 났지만, 그만큼 미오가 미웠고, 미운 만큼 미오가 그리웠다. 서로 제대로 된 대화를 하지 않은 지 벌써 일주일이었다. 우린 어떻게 되는 걸까? 승혜는 한숨을 쉬며 시계를 보았다.

아홉시 십오분이었다. 이호의 눈이 반쯤 감겨 있었다.

그때 비밀번호를 누르는 전자음이 났고, 이어 현관문이 열렸다. 엄마! 한순간에 생기를 되찾은 이호가 발딱 일어나 달려갔다.

이호 엄마는 완전히 녹초가 된 모습이었다. 우산을 썼는데도 빗줄기가 너무 거셌는지 몸이 반쯤 비에 젖어 있었고, 화장이 녹아내린 얼굴은 피곤에 절어 있었다. 잘 있었어, 우리 강아지? 이호를 품에 안고 엉덩이를 토닥거린 이호 엄마가 승혜를 올려다보며 말했다. 이렇게 늦게까지 봐주셔서 감사해요. 너무 죄송해요.

승혜는 아니라고 말하고는 몇 걸음 걸어가 가스불을 켰다. 뭐 만드신 거예요? 놀란 눈으로 걸어온 이호 엄마가 냄비 뚜껑을 열어보고는 더욱 놀란 표정이 되었다.

—와, 이호야, 누나가 너무 멋진 요리 만들었네. 이게 뭔지 알아? 이게 뭐죠? 그…… 밀푀유 나베가? 맞죠? 오늘 무슨 잔칫날 같다!

이호가 엄마랑 먹는다며 아직 밥을 안 먹었다고, 죄송하다고 승혜가 말했다. 돌아가려고 가방을 드는데, 이호 엄마가 먹고 가세요, 안 드셨으면, 말하며 붙잡았다. 둘이 먹기에는 너무 많아요.

이호 엄마가 서둘러 상을 차렸다. 승혜는 세 사람 몫의 밥을 퍼서 식탁에 놓았다. 그러고는 자리에 앉았는데, 여러 가지 생각이 났다. 정말 여러 가지 생각이 났다.

데운 냄비에서 모락모락 김이 올라왔다. 이호 엄마가 국자로 고기와 야채를 떠서 국그릇에 담아 승혜에게 건넸다. 승혜는 천천히 국물을 한 숟갈 떠서 입에 넣었다.

정말 맛있네요, 이런 건 처음 먹어보는데. 이호 엄마가 말했다.

—고맙습니다.

—제가 감사해요.

그때 이호가 말했다.

—엄마, 근데 누나는 여잔데, 왜 여자 애인이랑 사랑해서 같이 살아?

승혜의 몸이 한순간 굳었다.

그게 무슨 말이야? 이호 엄마가 물었다.

—저번에 그 누나 놀이터에 왔었어. 나한테 초코바 줬어. 승혜 누나 애인.

그렇구나. 이호 엄마는 피곤한 음성으로 말하고는, 잠시 말이 없다가 말을 이었다.

—이호야, 엄마는 매일 회사에서 늦게 오지?

—응.

그게 좋은 거야, 나쁜 거야? 엄마는 좋은 엄마야, 나쁜 엄마야?

나쁜…… 중얼거리던 아이가 혼란에 빠져 말을 멈추더니, 조금 후 다시 말했다. 음, 모르겠어. 엄마는 그냥 원래 그렇잖아.

—그래, 원래 그렇지.

—응.

—엄마도 모르겠어, 엄마가 좋은 엄만지 나쁜 엄만지. 엄마는 그냥 엄마지. 회사에서 늦게 오지만 그래도 엄마지. 마찬가지야. 세상에는 다른 누나랑 사랑해서 같이 사는 누나도 있는 거야. 그냥 원래 그런 거야. 그건 좋은 거야, 나쁜 거야?

—모르겠어.

—그래, 엄마도 모르겠어. 모르는 건 그냥 모른다고 하면 되는

거야. 아마 그건 우리가 좋다거나 나쁘다고 할 수 있는 일이 아닐 거야. 알았지?

—응.

이호 엄마가 말을 이었다.

—너 누나 좋아하지?

—응. 그래도 궁금해.

—뭐가 궁금해?

—이런 거 저런 거가.

—그렇게 궁금하면 네가 누나한테 나중에 다시 물어볼 수도 있지. 오늘은 너무 늦었으니까. 그렇지만 네가 나중에 다시 물었는데도 누나가 대답을 할 준비가 안 돼 있거나, 대답을 전혀 하고 싶지 않을 수도 있어. 그러면 억지로 물어보면 안 되는 거야. 알았어?

—응.

그리고 이호 엄마는 부끄러운 듯 살짝 웃으며 승혜를 보았다.

—모른다고 말해서 미안해요…… 그런데, 정말 잘 몰라서요.

아, 네. 승혜는 대답했다. 얼굴이 붉어졌다.

피곤에 젖은 엄마와 졸음에 겨운 아이가 묵묵히 밥을 먹었다. 어쩐지 목이 메어 더 먹을 수 없을 것 같았지만, 승혜는 국물을 한 숟갈 더 떠서 입에 넣었다. 이런 맛. 궁금했는데, 생각과는 달랐다. 심심하고, 슴슴하고, 대단한 점이라고는 하나도 없는, 너무 아무렇지 않은 맛이었다. 그 아무렇지 않음 때문에, 실망스러우면서도 안심이 되는 그 별것 아님 때문에, 자꾸 눈물이 날 것 같았다.

미오는 저녁밥을 먹었을까, 승혜는 생각했다. 이렇게 비가 많이 오는데 집에는 잘 왔는지, 감기에 걸리지는 않았는지, 걱정이 됐다. 울고 있지는 않겠지. 내가 이야기를 하면, 미오는 들어줄까. 내가 물으면, 대답해줄까. 나는 왜 지금껏 미오에게 조금 더 많은 것을 물어볼 용기를 내지 못했을까. 왜 조금 더 들어줄 생각을 하지 못했을까.

알 수가 없었지만, 더이상 무섭지는 않았다. 미오가, 많이 보고 싶었다. 아직 잠들지는 않았을 것 같았다. 미오는 매일 새벽 두시나 되어야 잠자리에 드는데, 지금은 겨우 아홉시 사십오분이었다. 빨리 먹고 집에 가야겠다고 생각하며 승혜는 물을 한 모금 마셨다. 세찬 빗줄기가 창문을 때리는 소리가 요란했다. 현관문에 기대진 승혜의 우산이 보였다. 미오가 작년에 선물해준 작은 하늘색 우산이었다.

마흔셋

거울을 들여다보다 로커로 돌아가 티셔츠를 꺼내왔다. 몸매를 가려주는 검은색 점프슈트 수영복 위에 헐렁한 티셔츠를 덧입고 나서야 탈의실 밖으로 나갈 마음이 생겼다. 잘 보여야 할 누군가가 있는 것은 아니었지만 걱정을 끼칠 만큼 추레해 보이고 싶지도 않았다. 오늘은 재윤에게 중요한 날이었다.

엄마가 살아 계셨을 때보다 정확히 십육 킬로가 늘었다. 힘들면 살이 쫙쫙 빠지는 체질인 사람들은 얼마나 좋을까. 나는 반댄데. 마흔이 넘어가면서부터 늘상 지켜온 다이어트 식단이 더이상 듣지 않았다. 나는 군살이 붙어 둥그렇고 둔하게 변해가는 내 몸을 미워하지 않는 법을 자의 반 타의 반으로 배웠다. 평생 보통인 몸으로 살다가 막상 겪어보니 낯설기는 했어도 그렇게 막 징그러울 정도로 내가 싫지는 않았다. 하지만 건강이 나빠지는 것은 생각해 보아야 할 문제였다. 계단을 내려가다 발목을 접질려 인대가 끊어졌을 때도, 승모근 근처 어깨가 눈물이 나올 만큼 욱신거려 찾아갔을 때도 정형외과 의사는 불어난 체중이 원인이라고 했다. 다행히 반깁스는 일주일 만에 풀었고 어깨와 목 부위는 물리치료 두 번 만에 통증이 사라졌다. 즈즈즈즈즈즈즈, 즈즈즈즈즈즈즈, 체외충격파가 발사될 때마다 상반신이 연발기관총에 맞아 죽음의 춤을 추는 몸처럼 흔들렸다. 운동을, 좀 해야겠다. 물리치료실 침대에 누워 나는 생각했다. 엄마의 치료가 끝나면.

하지만 정작 모든 것이 끝나고, 장례식이 끝나고, 엄마의 집과 물건들 정리까지 끝난 어느 날부턴가, 한낮이 되어도 누운 자리에서 일어날 수가 없었다. 잡혀 있던 강의들을 연달아 펑크 내고, 한 달을 멍한 공백으로 흘려보내고 나자 여름이었다. 겨우 몸을 일으켜 며칠 동안 여행 사이트에서 호텔팩 검색을 하다가 재윤을 부를 생각을 했다.

—휴가 같이 보내지 않을래. 고아가 된 기념으로.

—누나, 난 괜찮아.

—너 수영장 안 갈래.

빨리 수영장에 가보고 싶다고, 수술한 뒤로 재윤은 여러 번 말했었다. 무섭지만 조금이라도 덜 무서워하고 싶어서 남자탈의실에도 들어가보고 싶다고 했었다.

—……글쎄. 때 되면 가겠지.

—나랑 가자.

—어?

—여름이잖아. 내가 얼마나 우아하게 헤엄치는지 보여주겠어.

—뭐야……

수화기 저편에서 재윤이 어이없다는 듯 웃었다. 매번 한 톤씩 낮아지다가 이제 최저점을 찾은 듯 안정된 재윤의 목소리를 들으니 마음이 조금 놓였다. 하지만 여전히, 그애의 노트북 바탕화면에 떠 있던 '자살 금지'라는 커다란 문구가 떠올랐다. 재윤에게 그 문구는 그냥 적어놓은 것이 아니었다. 나는 재윤이 죽어버릴까봐 두려웠다. 재윤마저 떠나버릴까봐 두려웠다.

어렸을 때는 노인처럼 공중목욕탕을 좋아해서 여름이건 겨울이건 한 달에 한 번씩은 꼭 같이 목욕탕에 가자고 졸라대던 아이였다. 중학생이 되자 동생은 중성적인 스타일의 옷만 입기 시작했고 동시에 극도로 폐쇄적인 아이로 변했다. 알고 지내던 모든 비퀴어 친구들과의 관계를 끊은 건 대학생 때, 새로운 사람들을 만나는 일을 그만두고 회사와 집만 오가게 된 건 서른 살 무렵부터였다. 각자 독립을 하고 남남에 가깝게 지내다보니 내가 아는 건 그 정도뿐이었다.

언제부턴가 재윤은 공중화장실도 가지 않으려 했다. 삭발에 가깝게 짧게 깎은 머리를 하고 여자화장실에 들어가면 여자들이 무서워할 것 같고, 남자화장실에 들어가면 남자들이 다가와 시비를 걸거나 해코지를 할 것 같다고 했다. 어느 쪽도 갈 수가 없다고 했다. 자기는 어느 쪽도 아닌 것 같다고.

—사람들이 내 몸만 쳐다보는 것 같아. 내 가슴만. 엉덩이도. 언니, 내 다리는 왜 이렇게 가늘까. 어깨가 더 넓었으면 좋겠어. 내가 탄탄하고 똑바르고 힘세 보였으면 좋겠어.

그전에는 자신이 여자가 아니라는 생각은 또렷해도 몸 자체에 대한 이물감은 그렇게 극심하지 않았는데, 어찌어찌 참을 수 있을 정도였는데, 갑자기 심해져서 이제는 견디기 힘들 정도라고 했던 게 언제였는지, 확실히 기억나지 않았다. 나는 남자로 살아야겠어, 재윤이 분명히 내게 말한 건 삼 년 전이었다. 재윤은 이미 트랜스젠더퀴어 커뮤니티에서 FTMfemale-to-male 전환 시술에 대한 모든 정보를 모으고 호르몬 주사를 시작할 준비까지 마쳐놓은 상태였다. 가슴의 지방을 절제할 거라고 했다. 얼마나 오랜 시간이 걸리든 철저히 준비해서 가족관계증명서상 성별 정정까지 마치고 싶다고 했다. 사춘기 때부터 동생이 다른 아이들과는 조금 많이 다르다는 걸 알고 있었지만, 막상 그 말을 들으니 눈물이 났다. 살을 칼로 저며낸 듯 내 가슴이 얼얼하고 아렸다.

—미안해, 늦게 말해서…… 하지만 나도 확신이 생길 때까지 기다려야 했거든.

나는 어떤 긍정적인 말도 하지 못했다. 커뮤니티에 들어가 글들을 읽을수록 걱정이 되고 무섭고 불안해서, 지금 생각하면 하지 말았어야 할 무지한 말들을 쏟아부으며 재윤을 몰아세웠다.

—꼭 몸을 바꿔야 되니? 비수술로 사는 사람들도 많이 있잖아. 조금만 더 생각해보면 안 돼? 나중에 생각이 다시 바뀌면, 그럼 어떡해? 무섭지 않아? 나는…… 너를 잃어버리는 느낌이야. 엄마한테는 비밀로 하면 안 돼? 나만 알고 있으면 안 돼?

—언니, 나는…… 잃어버리고 말고 할 것도 없어. 나는, 이 세상에 내가 없는 느낌이야. 진짜 내 몸이 없고, 몸 없이…… 시커먼 석유 같은 데 푹 절여진 무겁고 이상한 껍데기를 쓰고 하루종일 돌아다니는 것 같고, 그게 매일이고, 그렇게 산 지 삼십 년이 넘었어. 삼십칠 년이야.

—……

—언니, 나는 내가 있었으면 좋겠어.

그게 재윤이 나를 '언니'라고 부른 마지막날이었다. 내게 말하고 사흘 뒤, 재윤은 엄마에게도 말했다. 엄마도, 나도, 끝까지 축하한다는 말을 하지 못했다. 엄마의 이야기를 들으면 나는 그 감정에 덮어쓰기되어 도저히 재윤에게 입이 떨어지지 않았고, 재윤의 말을 들으면 한없이 엄마가 밉고 재윤에게 미안했다. 아버지가 살아 계셨으면 아마 그 양반도 듣기 좋은 말은 하셨을 리가 없을 테니, 동생은 가족 중 누구에게도 축하받지 못했다.

그 축하를 지금 할 생각이었다.

본격 휴가 시즌이 시작되려면 일주일쯤 남아 있었고 평일이어선지 수영장 안은 생각만큼 붐비지 않았다. 하지만 두렵다면 두려워하기 충분할 만큼의 사람들이 거기 있었다. 재윤은 호텔 화장실에서 수영복으로 갈아입고, 그 위에 반바지와 티셔츠를 걸친 채 수영장으로 와서 탈의실로 들어갔다. 나는 비치 체어에 앉아 남자 탈의실 문 쪽을 보고 있었다. 얼마나 시간이 지났을까, 탈의실 문이 열리고 비치 타월을 두른 재윤이 천천히 걸어나왔다.

내 눈 속에서 햇빛이 부서졌다. 눈이 부셨다. 재윤이 웃고 있어서였다. 내가 있는 곳까지 걸어온 재윤은 비치 체어 위에 타월을 풀어 내려놓았다. 상처가 다 아물어 깨끗해진 납작한 가슴과 그렇게 넓지는 않아도 쫙 펴진 어깨, 운동으로 조금씩 근육이 붙기 시작한 팔, 제법 보기 좋게 탄탄해져가는 몸을 한 잘생긴 내 동생이 거기 있었다. 나는 자리에서 일어나 박수를 쳤다. 쭈뼛거리는 그 애의 얼굴에 대고 몇 번이고 사진을 찍었다. 통통한 내 얼굴이 최대한 작게 나오도록 조준해서 함께 셀카도 찍었다. 언제부터 누나였는지, 언제부터 누나여야 옳았는지 확실히 알지는 못했지만, 그래서 줄곧 미안했지만, 나는 이제 재윤의 누나였다.

*

처음 기차라는 걸 타본 건, 어쩌다보니 해외에서였다. 대학교 2학년 때 아버지가 (일 년 후 회사가 부도날 것을 전혀 알지 못한 채) 웬일로 통 크게 선물해준 비행기 티켓을 들고(사양하지도, 가족 중 다른 누구에게 양보하지도 않은 것은 물론이다) 나는 배낭을 꾸려 혼자서 유럽으로 날아갔다. 유레일패스라는 승차권을 끊으면 유럽을 횡단하는 거의 모든 기차를 어디서나 몇 번이든 타고 내릴 수 있었고, 어디로든 갈 수 있었다. 한국 전체가 버블로 터질 것처럼 부풀어오르던 짤막하고 미친 호황의 시기였다. 기차에서 샌드위치로 점심을 먹고 기차 화장실에서 티셔츠를 빨아 말려 입고, 어차피 없을 빈방을 찾아 낯선 도시의 숙소들을 헤매 다니는 대신 밤기차를 타고 잠을 잔 뒤 아침이면 또다른 낯선 도시에 떨어졌다. 어떤 기차는 의자가 커다란 초승달 모양이었다. 가는 곳마다 내 눈에만 보이는 분홍빛 비눗방울들이 터지는 것 같았고, 도시마다 새로운 향기가 흘러다녔다.

어디에도 머무르거나 닻을 내리지 않고 살고 싶다고 생각한 건 아마 그 짧고 미친, 경제적으로는 아니더라도 문화적으로는 톡톡히 혜택받은 이십대 초반의 한 조각이 너무도 달콤해서였던 것 같다. 나는 내가 평생 어느 곳에도 고이지 않기를 바랐다. 한국에 돌아와서는 새롭고 귀엽고 예쁜 것들을 찾아내는 눈과 감각을 지닌 친구들과 함께 새로 생긴 카페에서 카페로, 디저트에서 디저트로, 음악에서 음악으로, 책에서 책으로 기민하게 흘러다녔다. 대학교 4학년이 되어 검고 암울한 외환위기의 구름이 머리 위를 빼곡히 뒤덮었을 때에도, 나는 다음번(이 언제가 될지는 모르겠지만) 여행은 어디로 갈지를 생각하고 있었다. 부도와 실직으로 인한 아버지의 경제적·정신적 몰락을 보고도 그다지 크게 절망은 하지 않은 채 도피를 꿈꾸고 있는 내가 조금 걱정된다는 생각이 잠시 스쳤지만, 그것조차 오래가지 않았다. 아버지는 얼마 뒤 다행히 새 회사에서 일하게 되었고, 나는 대학을 졸업했다. 열나게 이력서들을 써서 부친 끝에 별 볼 일 없는 회사에 취직했고, 약간은 더 재미있는 회사를 찾아갔고, 그뒤에는 조금 더 재미있는 회사를 찾아갔다. 그 일을 반복하다가 마음이 맞는 동료들을 만나 연구 모임을 만들었고, 뒤늦게 대학원에 들어갔다. 새로운 분야를 공부하고, 새로운 사람들을 만나고, 또다른 분야를 공부했다. 공부를 계속해볼까도 잠시 생각했지만 돈 버는 게 더 재미있어 다시 회사로 돌아갔고, 그러자 다시 공부 생각이 났다. 대체로 그런 식이어서 한 우물을 파진 못했다. 지루하거나 권태롭게 지나간 날들은 별로 없었다. 몇 명인가와 연애를 해보았지만 나 자신을 양보하고 싶을 만큼 좋다는 마음은 들지 않았다. 누군가를 유혹하고 싶다는 충동으로 온몸의 피가 끓어오른 적도 몇 번 있긴 했다. 하지만 불과 이틀이나 사흘 정도만 지나면 어김없이 전에는 보이지 않던 단점들이 눈에 들어오면서 그 사람에게 쓸 시간과 돈을 차라리 내게 쓰는 것이 현명하겠다는 생각이 선명한 경고음을 울리곤 했다. 나는 언제나 내가 우선이었다. 뒷바라지도 2등 시민 노릇도 희생도 조력도 하기 싫었다.

시간강사가 되어 대학에 자리를 얻은 뒤로는 일주일에 두세 번씩 낯선 도시로 기차를 타고 달려갔다 돌아왔다. 혼곤한 눈으로 차창 밖을 바라보고 있을 때면 기차에 탄 게 아니라 내가 기차가 된 것 같았다. 승객들은 내 몸을 채웠다가 빠져나가는 내용물이었고, 나는 반투명한 젤라틴으로 만들어져 레일 위를 미끄러져 달려가는 묘하고 이상한 기차였다.

서른세 살이 되자 그때까지 버티고 있던 주위의 친구들이 약속이라도 한 듯 생물학적 위기감(서른여섯 살이면 이미 노산이라는)을 거론하면서 일제히 결혼을 선언했다. 그렇게 갑자기 집단적으로 결혼해버릴 줄은 몰랐기 때문에 조금 놀라긴 했지만, 많은 사람들의 삶에서 그 나이대에 발현되는 신비한 욕망이 내 안에는 애초부터 결여되어 있음을 알았으므로 서운하거나 불안하지는 않았다. 같이 놀 사람들이 사라져 심심해졌지만 또 새로운 사람들을 만나고 친구를 사귀었다. 옛 친구들이 결혼생활과 육아에 시달리다가 어렵게 시간을 내 나를 만나러 올 때면 연민과 안도감이 뒤섞인 시큼한 감정이 들곤 했으나 내색하지는 않았다. 명절이면 그 애들은 내게 시가에 데리고 갈 수 없는 개들과 고양이들의 펫 시팅을 부탁했다.

나는 내 이름으로 된 두 권의 책을 갖게 되었다. 가끔은 케이블이나 라디오 방송에도 나갔다. 성공하고 싶다는 마음은 별로 없었다. 다만 결코 지루한 사람만은 되고 싶지 않다는 생각이 들어, 일본의 절이나 유럽의 대성당에 가게 될 때면 잊지 않고 그렇게 빌곤 했다.

엄마의 번호로 국제전화가 걸려왔을 때 나는 후쿠오카행 신칸센 열차에 올라 막 자리에 앉은 참이었다. 방학이었고, 언제나처럼 혼자였고, 2박 3일의 둘째 날이었다. 번호를 본 순간 든 생각은 재윤에게 무슨 일이 생긴 게 아닐까 하는 것이었는데, 휴대폰에서는 낯선 목소리가 흘러나왔다.

—재경이니? 나 엄마 친구 숙자 아줌마야. 엄마가 조직검사를 하셨는데, 결과가 나와서 알려줘야 할 것 같아서 전화했거든.

숙자 아주머니가 엄마의 휴대폰을 빼앗아서 전화를 건 모양이었다. 나는 곁에서 울먹이는, 화를 내며 말리는 엄마의 목소리가 들려오기를 말없이 기다렸다. 내가 영원히 잊지 못할 그 목소리가 들려오기를.

*

이상하게 들리겠지만, 나는 언제부턴가 엄마가 암에 걸렸다는 소식을 전해듣게 되리라는 예감을 지니고 살아왔다. 이유는 몰랐다. 엄마가 죽게 된다면 사고는 아닐 것 같았고, 아마도 암, 일 거라고 생각했다. 그것은 복숭아씨처럼 단단하고 굳은, 죄책감의 주름이 깊게 새겨진 예감이었다. 아버지가 돌아가신 후 나는 정기적으로 엄마에게 생활비를 부쳐드렸지만 경제활동을 하지 않는 엄마에게는 아마도 턱없이 부족한 액수였을 것이다. 나와 재윤 가운데 누구에게든 말을 꺼내 함께 살고 싶다는 마음을 드러내고 싶었을 텐데도, 엄마는 전혀 내색하지 않고 경기도 외곽의 낡은 아파트에서 혼자 지냈다.

엄마는 영민하고 선량한 사람이었지만 자식들의 삶을 위해 지나치게 헌신했고, 아버지와 결혼생활을 하는 동안 단호함과 생기와 자존감 대부분을 잃어버렸다. 딸들에게 좋은 남자를 만나 결혼하라는 닦달을 해댈 만큼 지루한 사람은 아니었으나, 거기서 크게 벗어난 창의적인 무언가를 우리에게 기대하지도 않았던 것 같다. 아무것도 미래를 위해 접어두거나 쌓아올리지 않고 돈은 버는 족족 여행 비용으로, 눈앞의 시간은 책과 영화를 보는 데 고스란히 써버리는 큰딸과, 태어날 때부터 남자의 정신을 갖고 있어서 가슴을 도려내고 자궁을 들어내겠다는 장기 계획을 세우고 그에 맞춰 치밀하게 직장을 구하고, 누구의 도움도 받지 않고 돈을 모으는 작은딸이라는 조합은, 아마도 엄마의 예상에는 들어 있지 않았을 것이다.

엄마를 방치하고 있다는 죄책감을 매일 밤 베개 밑에 깔고 잠을 자면서도, 나는 가능한 한 엄마에게서 멀리 떨어져 있으려고 했다. 어떻게 그럴 수 있었니, 숙자 아주머니는 그렇게 묻지는 않았지만 몹시 슬픈 눈으로 나를 보았다.

—굉장히 오래돼서…… 아마 참을 수 있는 만큼은 다 참고, 더 이상은 참을 수 없게 된 모양이야. 그러니까 나더러 병원에 같이 가달라고 했겠지.

병실에서 엄마가 잠든 틈을 타 나는 엄마의 휴대폰을 열어보았다. 거기에는 엄마가 숙자 아주머니와 주고받은 몇 달 치 카톡 기록이 저장돼 있었는데, 그에 의하면 엄마는 지난 몇 년간 동생과 나 몰래 다섯 차례 입원을 했다가 퇴원했고(위궤양, 대상포진, 방광염, 장염, 방광염), 마지막에는 방광염으로 보기에는 지나치게 강한 통증이 지속되어 내원해 검사를 받은 결과, 그것은 실은 방광이 아니라 자궁에서 시작된 통증이었으며, 종양이 주변 장기에 이미 너무 많이 전이되어…… 뭐 그런, ㅈㅈㅈㅈㅈㅈㅈ, ㅈㅈㅈㅈㅈㅈ, ㅈㅈㅈㅈㅈㅈㅈㅈㅈㅈㅈㅈㅈㅈ…… 탕탕탕탕탕탕……의 연속이었다. 병원비도 그동안 숙자 아주머니에게 신세를 져온 모양이었다. 눈물나도록 흔해빠졌지만 사실은 세상에 딱 하나뿐인 이야기, 오직 나, 무심하고 또 무심했던 장녀만이 독자로 설정된 서사였다. 거기에는 이 모든 사태에 대한 아주머니의 논평과 질문(입원을 하셨다면 그래도 재경이는 와서 엄마를 돌봐주고 있겠지요? 큰

딸이잖아요), 그에 대한 엄마의 변명(일하느라 바쁜 애 부르기 그래서. 나 혼자 할 수 있어), 거기에 놀라 이어지는 힐난에 가까운 질문(재윤이는요. 둘 중 하나는 와야 하지 않겠어요. 엄만데요)과 방어(아휴, 걔는 자기 문제로 고민이 많아. 됐거든), 분노(아니, 지금까지 얼마나 숨긴 거예요? 또 어디가 안 좋으신 거예요? 정말 말씀 안 하실 거예요?)와 손사래(아니, 아니라니까. 참 나, 귀찮아라), 그리고 폭발(언니! 거기 가만있어요, 나 지금 가니까) 또한 곁들여져 있었다.

—재윤이한테는 얘기하지 마라. 하더라도 좀 나중에 해. 걘 안 그래도 힘들어.

다음날 아침 게슴츠레 눈을 뜬 엄마는 그렇게 말했다. 엄마와 재윤은 이미 당분간 서로를 안 보고 살기로 결정을 내려 연락하지 않는 상태였다. 재윤의 뜻이었다. 같은 상담사에게 상담을 받으며 서로의 뜻을 조율해보려고 노력했지만 엄마는 끝내 재윤의 커밍아웃을 마음으로는 받아들이지 못했고, 그것을 견디지 못한 재윤이 아예 보지 말고 살자는 결단을 내린 것이었다. 자신은 앞으로 점점 몸이 달라질 텐데, 이해하지 못한 채 엄마가 그 과정을 보면 볼수록 서로가 더 힘들어질 뿐이라는 것이었다. 다른 선택지가 없었던 엄마는 그때부터 하루에 한 번이나 두 번씩 전화를 걸어 작은딸에게 하고픈 이야기를 내게 대신 쏟아붓기 시작했다.

물론 울기도 했고 말이다.

혼자서 한참 헤엄치던 재윤이 풀 옆에 붙은 작고 동그란 욕조 모양의 온수풀로 건너왔다. 나는 보글보글 거품이 끓어오르는 물속에 허벅지와 무릎을 번갈아 주무르며 앉아 있었다. 몹시 더운 날이었는데도 삼십 분쯤 수영하자 금세 따뜻함이 그리워졌다.

—누나, 엄마 말야. 나 때문이었던 거지, 역시? 스트레스 받아서.

—하지 마라…… 그렇지 않다고 한 번만 더 말하면 열 번이다.

—하지만 자궁이었잖아.

재윤은 그렇게 말하고 웃어 보였는데, 내 동생이어선지는 모르겠지만 왕가위 영화 남자 주인공의 그것처럼 짙고도 슬픈, 참으로 여러 사람 가슴을 아리게 할 웃음이었다. 한숨이 절로 나왔다.

—어떻게 내가 떼어버리겠다고 마음먹은 바로 거기에서 시작이 됐냐고. 나 때문에 그런 거 아니냐고. 내가 말을 해서.

—그런가.

—어?

—너, 부두 인형이었냐. 네가 네 몸에 명령하면 그대로 주위 사람이 그렇게 되냐? 그럼 나는, 여기를 조심하면 되냐?

내가 두 손바닥을 가슴에 올려놓자 재윤이 소리내 웃다가 사레에 들려 한참 콜록거렸다. 왜 자꾸만 저런 말을 할까. 나는 여러 번 생각했지만 답을 찾지는 못했다. 나도 그랬지만 엄마는 재윤에게 결코 좋은 사람은 아니었을 텐데. 내가 할 수 있는 일은 하나밖에 없었다. 재윤이 저런 말을 하면 그때마다 아니라고 대답하는 것. 나는 머쓱하게 할말을 찾다가 화제를 돌리려고 입을 열었다.

—여자가 마흔 넘으면 겪게 되는 최악의 일이 뭔지 알아?

—뭔데.

—이 년에 한 번씩 국가에서 실시하는 건강검진이 있는데, 그 중에 유방암 찾아내려고 하는 유방촬영술이라는 게 있거든. 근데 무슨, 완전히 무지막지하게, 납작한 아크릴판 밑에 가슴을 끼우고, 그걸 꽉 눌러서, 쥐어짠다? 진짜 끔찍해. 가슴을 눌러서 호떡을 만드는 거야. 비명이 막 저절로 나오는데……

—그거, 나도 나오겠네? 조만간. 나도 이제 마흔이니까.

—아, 그렇구나.

—누나, 그거 나도 받아봤어. 수술하기 전에. 내가 뭐뭐 했다고 말 안 해서 몰랐나?

—아, 참 그랬구나. 응, 몰랐어.

나는 아차 했다. 너는 안 받아도 되겠다, 부럽다…… 나는 여자니까 계속 받아야 되는데. 그렇게 딴에는 웃기려고 꺼낸 말인데, 자꾸만 실수를 한다. 자꾸만 잊어버린다. 재윤이 정확히 어떤 곳에 있는지를. 너는 저쪽이니까, 너를 응원한다고 애써 선의로 건넨 것이, 앞질러버린다. 잘못 짚어서, 오히려 건드려버리고 만다. 재윤은 이제 달라졌으니까 어떤 건 겪지 않아도 될 거라고 나는 자꾸 생각해버렸지만, 그렇지 않았다. 재윤은 '달라지는 중'이었고, 거기에는 이쪽과 저쪽이 복잡하게 섞여 있었다. 나는 어떤 것들이 재윤에게 괜찮고 어떤 것들이 괜찮지 않은지 여전히 어이없을 정도로 잘 몰랐다.

—가슴 관련 체크는 나도 계속 받아야 돼. 난 어차피 지금 다니는 병원에서 다 받으니까, 국가 검진은 따로 안 받아도 될 것 같은데. 그거, 강제는 아니지?

—응, 아닐 거야. 그냥 국가에서 공짜로 해주는 거니까. ……미안, 기분 상했니?

—어? 아니? 야…… 뭐 그런 거 가지고 기분이 상해. 누나 요즘 왜 그래. 갱년긴가 진짜.

재윤이 내 등짝을 손바닥으로 짝! 때리며 웃었다. 나는 겨우 숨을 길게 내쉬었다.

—나 갱년기 맞아.

—소심대마왕이 돼부렀네. 그 자신감 뿜뿜하던 이재경은 어디 갔냐.

—……

—그거 상당히 아프지…… 근데 왜 그렇게 할까. 그냥 초음파 같은 걸로 들여다보면 안 되나, 나도 그 생각 했어.

그러게, 초음파로도 보는데, 그렇게 초초초원시적인 방법으로도 찍어야만 되는 이유가 있나…… 나는 중얼거리다가, 문득 내뱉어버렸다.

—너 몰랐지? 너 가슴 수술한 날, 엄마 왔다가 가셨었다, 잠깐. 너 자고 있을 때.

—어?

—알고 있었어?

—아니. 그걸 왜 이제 말해.

—……엄마가 말하지 말라고 해서. 엄마는 또, 네가 알면 힘들다고.

—……

—……

—하지만 안 올 거라 그랬는데. 보기 싫다고. 그런 건 죽어도 안 보겠다고 그랬는데.

—너 같으면 안 오겠냐? 자식이 피 철철 흘리면서 아마존 전사같이 가슴을 잘라내는데.

—엄마, 울었어?

—당연히 울지. 네가 엄마 입장이었어도 울었을걸.

—퓨…… 짜증난다.

—너도 엄마 항암 치료 받을 때 왔었잖아.

—두 번밖에 안 갔어, 난.

—그 정도면 됐어. 별로 볼 거 없었어. 근데 잠깐만, 너 되게 커진 것 같다 아담스 애플, 이제. 나한테만 그렇게 보이는 건가? 코털도 길어져서 코에서 삐져나오고 막.

—아 진짜…… 털은 호르몬 맞으면 원래 그래.

나는 재윤의 다리에 제법 북슬북슬 나기 시작한 굵고 까만 털들을 신기하게 바라보았다. 몰랐는데 가까이서 보니 가슴과 배에도 털이 나 있었다.

—뭘 그렇게 빤히 봐. 민망하네.

재윤이 웃으면서 눈에 고인 물기를 닦아냈다. 털 한 오라기, 턱수염 한 올, 콧수염 하나하나가 자라나 살을 뚫고 나올 때마다 그 애가 거울을 들여다보며 얼마나 좋아했을지 눈에 보여서 조금 마음이 놓였다. 그렇게 웃으려고, 그애는 그토록 오랜 시간 동안 혼자서 싸워왔고 지금도 싸우고 있는 것이었다.

마지막에 희미하게 한번 웃고는 고운 얼굴로 간 엄마도 마찬가지였고.

오직 자신에게만 들리는 아우성을 속에 품은 채, 진짜와는 다른 모습으로 자신을 보고 듣고 짐작하고 취급하는 세상 속을 계속 걸어가야 하는 괴리감과.

말하고 싶은데 입을 다물어야 하는 수두룩한 순간들과.

그런 고립 상태와.

엄마와 재윤은, 내내 싸워왔던 것이다.

나는 어떤 것과도 그런 식으로 싸워본 적이 없었다.

*

이십대에는 철없는 젊은이들이 종종 그러하듯, 나 역시 식물을 키우는 사람들을 보면 저 사람은 이제 끝났군, 노년이로군, 생각하곤 했다. 저렇게 말없고 정적인 것을 곁에 두면 좋은가. 재미있나. 무슨 일이 있어도 꽃만은 좋아하게 되지 말자! 다짐하기도 했다. 차라리 아침 드라마를 보자!

하지만 작년에는 두 번이나 식물을 키우려고 시도했었다.

외로웠던 것이다.

숨쉬는 짐승을 데려다 키울 용기는 없었다. 동물은 병들고, 죽고, 죽으면 태워서 장사 지내줘야 하고, 가슴속이 욱신거리고, 애달픔이 남는다.

풀이나 꽃은 비교적 쉬워 보였다. 눈도 입도 얼굴도 없었으니까. 그런데 실패했다. 한 번은 아무것도 모르고 너무 추운 늦가을에 상추씨를 심는 바람에 얼어버려서 싹이 안 났고, 다른 한 번은 온도는 맞았는데…… 물에 적신 화장솜에 씨를 얹어 싹은 틔웠지만 화분에 옮겨 심는 과정에서 싹들이 죄다 힘없이 나동그라지더니 제풀에 꺾여 죽어버렸다. 영양가가 많다는 분변토며, 새로 산 꽃삽이며, 목초액이며…… 죄다 아까웠다. 딱 한 번만 더 해볼까, 생각하다가 이상하게 기분이 상해서 그만둬버렸다.

뭘 키울 주제는 안 되는 모양이었다. 그냥 늘 하던 대로 나 자신이나 키우자고 마음먹었다.

그런데, 그게 기대만큼 잘되지 않았다.

아마존에서 주문까지 한 생리컵이라는 물건에 무리 없이 적응할 수 있을 줄 알았다. 낙태죄 폐지 시위에 나가고, 세미나에 참여하면 이삼십대 여성들 틈에 끼어 젊어지고 정확해지고 예리해질 수 있을 줄 알았다. 그렇지 않았다. 세상의 속도가 너무 빨랐다. 바람처럼, 풀잎처럼 가벼워야 할 때 코끼리처럼 육중해져서 걸을 때마다 바닥에 퉁, 퉁 하는 둔한 소리가 울려퍼졌다. 어떤 이슈에서는 젊은 사람들이 무엇 때문에 그렇게 분노하는지, 그게 어떤 지점 때문인지 끝까지 이해할 수 없었다. 그렇게 열심히 공부하고 따라가려고 애썼는데도, 강의평가에서 가끔 부연 설명도 없이 '인권감수성이 부족하셔서 많이 불쾌했습니다……'라는 코멘트를 받기도 했다.

사람에게 혼을 다해 몰두해본 적은 없었다. 내 삶의 즐거움은 대체로 일과 공부와 취미에서 비롯되었다. 그런데 마흔 살이 넘어가자 그 부분이 돌아가는 느낌도 매끄럽지 않아졌다. 젊은 저자일 때 머리 위에 걸려 있던 매력과 호감도 상승 버프가 사라지면서 나를 너그럽게 봐주던 모든 사람들이 말없이, 일제히, 은퇴해버린 것 같은 기분이 들기 시작했다. 처음으로, 정말로 세상 가장자리로 밀려난 느낌이 들었다. 악평이라도 좋으니 관심을 받고 싶은 마음에 매일 내 이름을 검색해봤지만 아무도 아무 말도 하지 않았고, 새로운 출간 제의도 오지 않았다. 사람들의 눈은 이미 다음 세대 저자들에게 쏠려 있었다. 학생들은 강의에서 점점 말수가 적어졌고, 나는 총기가 떨어져선지 벌써 노안이 찾아온 건지 책도 영화도 예전만큼 집중해서 들여다볼 수 없는데다 봐도 잘 이해가 되지 않았다. 가진 것이라봤자 교양에 속하는 몇 가지 학문에 관한 지식과 그것을 가르치는 기술뿐인데, 둘 다 오직 나만 할 수 있는 일은 아니었다. 그러니 새 일이나 새 자리를 찾자면 인맥이 있어야 할 텐데, 나는 평생을 인맥 같은 건 우습게 여기고 코웃음치며 살아왔던 것이다.

오래전에 연락이 끊긴 옛 친구들은 학부모가 되어 바쁜 듯했다. 새로 만난 사람들과 공부 얘기를 하는 건 재미있었지만 개인적인 친분으로 이어지는 일은 드물었다. 십오 년을 사귄 절친과는 모 일러스트 도용 사건에 대한 입장 차이 때문에 SNS에서 서로 다른 진영의 조리돌림에 얽혀들어가는 바람에 연락이 끊겨버렸다. 그 사건도 물론 중요한 문제이긴 했지만, 그랬지만…… 그 친구와 그런 이유로 헤어지게 될 거라곤 상상하지 못했다. 절교를 한다면 내 영혼이나, 그 친구의 영혼이나, 내 글이나, 그 친구가 쓰는 시 같은 좀더 개인적이고 본질적인 부분이 원인일 줄 알았다.

재윤이 커뮤니티 사람들의 긴밀한 연결망 속으로 떠나버리고, 엄마가 돌아가시고 나자 뒤늦게 혼자가 된 기분이었다. 혼자라는 게 늘 편했는데, 세상에 내가 단 한 명이고 나는 나로 완전하다고 생각할 때마다 언제나 자부심에 가까운 감정을 느껴왔는데. 이제는 매번 숨을 깊게 들이마셔야 했고, 늘 하던 일들이 새로 배워야 하는 일처럼 두려워졌다. 이렇게 늦게 어지러움을 느껴도 되는 것일까. 이렇게 일찍 낡아버려도 괜찮은 것일까. 꼿꼿해야 한다고 생각할수록 그러기가 어려웠다. 사람들 앞에서 옷에 오줌을 싸버린 걸 들킨 사람처럼 나는 나를 황망하게 바라보았다. 앞에 놓인 길이 벽돌길인 줄 알았는데, 두부로 만들고 빨간 페인트를 뿌려놓은 길처럼 보이기 시작했다. 그렇다고 이 방향이 아니라는 확신이라도 있나. 하다못해 통장에 매일이 불안하지 않을 만큼의 잔고라도 있어야 하는 거 아닌가. 그것조차 없었다(사실은 그게 제일 없었다). 하지만 나 역시 많은 사람들에게는 그럭저럭 괜찮고 멋있는 중년의 삶을 살아가고 있는 것처럼 보일 것이다. 틀림없이 그럴 것이었다.

그리고 나 역시, 영원히 알 수 없을 것이었다. 몸속에 커다란 암덩어리가 자라나고 있다는 사실을 알면서도 그렇구나, 하며 혼자 누워 잠들어야 했던 엄마의 하루하루와, 가슴을 조이며 기대하다가 새로 만난 누군가가 자신을 남자로 보면 속으로만 기뻐했을 동생의 마음과, 군대 얘기가 나올 때 면제라고 둘러대며 느꼈을 그애의 심정 같은 것들을. 호르몬 주사를 맞기 직전까지, 그리고 맞고 난 뒤에도 한동안, 생리를 하면서 재윤은 어떤 기분이었을까. 그 경험은 그애에게 어떤 것이었을까. 지금 회사에서는 어떻게 지내고 있는 걸까. 새로 사람들이 들어올 때마다, 괜찮은 걸까, 재윤은.

자기와는 다르게 수술을 전혀 하지 않고도 FTM으로 살길 원하는 사람들이 많다고, 그 사람들을 어렵게 만들고 싶지 않다고, 재윤은 여러 번 이야기했었다. 그애는 그건 사람마다 다른데, 사람마다 다르니까, 말을 할 때 매번 그렇게 강조하고 조심했다. 비퀴어들의 답 없는 무지와 오해 때문에 자신과 같은 사람들이 매번 되풀이해야 하는 수많은 불필요한 설명을 한 번이라도 덜어주고 싶다고 했다. 그러려면 더 열심히 공부해야 하고, 힘껏 살아 있어야 한다고.

그렇게 거대하고 절박한 질문들은 아니어도, 아무에게도 말할 수 없는 어떤 막막한 심정은 내게도 있었다. 나는 매일 아침부터 밤까지 그것의 조각들이 내 몸속을 작은 반딧불들처럼 날아다니다 새벽이 되어서야 꺼지는 광경을 느리게 느리게 지켜보곤 했다.

*

수영복 위에 걸치고 있던 젖은 티셔츠를 벗고 재윤의 옆 레인으로 들어갔다. 거추장스럽게 몸에 엉겨붙는 젖은 옷이 사라지자 조금은 가벼워진 느낌이었다. 내 몸을 감싸고 압박해오는 서로 다른 방향의 물결들과 내 입에서 나와 보글거리며 부서지는 공기 방울들과 그리고 나……만 존재한다고 느껴질 때까지 나는 묵묵히 헤엄쳐 앞으로 나아갔다. 다시 온수풀로 옮겼을 때, 재윤이 말했다.

—고마워, 누나.

—응?

—같이 수영장 오자고 해줘서. 사실 아직은 무리 아닐까 싶었는데, 괜찮았어. 나 이제 조금 덜 이상해. 아주 안 이상하지는 않아도 덜 이상해.

—재윤아.

—응.

—아주 가끔씩은 서로 얼굴 보면서 지내자.

그러기 힘들 거라는 걸 알았기 때문에 굳이 건넨 말이었다.

—응. 누나도 건강하고. 운동 열심히 해서 체력 좀 키우고. 우울증 오는 것 같으면 병원 제때제때 가서 약 꼭 챙겨 먹어.

—응.

방으로 돌아온 재윤은 샤워를 하고 머리를 말린 다음 노트북을 열어 키보드를 타닥타닥 두드리며 무언가를 적기 시작했다. 나는 TV를 켜고, 케이블에서 청동기시대 유적쯤으로 느껴지는 〈프렌즈〉를 보았다. 레이철과 모니카와 챈들러와 내가 제일 좋아했던 조이와 센트럴 퍼크. 냉면을 먹을까, 밤에는 공기가 선선하니까 스키야키 같은 따뜻한 국물음식을 먹을까, 아니면 룸서비스로 피자를 시켜 먹을까.

아까 찍어둔 재윤의 상반신 사진을 엄마에게 전송하고 싶었다.

휴대폰을 들어 하늘을 향해 조준하고, 읽지 않는 엄마에게 카톡을 보냈다. 내가 그러고 있는 걸 보던 재윤이 말했다.

—참, 그 사진 있으면 나 좀 줘봐.

—무슨 사진?

—엄마 노트북에 바탕화면으로 깔려 있던 거. 누나가 저장했잖아.

—아, 그거?

나는 조금 놀라서 되묻고는 휴대폰을 뒤졌다. 재윤에게는 어쩌면 그것조차 잊고 싶은 것으로 남지 않을까 나는 생각했었다. 사진을 첨부하고 전송 버튼을 눌렀다.

엄마가 죽기 전 마지막까지 매일 들여다봤던 그 사진 속에서 초등, 아니 국민학생인 재윤과 나는 갈색 걸스카우트 단복을 입고 동그란 뚜껑 모양의 모자를 쓴 채 나란히 웃고 있었다. 재윤이 긴 머리를 하고 치마를 입고 찍힌 정말 몇 장 안 되는 사진 중의 한 장. 엄마는 그걸 스캔해서 바탕화면으로 깔아놨었다. 말하자면 재윤 모니터의 '자살 금지' 문구와 똑같은 기능을 했을, 엄마를 버티게 해주었을 사진. 엄마의 고집, 완고한 믿음, 어쩌면 오기 같은 것.

—나 이때 기억나.

—그래?

—응, 누나가 6학년이었고, 내가 3학년. 우리가 같은 보였잖아. 우리 보를 상징하는 꽃이 민들레였어. 누나가 보장이었고. 우리

둘 다 학교에서 '다른 애들이랑 어울리려면 이런 데 들고 그래야 돼'라면서 강요해서 억지로 들었잖아. 그런데 나는 하다보니까 생각보다 재미있었어. 기능장 따고, 캠프파이어 하고, 길에서 브라우니 팔고 그런 거. 누나랑 같이 해서 그랬나. 하여튼 이때 다 같이 산으로 하이킹을 갔는데, 생각 안 나? 산에서 길을 잃었었잖아.

어렴풋이 기억이 났다. 우리는 보 단위로 움직였었다. 선생님들이 숲속 길을 따라 미리 놓아둔 표식들을 따라가면서 베이스캠프를 차례로 찾아내 거기서 받은 미션을 수행하고, 다음 베이스캠프로 이동해야 했다. 그런데 걸어도 걸어도 다음 베이스캠프가 나오지 않았다. 표식들도 사라져버렸다. 해가 뉘엿뉘엿 저물기 시작할 무렵의 산속과 사방에 깔려 있던 덤불들과 아무리 가도 나오지 않는 길과 조급하게 깜빡이던 마음속 경고등과 내 뒤를 따라오던, 내가 책임지고 인솔해야 하는 5학년, 4학년, 3학년 아이 셋. 그중에 내 동생. 시간이 별로 없었다. 해가 지기 전에 길을 찾아내야 했다. 쿵쿵쿵 뛰던 가슴과 오줌이 마렵다고 울먹이던 한 아이와……

—왜 그런 일이 일어났지?

—앞서 간 애들 중에 누군지 모르겠지만 어떤 나쁜 년이 화살표를 엉뚱한 방향으로 돌려놨어. 일부러.

맞다. 그 나쁜 놈. 누구였는지는 몰라도, 세상엔 왜 그런 애들이 있을까. 왜 그런 악의들이 자꾸만 자꾸만 생겨나는 걸까.

—대체 왜 그랬지?

—그때 누나가 좀 똑똑하고 예뻐서, 대장님도 보장들 중에서 누나를 유독 예뻐하고 그래서, 학교에 적이 많았어.

—우리 다음에 온 애들도 길을 잃었나?

—그건 모르겠고…… 기억나는 게, 밤이 거의 다 됐을 때 큰길로 통하는 길을 누나가 기적적으로 찾아내서, 마을이 나와서, 거기 어른들이 막 걱정을 하면서 이렇게 어린 학생들이 어떻게 길을 찾았냐고, 그 산이 밤에는 뱀 나오는 산인데 정말 정말 용하다고, 천만다행이라고…… 그랬던 기억이 나. 선생님들이 거기 주민들한테 수소문해서 결국 우릴 찾아오시고.

등을 두드리고 따뜻한 것을 챙겨주던 어른들의 손이, 나도 희미하게 기억나는 것 같았다. 그 조그만 애들 넷이서 어떻게 길을 찾았을까. 어두웠을 텐데. 무서웠을 텐데. 잘 모르겠지만, 그때 할 수 있었으니까 어쩌면 지금도 할 수 있지 않을까.

—누나.

—응.

—나 자궁 수술할 때 와줄 수 있어? 아직 좀 남았지만, 일정 잡히면 연락할게.

—……그럼, 당연히 가야지.

—수술할 때까지만 엄마 생각, 조금씩 하려고. 이 사진도 그때까지만 갖고 있으려고. 그다음엔 지우려고. 누나 어릴 때 사진은

따로 갖고 있을게. 독사진으로 한 장 줘, 나중에.

—그래.

—이제 밥 먹으러 가자. 배고프다.

재윤이 몸을 일으켰다. 나는 눈으로 사진을 찍었다. 그애의 옆모습을, 지금 이 순간 재윤의 미소를 오래도록 기억해두고 싶었다. 그 얼굴을 가슴속 바탕화면으로 깔아두면 나도 자살하지 않을 수 있을 것 같았다. 하지만 한편으론 컴퓨터라는 것을 처음 갖게 되었던 옛날부터 지금까지 줄곧 그랬던 것처럼 내 바탕화면에는 앞으로도 아무것도 깔아두지 않아도 좋을 거라고, 비어 있지만 그래도 괜찮을 거라고…… 그런 생각이 들기도 했다. 엄마 안녕, 우리 잘 살게. 걱정하지 말고 훨훨 날아가. 나는 속으로 중얼거렸다.

나는 일어나 점퍼를 걸치고 키를 챙겼다. 창밖으로 도시의 푸른 밤이 고요히 내리고 있었다.

피클

스크린에 유리단지 하나가 떠올랐다. 금속 뚜껑이 덮인 주둥이 바로 아래 빨간 리본이 묶여 있고, 두 손으로 쥘 수 있도록 양쪽에 손잡이가 달린 투명한 단지였다. 맑고 붉은 액체 속에는 둥글게 썬 오이와 함께 양파, 양배추, 비트, 할라페뇨 같은 채소들이 차곡차곡 담겨 있었다.

선우 역시 오래전에 꼭 한 번 피클을 만든 적이 있었다. 직장을 쉬고 있던 이 년 가운데 어느 하루였다. 그때는 집에서 파스타를 열심히 해먹곤 했다. 만들기 전에 유리병을 열탕소독해야 하는 이유가 궁금해서 엄마에게 전화를 했었다. 그래야 상하지 않고 오래 가지, 넌 그것도 모르냐, 대학 가서 대체 뭘 배웠냐, 엄마가 핀잔을 줬다. 하지만 발효저장식품이잖아? 기본적으로 상하는 건데,

또 상해? 선우가 묻자, 엄마는 어이가 없다는 듯 대답했다. 익느라고 상하는 거랑, 진짜로 상하는 거랑 같냐? 김치 맛 가는 걸 생각해봐. 할말이 없어진 선우가 혹시 월계수잎이 있느냐고 묻자 월계수잎 같은 소리 하고 있네, 그런 겉멋 든 식재료는 안 넣어도 된다, 하는 대답이 되돌아왔다. 엄마의 두 눈이 다 잘 보일 때였다. 두 눈이 잘 보일 때, 엄마는 좀 시끄러운 사람이었다. 말없이 한숨을 쉬거나 침울해하는 일 같은 건 없었다. 세상 모든 것에 통을 놓고 시비를 걸고 목소리를 높이고 싸우고 이기고 괄괄하게 웃곤 했다. 자신이 별로 좋아하지 않았던, 이제는 사라진 엄마의 그 우악스럽던 건강함을 선우는 가끔 떠올렸다. 그때 만든 그 피클에서는 예상한 것과는 조금 다른 맛이 났었다. 피클링 스파이스를 너무 많이 넣었던 건지도 모른다. 게다가 무엇이 잘못되었는지, 반도 먹기 전에 '진짜로' 상해버렸다.

—우리가 사는 세상은 거대한 피클 단지라고 생각하시면 됩니다. 그리고 이 속의 이것들이 우리죠.

사진 속 단지에 든 오이 몇 조각을 차례로 짚으며 강사가 말했다.

—혐오와 차별은 어디에나 있어서, 나 혼자 아무리 올곧게 살겠다고 마음먹어도 물들지 않기가 쉽지 않아요. 그걸 잊지 않는 게 중요하죠.

마무리 멘트와 함께 스크린이 꺼졌다. 질문 있으신 분? 강사가 물었다. 뒤쪽에서 누군가가 입을 열었다.

—아까 수업 중간에 본 동영상에 나오는 사건에 관한 질문인데요, 가해자와 피해자의 서사가 180도 달랐잖아요. 그런데……

질문한 사람은 선뜻 말을 잇지 못했다. 선우는 뒤를 돌아보려다 말았다. 잠시 침묵이 흘렀다.

그 동영상은 두 부분으로 되어 있었다. 하나의 성폭력 사건을 가해자와 피해자의 관점에서 각각 재구성한 것이었다. 가해자는 중년 남성이었고, 피해자는 대학생이었다. 가해자의 서사에는 '우연한 만남'과 '자연스러운 친밀감'이 있었고 피해자의 서사에는 '의도적인 접근'과 '취업을 시켜주겠다는 거짓말'이 있었다. 가해자는 가정형편이 좋지 않은 피해자에게 '위로와 경제적 도움'을 아낌없이 주었다고 했고 피해자는 처음 만나는 순간부터 '폭행은 아니지만 말로 된 협박'을 당했다고 했다. 피해자에게 '강간'이었던 것을 가해자는 '사랑'이라고 불렀다. 두 사람 사이에 오간 여러 통의 메일도 있었다. 한쪽의 주장으로는 '강간을 당한 사람이라면 절대로 하지 않을 집요한 애정의 표현'이자 '관계가 소홀해진 것에 대한 앙심과 불만의 표현'이었고, 다른 한쪽의 주장으로는 '가해자가 유리한 증거를 남겨놓기 위해 쓰라고 강요한 편지'이자 '불법촬영물을 유포하겠다는 협박 때문에 어쩔 수 없이 썼던 것'이었다. 메일 외에 남아 있는 물적 증거는 없었다. 두 사람의 진술 사이에는 단 하나의 교점도 없어 보였다. 완전한 평행선이었다.

—……제가 잘 이해가 되지 않아서 그러는데요. 그렇게 두 얘

기가 너무 다른데, 그렇다면…… 정말로 무슨 일이 일어났는지, 우리가 객관적 진실을 어떻게 알 수 있을까요?

애써 용기를 낸 것 같았지만 질문하는 사람의 목소리는 한층 작아져 있었다. 누군지 얼굴은 볼 수 없었지만 선우는 그 사람의 마음을 조금은 알 것 같았다. 이것은 절대로 해서는 안 되는 질문이 아닐까 하는 두려움, 같은 여성이면서 피해자를 감히 의심하고 있는 게 아닐까 하는 자괴감, 그럼에도 사라지지 않는 괴로운 호기심이 뒤섞인 말투였다. 다시 약간의 침묵이 흐르고, 강사가 입을 열었다.

—우리는 신이 아닙니다. 판관도 아니에요. 객관적 진실을 제삼자의 입장에서 알 수는 없어요. 다만 이 세상이 일방적으로 힘과 권력을 지닌 가해자의 목소리 쪽으로 기울어져 있기에, 우리는 그동안 소외되었던 피해자의 목소리에 조금 더 귀를 기울이자는 겁니다. 피해자의 편에 서자는 거예요.

선우는 그 말을 곰곰 생각해보았다. 그 말은 정답이었지만, 선우에게 충분한 답처럼 느껴지지는 않았다. 무언가 후련하지 않은 느낌이었다. 그 후련하지 않음에 관해 생각하고 있자니 기이한 자책이 밀려왔다. 정답인데 충분한 답처럼 느껴지지 않는다는 것은, 선우가 충분한 사람이 아니라는 뜻인 것 같았다.

—저건 저렇게 접근해서는 안 되는 문제야. 누군가가 자신이 피해자라고 주장한다고 해서, 손을 들어 누군가를 지목한다고 해서,

그 상대가 가해자임이 곧바로 증명되지는 않아. 피차 사실을 확인할 수 없는 상태에서 두 개의 서사가 죽어라 상대편을 밀고 있는 거잖아. 그냥 힘겨루기일 뿐이야. 사랑과 폭력은 고기에서 비계 도려내듯 그렇게 선명하게 분리할 수 있는 게 아니야. 그런데 그걸 분리해서 한쪽에선 사랑이라고 밀고, 다른 쪽에선 폭력이라고 밀면, 당연히 사람들은 폭력이라는 말에 귀를 더 기울이겠지.

연예인 성폭력 사건이 터질 때마다 남편이 하던 말이 떠올랐다. 선우는 그런 말을 들을 때마다 몸속의 혈관이 밀가루로 꽉꽉 틀어막히는 것 같았다. 제발 그 화제를 피하고 싶을 만큼 답답함이 밀려왔다. 그러나 선우가 피해도 남편은 그 화제를 계속 입에 올렸다.

—한 해 성폭력 피해 고발이 5만 건이라고 치자. 아니, 현실성 있게 4만 9889건이라고 하자. 당신은 그중에 억울하게 가해자로 몰린 사람이 단 한 사람도 없을 거라고 생각해? 4만 9889명 모두가 한 치도 틀림없는 진실만을 이야기한다고? ……나는 그렇게 생각하지 않아. 그렇게 생각할 수 없어. 과학적으로, 물리적으로, 통계적으로, 그건 불가능한 일이야. 그동안 여자들의 목소리가 잘 들리지 않았던 것은 사실이지. 여자들이 차별을 받고 있고, 세상이 남자 편이라는 것도 맞아. 하지만 피해자의 편에 선다는 것과, 누군가가 억울하게 누명을 쓸 가능성이 0이라고 주장하는 것은 전혀 다른 이야기야. 누군가의 삶이 무고하게 무너질 수 있다는 걸 염두에 두어야 한다고. 그런 일은 일어나지 않게 막아야 한다고.

그걸로도 충분하지 않은지 남편은 늘 이어서 깐죽거리곤 했다.

—내가 이런 얘기 했다고 트위터에 올려. 내 얼굴이랑, 이름이랑 올리고, 내가 꽃뱀 서사를 만들어내고, 2차 피해를 양산한다고 고발하라고. 그럼 난 가루가 되게 까이고 직장에서 잘리겠지. 그래도 불가능한 걸 가능하다고 할 수는 없어. 대답해봐. 4만 9889명 중에 사실을 왜곡하는 사람이 한 명도 없을까? 단 한 명도?

선우는 깊은 한숨을 쉬고 대답했다.

—있을 수도 있겠지. 하지만, 그보다 훨씬 많은 여자들이 실제로 강간당하고, 살해당하고 있잖아. 그걸 대수롭지 않게 여기는 사회 분위기 자체를 바꾸자는 얘기잖아.

—그렇다고 해서 그 한 명의 인권을 무시해도 되는 거야? 이게 다수결로 해결될 문제야?

대화가 여기에 이르면 선우는 미쳐버릴 것 같았다. 저 논리를 돌파해야 하는데, 어떻게 돌파해야 하는지 알 수 없었다. 그다음에 할말을 제대로 찾지 못하는 자신이 한심했고, 한심함 다음에는 허황된 상상이 따라붙곤 했다. 깨끗한 답. 기계에서 출력되어 나온 간결하고 명쾌한 결론. 말하자면, '사랑'이거나 '폭력'. 모든 인간의 신체에 바이오칩을 이식한다. 거기에는 타인과 만나고 관계를 맺으면서 가졌던 감정, 두 사람 사이에 있었던 일, 오갔던 말과 행동, 모든 신체적 정신적 반응과 그에 대한 당사자들의 기억과 해석이 기록, 저장되는 것이다. 문제가 발생하면 그 정보는 슈퍼

컴퓨터로 전송되고, 종합 분석되어 '객관적 진실'이 추출된다. 인간이 아닌 완벽한 존재가 판관이 되어 두 사람의 상반된 진술 사이에서 오류 없는 진짜 진실을 도출해내는 것이다. 인간이라서 생기는 머뭇거림이나 체온 때문에 생기는 사각지대 같은 건 없는, 가차없고 기계적인 진실을. '폭력이 있었던 것으로 보인다'는 사람의 말이 아니라 존재했던 폭력을 직접 보고 해석하는 사법 시스템을. 선우는 이 상상을 하면서 '폭력' '폭력' '폭력'이라고 인쇄되어 쌓인 판결문 무더기를 떠올렸다. 그러나 인간의 일을 그토록 완벽하게 판단해낼 수 있는 인간 아닌 존재란 과연 가능할까. 어떤 인간이 그것을 만들어낼 수 있을까. 그리고 자기 삶의 모든 비밀을, 어느 누가 그토록 쉽게 타인에게 내맡기려 할까.

*

후배 유정에게서 메일이 온 것은 유정이 퇴사하고 한 달이 지났을 때였다. 유정이 퇴사할 때 다른 직원들과는 달리 송별회 같은 것은 열리지 않았다. 그저 어느 날인가부터 유정이 회사에 나오지 않았고, 그뒤에 퇴사가 통보되었다. 건강 문제라고 했다.

선우는 유정과 친한 사이가 아니었다. 밥 한 번 둘이서 같이 먹어본 적이 없었고, 메일을 주고받을 만큼 친밀하다고도 결코 말할 수 없었다. 선우는 궁금함을 품고 메일을 열었다.

거기에는 유정이 편집장에게 성폭력을 당했다는 이야기가 쓰여 있었다. 원하지 않았는데 모텔로 끌려갔다는 것이었다. 이 사실을 아무에게도 말할 수 없어 괴로워하다가 퇴사를 택했지만, 뒤늦게 생각해보니 억울하고 고통스러워 참을 수가 없다고 유정은 또박또박 적고 있었다. 선배, 도와주세요. 이 이야기를 할 사람이 선배밖에 없습니다. 저는 어떻게 하면 좋을까요?

왜 나였을까.

선우의 머리에 첫번째로 떠오른 것은 그런 생각이었다.

*

모르는 사람이었다면 결코 망설이지 않았을 것이다.

얼굴을 모르는 수많은 피해자들의 글을 읽으면서 분노로 몸서리를 치고, 어떻게든 지지하고 연대하겠다고 결심을 하고, 그 다짐을 입 밖에 내는 일은 쉬웠다. 그런데 유정을 '알고' 있다는 것, 한 여자가 다른 여자를 알고 있다는 사실이 오히려 피해 상황 앞에서 아무 행동도 취하지 못하게 막는다면 그 '앎'이란 대체 무엇일까? 사람이 사람을 안다는 것에 무슨 소용이 있을까? 나는 유정을 어떻게 알고 있기에 이러는가, 선우는 생각했다.

선우와 유정은 띠동갑이었다. 유정이 인턴 기자로 입사한 날, 편집부는 무리를 해서 팀을 나눠 택시를 타고 기어이 홍대 앞까지

갔다. 무리를 해서 나이 제한이 없는 클럽까지 찾아냈다. 택시에서 내려 클럽까지, 신이 났는지 들떴는지 춤을 추며 걸어가는 유정의 뒷모습을 보며 선우는 생각했다. 젊구나. 선우가 클럽 입구에 앉아 캔커피를 마시고 있는데, 안에서 온몸이 땀에 흠뻑 젖은 유정이 걸어나와 선우 곁에 앉았다.

—선배님, 담배 있으세요?

선우가 담배를 건네주자 유정은 랩을 하듯 말했다.

—오오, 멘톨! 제가 좋아하는 건데! 예감이 좋네요! 오늘 기분 좋이에요, 좋!

희한했다. 생기로 터질 것 같은 아이였다. 그런데 그 생기에는 어딘가 인공적인 면이 있었다. 유정은 말을 하면서도 계속 어깨를 들썩이며 춤을 추었다. 컬을 넣어 바깥으로 까뒤집은 단발머리가 찰랑찰랑 흔들렸다. 두 눈은 무표정한데 입은 한껏 웃고 있었다. 첫날의 긴장을 오버액션으로 풀려는 건지, 그래야 이 조직에 빨리 적응할 수 있다고 믿은 건지, 원체 성격이 그런 건지는 알 수 없었다. 유정은 선우 곁에 앉아 한참을 더 그렇게 연극적인 말투로 말을 했다. 무슨 이야기를 했는지는 기억나지 않는다. 혼잣말에 가까운 말들이었다.

유정은 일에 비교적 수월하게 적응했다. 연예주간지 기자가 일을 잘한다고 할 때의 기준이 첫째, 마감을 잘 지킬 것, 둘째, 핫한 아이템을 기획하는 능력이 있을 것, 셋째, 처음에 기획한 대로 기사를 잘 풀어낼 것 정도라고 한다면 유정은 세 가지 기준에 모두 부합하는 신입이었다. 원고를 정말 빨리 썼고, 타깃 독자층의 관심사와 트렌드를 읽어내는 능력도 뛰어났다. 물론 짬밥이라는 게 필요한 산업 분석 기사 같은 건 아직 어려워했지만, 휴먼 스토리나 인터뷰처럼 가볍게 읽을 수 있는 말랑말랑한 기사는 제법 잘 써내는 편이었다.

문제는 입사 동기인 수경과 유정의 업무 능력 격차가 너무 크다는 점이었다. 수경은 과묵한 성격만큼이나 손이 느렸고, 짧은 꼭지를 두고 오래 고민해 겨우겨우 한 편의 글을 완성해내는 스타일이었다. 그렇게 힘들게 써내는 글들이 묵직하니 빛나 보일 때가 많아서 선우는 수경을 마음속으로 은근히 응원하곤 했다. 하지만 마감이 늦는다는 건 주간지의 특성상 치명적인 약점이었다. 수경 때문에 펑크 날 위기를 두 번쯤 넘기고 나자 편집장은 수경에게 주는 원고를 대폭 줄였다. 그 원고들은 유정의 몫으로 넘어갔다. 어쨌든 잡지는 나와야 했고, 유정이 더 일을 잘하는 것은 공인된 사실이니 어쩔 수 없는 일이었지만, 일을 많이 받는 유정은 점점 더 일을 잘하게 되었고, 이내 중요하지 않은 단신들만 쓰게 된 수경은 원고의 퀄리티마저 점점 더 나빠졌다.

유정을 보는 여자 후배들의 시선이 곱지 않다고 선우가 느낀 건 인턴 기간 삼 개월이 끝난 시점부터였다. 유정은 정기자가 되었고, 수경은 결국 회사의 다른 팀으로 발령받아 가게 되었다. 글을 쓰는 일과는 관계없는 마케팅 부서였다. 선우는 수경이 안타까웠지만, 나이만 많을 뿐 계약직 편집기자에 불과한 선우에게는 인사에 관해 의견을 개진할 아무런 권한이 없었다. 수경의 송별회가 있던 날, 선우는 오랜만에 늦게까지 술을 마셨다. 그런데 유정도 수경도 남자 기자들도 돌아가고 여자 후배 셋과 선우만 남은 3차 자리에서, 후배들이 이상한 말을 했다.

편집장과 유정이 사귄다는 것이었다.

—걔, 블로그가 있거든요. 얼마 전에 둘이 같이 세부에 다녀온 사진이 올라왔어요. 편집장은 출장이었고, 유정이는 주말 껴서 월요일에 월차 쓴 그 주요. 그리고…… 유정이 걔 시계요. 그거 편집장이 사준 거라고도 쓰여 있던데요.

선우는 머리가 띵했다. 동시에 유정이 언젠가부터 왜 점심을 혼자 먹는지도 이해가 되었다. 점심시간도 되기 전에 선우의 곁에 와 붙어서 말없이 서성거린 것도, 밥을 같이 먹을 사람이 없으니 같이 가달라는 신호였던 모양이었다. 선우는 그 신호를 알아차리기에는 너무 둔했다. 아니면 둔하기를 선택했던 건지도 모른다.

그러고 보니 유정에게 넘친 원고를 줄여달라고 했을 때, 그냥 서너 줄만 쓱 통으로 지우면 될 것을, 교정지가 새빨개지도록 열댓 문장을 여백에 줄줄이 써가지고 온 유정이 "선배, 이 앞 문단을 이렇게 요약해보면 어떨까요? 아니면 뒷부분을 이 문장으로 바꾸고, 순서를 조금 바꿔볼까요?" 하고 조금 이상하다 싶을 정도로 살갑게 말을 걸어왔던 일도 뒤늦게 생각이 났다.

유정은 무엇을 하든 튀고 도드라지는 아이였다. 외모가 독보적으로 뛰어난 여자가 무리에 섞여들기 위해 남들보다 몇 배의 노력을 해야 하는 경우를 선우는 학창시절부터 수도 없이 보아왔다. 그런 여자는 차가워도 안 되고, 말수가 적어도 안 됐다. '저런 애도 저렇게 실없는 면이 있네, 빈틈이 있어' 하고 남들이 피식 웃을 만한, 웃기거나 인간적인 호감 포인트가 있어야 했다. 유정도 그런 경우였다. 그런데 그 아이의 노력이 이 회사에서는 먹히지 않았다. 유정은 너무 필사적이었다. 내 편이 되어달라는 구조 신호가 지나치게 강하고 노골적이었다. 그래서 허우적거릴수록 점점 더 도드라지고 반감을 사서 겉돌아버리고 말았다. 선우는 아무 도움도 주지 않았지만 그런 유정이 안타깝다고 생각은 했다.

하지만 이번 일은 좀 달랐다. 사람 사는 곳에서 숱하게 일어나는 일이겠지만, 그렇게 가까운 곳에서 일어난 것은 처음이었다. 편집장은 마흔두 살이었고 유부남이었다. 정말이지 듣고 싶지 않은 이야기였다.

—사랑하나보지, 뭐. 그래서 그렇게 일을 퍼주는 거잖아. 유정이 걔가 우리 중에서 원고 제일 많은 거, 선배도 아시죠?

후배 하나가 경멸을 담아 혀를 차더니, 선우의 카톡으로 링크 하나를 보냈다. 유정의 블로그 주소인 것 같았다. 선우는 아무런 행동도 취하고 싶지 않았지만, 후배들이 계속 쳐다보았기 때문에 마지못해 그 링크를 눌러보았다. 과연 몇 장의 사진이 올라와 있었다. 야자수가 있었고, 해변을 배경으로 두 사람이 함께 찍은 커플 사진 같은 게 있었다. 선우는 거기까지 보고 창을 닫았다. 다시는 들어가고 싶지 않았다. 알고 싶지 않았다.

*

저와 편집장님은 가까운 사이였습니다. 그게 바람직하지 않았다는 것은 알고 있습니다. 저도 헤어지려고 마음먹었지만, 그 사람이 잡는 바람에 관계가 계속 이어져왔습니다. 그러다 그 일을 당했습니다.

제가 그동안 해온 일이 있는지라 그저 제 잘못이겠거니, 제가 빌미를 제공했겠거니 하고 생각하고 자책해오다가 어느 책에서 '거의 모든 성폭력은 친밀한 사이에서 벌어진다'는 문장을 읽고 용기를 냈습니다. 조용히 해결하고 싶기도 했지만 이 사실을 회사 사람들에게 알리지 않으면 또다른 피해자가 생길지도 모른다는 생각이 듭니다. 그런데 저 혼자서는 어떻게 해야 할지 모르겠어요. 선배, 제발 저를 외면하지 말아주세요.

*

선우는 받은 메일함을 뚫어져라 보고 있었다. 왜 자신에게 메일이 온 것인지, 이제 알 것 같았다. 선우밖에 없었던 것이다. 회사에서 가장 나이 많은 여자 선배. 취재팀 사람들 사이에 감정 대립이나 분쟁이 일어나도 늘 조용히 사태를 지켜볼 뿐 선불리 말을 얹거나 휘말리지 않는, 중립적이고 입 무거운 선배. 다른 누가 유정 편에 서줄까. 여자 아이돌 기사를 매번 이상한 어조로 써서 선우의 머리를 아프게 하는 남자 기자들이? 아니면 유정을 따돌려온 여자 기자들이?

그럼에도 선우는 계속 생각할 뿐이었다.

왜 나였을까.

피클 단지 같은 이 세상에서 오이로 남아보겠다고 온갖 곳에서 뛰어나오고 튕겨져나오며 살아왔다. 문제가 있을 때마다 발을 빼고 구독을 끊고 불매를 하고 서명을 하고 공유와 리트윗을 하고 좋아요를 눌렀다.

직접 싸우기도 했다. 노조에도 가입해봤고, 피켓을 들고 회사 사옥 앞에 땡볕을 맞으며 서 있었던 적도 있었다. 그러다 진이 빠지고 기력이 다해 나가떨어졌다. 문제가 제대로 해결된 적은 없었다. 책임이 있는 사람들은 면피성 사과를 하고는 시간이 가기만 기다렸고, 그러는 동안 여론이 나빠져 밑에 있는 노동자들만 더이상 일을 할 수 없게 되었다. 뼈와 살이 타들어갈 때까지 싸우기만 할 깜냥은 없었다. 쉬었다. 겨우 힘을 충전해서 다른 곳을 찾아갔다. 찾아가고 또 찾아갔다. 어떤 회사에서는 임금을 체불한 대표가 해외로 도망쳐버렸고, 어떤 회사에서는 분명히 편집자로 들어갔는데 사장이 운영하는 묘한 사교 모임의 회원들에게 줄 회원증과 기념품 제작 일만 하며 꼬박 한 달을 보내야 했다. 오랫동안 고심해 후원을 결심한 시민단체에서는 대표가 몇 년 동안 후원금을 횡령해온 사실이 드러났다. 이곳만은 정말 괜찮겠지 싶어 들어간 회사에서는 상사 한 명이 데이트 폭력 가해자로 밝혀졌다. 회사 이름이 모든 SNS로 퍼지자 선우가 집까지 찾아가 어렵게 계약을 따낸, 꼭 글을 받고 싶었던 저자들이 계약을 해지하겠다고 줄줄이 메일을 보내왔다.

이십대 때 사회로 나오며 선우가 꿈꾸었던 세계는 거대한 원이었다. 삼십대 후반이 되자 그것은 파이 조각처럼 생긴 좁은 부채꼴로 변했다. 문제가 있는 부분을 조금씩 베어내고 도려내고 물러서서 발을 빼거나 그도 아니면 쫓겨난 결과였다. 노동의 대가를 떼이거나 부당 해고를 당하거나 오명을 뒤집어쓰거나 윗선이 저지른 범죄에 연루되어 수치와 냉대를 감당할 걱정 없이 일할 수 있는 곳을 찾아낼 가능성의 크기이기도 했다. 구인구직 사이트를 뒤지거나, 일자리를 부탁하려고 전 직장 선배들에게 연락을 하고 있을 때면 '생각 같은 건 사치'라는 혼잣말이 목구멍으로 올라왔다. 윤리라. 양심이라. 이렇게 기를 쓰고 피하고 도망쳐도 결국에는 더러워지는 것을. 애가 있었으면 어쩔 뻔했을까, 선우는 가끔 생각했다. 애가 있었더라면, 나는 지금 깨달은 걸 좀더 일찍 깨달았을지도 몰라, 생각하기도 했다. 그리고 엄마가 쓰러졌다.

신혼 전셋집을 마련하면서 대출을 너무 많이 받았고, 이런저런 일로 정상적으로 임금을 받지 못한 기간이 너무 길었다. 애초부터 연봉이 낮았던 남편의 회사는 경영 악화로 임금이 삼십 퍼센트 삭감되었다. 그러나 엄마가 건강할 때만 해도 이렇게 막다른 골목으로 몰리는 기분까지는 아니었다. 당뇨 합병증으로 백내장과 관절염이 함께 온 엄마가 눈 수술을 세 번 받고 나자 선우는 몰리기 시작했다. 육체적으로, 구체적으로, 개처럼 몰리기 시작했다. 카드회사에서 전화가 걸려오면 심장이 쿵쿵 소리를 내며 뛰었다. 엄마가 없으면 밥 한끼 제대로 차려 먹지도 못하는 아버지가 엄마를 제대로 돌볼 수 없어 붙였던 간병인 비용도 내야 했다. 이것저것 가리고 잴 상황이 아니었다. 선우는 대학을 졸업하고 들어간 첫 직장에서 자신을 뽑아준 여자 선배에게 전화를 걸었다. '친정'이었다. 서른여섯이 되도록 직선을 만들지 못하고 밥상에 튄 김칫국물 자국처럼 여기저기 점으로만 찍혀 흩어진 선우의 경력을 받아주고, 그나마 괜찮은 대가를 지불해줄 유일한 곳이기도 했다. 선우가 만들던 문화예술 주간지는 없어진 지 오래였지만, 그 선배는 새로 창간된 연예주간지에서 여전히 편집장을 하고 있었다. 선우를 배려해 예전에는 교정교열 아르바이트로 해결하던 편집 일에 따로 기자 자리를 만들어주는 것까지 하고 그 선배는 퇴직했다. 그리고 지금의 그가 편집장이 되었다.

주간지 마감은 수요일에 본격적으로 시작되었다. 수요일과 목요일에는 회사에서 밤을 새워야 했다. 사무실 한쪽에 간이침대를 펴놓고 교정지를 기다리며 한두 시간씩 눈을 붙였다. 볼 원고가 없는 월요일과 화요일에는 사무실에 앉아 외주 교열 아르바이트를 했다. 사무실 사람들 모두 알고 있었지만 눈감아주었다.

왜 나였니. 나는 그럴 수 있는 사람이 아닌데.

선우는 메일함에 대고 물었다. '문제'가 될 이야기는 솔직히 듣고 싶지 않았다. 예전이라면 몰라도 이제는 아니었다. 유정에게 답장을 보내는 상상을 해보았다. 전화를 거는 상상도 했다. 여성단체에 전화를 해보아야 하나. 변호사 사무실을 함께 찾아가봐야 할까. 하지만 유정이 원하는 것은 '회사 사람들에게 사실을 알리는 것'이었다. 그 이후에 올 모든 일에 대해서는 선우가 총대를 메고 나서야 할 것 같았다.

아주 오래전, 선우가 인턴 기자이고 지금의 편집장이 평기자였을 때가 희미하게 떠올랐다. 그때 그의 별명은 '매너맨'이었다. 선우에게 일자리를 만들어준 그 여자 선배가 붙인 별명이었다. 회식이 늦게 끝나 버스가 끊어지면 집이 같은 방향인 그가 선우를 분당의 집까지 태워다줬다. 한두 번을 빼고는 늘 그렇게 했다. 집 앞에 나와 있던 엄마는 매번 화가 머리끝까지 나 있었다. 무슨 놈의 회사가 이렇게 어린 애를 매일같이 술을 먹여! 라고 엄마가 손바닥으로 그를 마구 때리면, 그는 얼굴을 붉히며 죄송하다고 몇 번이나 허리를 굽혀 절을 했다.

*

—술이 들어간다. 쭉 쭉쭉쭉. 쭉 쭉쭉쭉! 언제까지 어깨춤을 추게 할 거야. 내 어깨를 봐. 탈골됐잖아.

사람들이 일제히 어깨춤을 추며 노래를 불렀다. 맥주잔을 들고 있던 사람이 술을 들이켰다. 캬! 왁자한 웃음이 터졌다.

선우는 그런 노래를 태어나서 처음 들어봤다. 회사 회식에서였다면 부담스럽고 불쾌했을지도 몰랐다. 하지만 여자들끼리만 모인 자리에서 허심탄회하게 대화를 나누다 흘러나온 그 권주가는 묘할 만큼 다정하게 들렸다.

한국여성민우회에서 하는 '성폭력 피해에 공감하는 첫사람' 활동은 사법체계가 실제로 얼마나 가해자 중심적으로 돌아가고 있는지 알아보고 피해자들의 권리 회복을 촉구하는 활동이라고 했다. 홍보 웹자보를 보고, 조금 생각하다가 선우는 신청 메일을 보냈다. 두 달 동안 매주 한 번씩 모여 성폭력과 여성주의에 관한 강의를 듣고 토론을 했다. 그리고 마지막으로 실제 성폭력 사건 형사재판이 열리는 법정에 찾아가 참관과 모니터링을 했다. 법원이라는 위압적인 공간에 발을 들여놓는 것도, 판사와 검사와 변호사의 얼굴을 실제로 보는 것도 처음이었다. 오전 법정에서는 여러 개의 사건에 대한 선고심들이 이어졌다. 오후 법정이 열리자, 하나의 사건이 제법 깊이 있게 다루어졌다.

변호사와 함께 피고인석에 앉은 사람은 검은색 슈트를 차려입고 있었다. S대 대학원생이고, 현재 결식아동들을 위한 봉사 동아리에서 자원봉사를 하고 있다고 했다. 동아리 일일호프에서 우연히 만난 피해자와 술자리를 같이했지만, 강제추행을 한 것은 절대로 아니라고 피고측 변호사는 말했다. 그저 대화를 나누다, 피해자가 인생에 자신이 없어하는 것 같아 그럴 필요 없다고, 용기를 내라고 어깨를 두드려주고 머리를 쓰다듬어주다가 무릎에도 손을 얹게 되었을 뿐이라고 했다. 술을 많이 마시기는 했지만 피해자측에서 주장하는 것처럼 한적한 곳으로 강제로 끌고 간 일은 없었으며, 술을 깨기 위해 공원 벤치에 잠시 함께 앉아 있다가 피해자를 택시에 태워 집에 보냈다는 것이었다. 피고측 변호사는 피고인이 이런 일에 휘말린 것이 처음이고, 명문대 대학원생으로 어려서부터 부모님에게 엄격한 가르침을 받고 자라 이성관이 보수적이며, 따라서 피해자측이 주장하는 심한 행위를 했을 리가 없고, 무릎을 조금 만진 것 이상의 피해를 뒷받침해줄 증인이나 물적 증거 또한 없으며, 이 고발로 대학원 졸업을 하는 데 막대한 지장이 초래되었으니 부디 선처해달라고 변론을 이어갔다. 피해자가 남자친구가 있는데도 남의 학교 일일호프에 와서 낯선 남자와 술을 마셨던 점도 고려해달라는 말이 변호사의 입에서 나오자, 선우 앞줄에 앉아 있던 모임 사람들이 일제히 후…… 하고 크게 한숨을 내쉬었다. 오전부터 피곤해 보이던 검사는 말을 많이 하지 않았다.

짧고 일반적인 최종변론과 함께 징역 2년을 구형했다. 피고인은 무릎을 만진 것까지는 깊이 반성하고 뉘우쳤다. 앞으로도 계속 반성하며 살아가겠다고 했다. 그러나 그 이상에 대해서는 저는 그런 사람이 아닙니다, 라고 말했다. 그의 목소리가 심하게 떨렸다. 최종 선고 일정이 공지되고 폐정이 되었다. 모두의 펜이 분주하게 움직였다. 모니터링 용지에 쓸 말이 많았다.

아마도 그 피고측 변호사에 대한 공분 때문에 즉흥적인 뒤풀이 자리가 만들어졌다. 첫사람 활동은 끝났지만 그 선고심은 꼭 봐야겠다고 사람들은 입을 모았다. 선우 역시 재판을 보며 적잖이 충격을 받았다. 이론으로 배우는 것과 현실은 달랐다. 집으로 돌아가 남편에게 할 말이 조금은 더 생겼다는 생각도 들었다. 그러나 선우는 가슴속에 작은 거품을 만들며 끓어오르는 자신의 분노와 환멸을, 처음 보는 낯선 생명체를 관찰하는 것처럼 불안하게 들여다보고 있었다.

선우는 성폭력 피해나 여성주의에 관심이 있어서 첫사람 활동에 지원한 게 아니었다. 유정에게 답장을 보낼 수 없었기 때문에 지원한 것이었다. 다른 사람들에게는 달랐겠지만, 선우에게 이 활동은 회피였다. 공동체 안에서 일어난 폭력 사건을 해결하라는 촉구를 받은 책임자가 도서관으로 가서 인간 본성에 관한 학술논문을 찾아 읽고 폭력을 사유하는 외국 철학서를 파고드는 것과 본질적으로 다를 것이 없는 행위였다. 선우가 주말마다 친정에 가서 엄마를 보지만 어디가 아프냐, 어떻게 얼마나 아프냐고는 한마디도 묻지 않은 채 밥만 먹고 돌아오는 이유와도 비슷했다.

두 달간 조용히 강의만 함께 들은 것이 아쉽고 서로에게 묻고 싶은 것이 쌓여서인지 사람들은 금세 마음을 열고 내밀한 속얘기를 꺼내놓기 시작했다. 누군가는 이혼한 자신에 대한 주변의 시선이 얼마나 차별적인지 얘기했고, 누군가는 자신이 성소수자임을 밝혔다. 또 누군가는 자신이 어떻게 가정폭력에서 살아남았는지 낮은 목소리로 천천히 이야기를 들려주었다. 오직 여자들끼리만 그렇게 푸근하고 솔직한 대화를 나눠본 것이 처음이어서, 선우는 무척 신기했다. 여러 번 울컥했고, 몇 번은 깊이 고개를 끄덕였다. 한없이 환대받는 기분이었다. 그러나 쉽게 입을 열 수는 없었다. 모두가 하나씩 가장 은밀한 이야기를 하고 나서 선우만 남았다. 누구도 강요는 하지 않았지만 오직 선우만, 한마디도 하지 않고 술만 마시고 있었다.

—저는…… 어떻게 하다보니 빚을 좀 많이 졌어요.

선우가 겨우 한마디 하자 옆에 있던 사람이 선우의 잔에 맥주를 따라주었다.

—살다보면, 갚아져요. 빚은 어떻게든 갚게 되더라고요.

*

회사에서의 일상은 아무렇지 않게 계속되었다. 선우는 원고를 읽고, 틀린 맞춤법을 바로잡고, 넘친 원고를 잘라냈다. 추석 특집호 마감이 왔고, 지나갔고, 일주일간의 휴가가 주어졌다. 시가와 친정에 다녀와 TV를 보고 라면을 끓여먹으며 기름진 속을 달래다가, 선우는 휴대폰을 열어 오래전에 받은 링크를 눌러보았다.

유정의 블로그 주소는 그대로였다. 예전에 얼핏 본 사진들은 지워지고 없었다. 대신 짧고 고통스러운 일기가 며칠 간격으로 이어지고 있었다. 읽기가 힘들었다. 창을 닫으려다가 선우는 자신의 이름을 발견했다.

선우 선배에게서 연락이 왔다.

선우는 움직일 수가 없었다. 몇 번을 다시 보았지만 분명히 그렇게 적혀 있었다.

늦게 답장을 해서 미안하다고 했다.

선우는 링크를 닫았다가 다시 열었다. 일기는 그대로 있었다. 선우 선배가, 자신이 불이익을 당할 것을 감수하면서 회사에 정식으로 문제제기를 했고, 편집장과 싸우고 있다는 이야기가 한 달여에 걸쳐 띄엄띄엄 쓰여 있었다.

마음을 가라앉히려고 애쓰면서 선우는 계속 읽었다.

그 선우 선배라는 사람은, 자신이 편집기자라서 목소리를 내기가 애매한 위치라 그동안 가만히 있었던 것을 미안해했고, 여성단체에 대신 연락해서 심리상담을 받게 도와주었으며, 유정이 자해를 했을 때 집까지 달려와 병원에 데려가주고 치료비도 대신 내주었다고 되어 있었다.

그동안 내 생각이 많이 났다고, 더이상 참아서는 안 되겠다고 느끼고 용기를 내기로 마음먹었다고, 선배가 말했다.

선우는 천천히 숨을 쉬었다. 아무리 천천히 숨을 쉬어도 목젖 근처에서 계속 심장 뛰는 소리가 났다. 마지막 일기의 날짜는 한 달 전이었다.

*

선우는 편집장의 얼굴을 천천히 들여다보았다. 간 수치 때문에 술을 전혀 마시지 않는 그의 얼굴은 회식 자리에서 유일하게 말끔했다. 그 얼굴에서 눈을 돌리고 싶었지만 선우는 꾹 참고 입을 열었다.

—선배는 요즘, 괜찮아요?

—괜찮냐고…… 뭐가? 나야 늘 똑같지. 나이들어가니 몸이 힘들 뿐이지. 근데 왜? 너 무슨 일 있어?

열까지 속으로 세었다. 테이블 밑에서 손을 폈다가 다시 구부려 주먹을 쥐고 힘을 주었다. 주먹의 모양을 생각하면서 숨을 쉬었다. 열하나, 열둘, 열셋.

—유정이는 잘 지낼까요?

선우는 숨을 내뱉었다.

—아, 걔가 왜?

얼마나 빠른 속도로 눈을 피하는지 보려고 했다. 하지만 그는 눈을 피하지 않았다. 두어 번 깜빡일 뿐이었다.

—유정이 소식 들었어? 요즘 뭐하고 지낸대?

—할말 없으세요?

—무슨 할말?

—선배한테, 성폭력을, 당했다고 하던데요…… 유정이가.

다시 주먹을 꽉 쥐었다. 숨을 내쉬었다. 눈가가 떨리는 게 느껴졌다. 하지만 놀랍게도 그는 여전히 눈을 피하지 않았다.

—걔가 그러디?

하나, 둘, 셋, 넷, 다섯, 여섯, 일곱. 일곱까지 세었을 때 그가 눈을 돌렸다.

—성폭력은 무슨…… 걔가 먼저 그랬어.

열둘, 열셋, 열넷, 열다섯.

—걔가, 나를, 노골적으로 유혹했다고.

편집장이 기가 찬다는 듯 웃었다. 그의 얼굴 피부 밑에서 천천히 울분이 올라오고 있었다. 어디선가 본 적이 있는, 익숙한 울분의 표정이었다.

—기사도 아마 좋은 걸로 자기한테 몰아달라고 했고.

—……

—그래, 내가 걔 만난 건 잘못했지…… 아무리 정이 없어도 가정은 가정이고, 난 가정이 있는 사람이니까…… 하지만 선우야, 협박을 당한 건 나다? 와이프 전화번호를 어떻게 했는지 알아냈더라? 내가 헤어지자고 하니까 전화해서 다 불어버리겠다고 하데. 걔, 전략적인 애야. 사람을 어떻게 다뤄야 하는지 아주 철두철미하게 아는 애라고.

—……

—한동안 내가 끌려다니다가, 도저히 안 되겠어서 전화번호를 차단해버렸어. 그랬더니 퇴사해버렸네? 악담을 퍼부으면서. 그래놓고 그런 말을 하고 다닌다고? 아주, 나를 엿 먹이려고 작정을 했구만.

선우는 뒤로 물러나 앉았다. 어깨가 저절로 움츠러들었다. 그가 주먹으로 테이블을 내리치거나, 그보다 더한 일을 할 것 같아서였다. 그의 얼굴이 새빨개져 있었다. 관자놀이 옆에서 핏줄이 움직이는 게 눈으로도 보였다.

—……그렇게 나온다 이거지.

—……하지 마세요. 유정이한테 연락하지 마세요. 연락하면 우리도 가만 안 있어요.

—'우리'가 누군데? ……취재팀 애들? 지운이? 성민이? 희재?

……아니면 너랑 천유정, 둘이 팀이야?

선우는 대답할 수가 없었다. 유정과 선우가 '우리'는 아니었다. 유정과 '우리'인 사람이 있다면 유정의 블로그에 나오는 '선우 선배'이지, 선우는 아니었다.

—선우야, 네가 말려들어간 거야. 말린 거라고. 걔, 원래부터 좀 불안정한 애야. 몰랐니? ……전혀 몰랐어?

—그런 일이, 있었어요?

—무슨 일.

—그런 일이, 있었냐구요.

—그건 성폭행 같은 게 아니었어. 알겠니? ……오늘 들은 얘기, 안 들은 걸로 할게. 나도 너한테 더이상 안 좋은 얘기 하고 싶지 않거든. 멀쩡하게 회사 잘 다니다가 이게 무슨 일이야? 네가 오해한 것 같으니까, 오해 풀어. 안 풀면 심각해지는 오해다, 이거? ……그리고, 너 이거 다른 애들한테 말할래?

—……

—그럼 나도 누군가한테 네 이름을 말해야 돼. 그런 일은 서로 생기지 않게 하는 게 좋지 않을까? 그렇지? 너, 생각도 깊고, 말 안 옮기는 애잖아.

선우는 잠에서 깨어났다. 온몸이 땀으로 젖어 있었다.

*

유정의 블로그에는 더이상 글이 올라오지 않았다. 회사에 있을 때는 괜찮았다. 하지만 퇴근시간이 되어 사무실을 빠져나가는 동시에 선우는 반사적으로 그 블로그를 열었다. 의지로 통제할 수 있는 일이 아니었다. 휴대폰에서 블로그 앱을 지워버렸다. 하지만 하루도 못 되어 다시 깔았다. 컴퓨터에서 주소를 지우고 쿠키를 삭제했다. 하지만 머릿속에 입력된 주소는 삭제할 수가 없었다.

꿈은 드문드문 찾아왔다. 마치 유정의 마지막 일기에서 바통 터치를 한 것처럼, 선우는 계속 편집장이 나오는 꿈을 꾸었다. 현실에서 편집장을 볼 때는 머릿속이 텅 빈 것처럼 아무 생각도 느낌도 들지 않았다. 방어기제였다. 감각이 스스로를 불에 지져 없애기로 마음먹고 실행에 옮긴 것 같았다.

꿈에서는 달랐다. 모든 것이 아주 구체적으로 보이고 생생하게 들렸다. 만져졌고 느껴졌다. 얼굴이 뜨거웠고 맥이 빠르게 뛰었고 머릿속은 얼음처럼 싸늘하게 식었다. 손이 떨리고 다리가 후들거리고 목이 말랐다. 꿈속에서, 선우는 가끔 소리를 질렀다. 한 번도 써본 적이 없는 말투를 썼다. 욕설을 내뱉고 테이블을 쾅 내리치고 말리려고 다가온 누군지 모를 남자와 멱살잡이를 하기도 했다.

꿈이 거듭될수록 선우는 조금씩 더 올바르고 용기 있고 타협하지 않는 인간으로 변해갔다. 정확히 말하자면 그 이상이었다. 유정의 블로그는 선우가 어떻게 편집장에게서 사과를 받아낼지 모색만 하는 데서 멈췄지만, 꿈에서 선우는 사과를 받아냈다. 편집장의 사과문은 길고 두서가 없었다. 공개 사과문을 회사 SNS에 게시한 그는 책임을 지고 회사를 떠났다. 성폭력 가해자 교육 프로그램을 이수하고, 유정에게 합의금을 지불했다.

언제부턴가 유정도 꿈에 나오기 시작했다. 오래전과 똑같이 건강하고 눈치 없이 발랄한 모습으로, 선우의 팔을 꼭 붙잡고 서서 웃고 있었다. 꿈속의 선우는 썰어낸 지 얼마 안 된 오이처럼 하얗고 새파랗게 살아 있었다. 물들기 전에, 시큼해지기 전에, 익거나 상해버리기 전에, 피클 단지의 뚜껑을 비틀어 열고 밖으로 뛰어나온 것 같았다.

*

유정의 일기가 다시 시작된 것은 크리스마스를 두 주 앞둔 수요일이었다. 예전의 일기는 모두 깨끗하게 지워져 있었다. 새로 적힌 첫번째 일기는 딱 두 문장이었다. 〈라라랜드〉를 봤다. 사랑의 힘이란. 선우는 자신도 모르게 아, 하고 소리를 냈다. 다행이다…… 중얼거리다가 입을 다물었다. 그만두자고 선우는 생각했다. 이제 그만 봐야 했다. 유정은 드라마가 아니었다. 유정의 일기는 오랜만에 업로드된 새로운 시즌 에피소드가 아니었다. 선우는 자신이 끔찍했다. 하지만 그만두려던 참에 또 일기가 올라왔다.

선우 선배를 만났다. 대학로에서 파스타를 먹고 술을 마셨다. 선배는 요즘 자꾸만 살이 붙어서 걱정하고 있었다. 아무리 안 먹어도 헛배가 부르고 살이 찐다고. 나는 먹어도 먹어도 자꾸만 살이 빠지는데. 정말 잘 먹으려고 애쓰고 있는데 사십 킬로를 만들 수가 없다. 내 몸무게를 선배가 가져가는 거 아닌가, 싶었다. 우리, 이어져 있는 걸까. 어떻게 이렇게 이어져 있는 걸까. 그렇게 생각하니 마른 것도 괜찮다는 생각이 들었다. 굉장히 다정한 기분이 되어버려서, 집에 오는 내내 따뜻했다.

선우는 신경쓰지 않으려고 했다. 하지만 그날부터 하루에 두 번씩 체중계에 올라갔다. 언제 그랬는지 몸무게가 삼 킬로 늘어 있었다. 기분 탓이겠거니 했다.

보름이 지났을 때 선우는 병원에 갔다. 원래 몸무게에서 구 킬로가 늘어 있었다. 임신 테스트를 하고, 임신이 아니라는 것을 확인하고, 먹는 양을 반으로 줄이고, 저녁을 거른 지 일주일째였다. 몇 가지 검사를 한 뒤 의사에게 물었다.

—이렇게 단기간에 이만큼 살이 찔 수도 있나요?

—있죠. 자율신경이나 내분비 기능에 이상이 생기면요. 아니면 지속적으로 강한 스트레스를 받아도 그럴 수 있어요.

—먹는 양을 반으로 줄였는데도요?

—스트레스가 심해서 무의식중에 음식을 드신 건 아니고요?

—그러지는 않았는데요.

—확실한가요?

검사 결과 신체 기능에는 아무런 이상이 없었다. 의사는 식욕억제제를 처방해주고는 일주일 뒤에 다시 오라고 했다.

*

십일 킬로 불어난 지점에서 몸무게는 멈췄다. 살이 찐 것은 괜찮았다. 식이조절을 하는데도 체중이 줄지 않는 것이 이상했고, 달라진 몸이 힘들고 낯설었지만, 지금껏 살아오면서 그보다 나쁜 일도 얼마든지 있었다. 하지만 점점 더 무서운 마음이 드는 것은 어쩔 수가 없었다. 어떻게 이런 일이 가능할까? 선우는 알 수가 없었다. 유정이 선우를 원망하고 있는 것은 분명해 보였다. 그것은 이해할 수 있었다. 하지만 그 이상은 이치에 맞게 생각할 수가 없었다. 내 정신과 육체가 그 서사의 지배를 받는 걸까? 아니면 그저 우연의 일치일까? 내가 이제는 정말로 미쳐가고 있는 걸까?

그다음 일기는 다시 짧아져 있었다.

선우 선배가 한 얘기 때문에 눈물이 났다. 선배처럼 좋은 사람에게 왜 그런 일이 생기는 걸까?

'그런 일'이 무엇인지, 선우는 묻고 싶었다. 몸이 떨려왔다. 섬뜩해서 견딜 수 없었다. 선우는 자신을 설득했다. 이제 정말로 그만두어야 했다.

*

점심을 먹다가 후배가 문득 생각난 것처럼 말했다.

—참, 나 며칠 전에 천유정 봤다. 현대백화점 지하에서. 남친으로 보이는 사람이랑 같이 있던데.

유정의 이름이 나오자 분위기가 순식간에 싸늘해졌다. 아무도 아무 말도 하지 않았다. 선우가 물었다.

—혹시 그동안 유정이한테 연락받은 사람, 없니?

—무슨 연락요?

—그냥, 무슨 연락이든 간에.

선우는 후배 셋의 표정을 차례로 살폈다. 그런 것을 잘 숨기는 아이들이 아니었다. 연락을 받은 사람은 아무도 없었다.

—선배…… 혹시나 해서 말씀드리는 건데요.

입을 연 후배는 한참을 머뭇거리다 말을 이었다.

—조심하시는 게 좋아요.

—뭘?

—유정이에 대해, 얘기하지 않은 게 있거든요. 걔…… 현실과 상상을 잘 구분하지 못해요. 일어나지 않은 일을 일어났다고 생각하기도 하고, 말로 하기도 해요. 일어나기를 바라는 일도 마치 현

실인 것처럼 말하고요. 예전에 자기 블로그에 걔가 저희 세 명에 대해서 돌아가며 써놓은 적이 있었는데요……

—뭐라고?

—제 경우에는, 제가 그애를 때렸다고요.

—너는 안 때렸고?

후배들의 표정이 일제히 굳었다.

—……당연히 안 때렸죠.

—그렇구나.

—……

—왜?

—선배, 제가 선배였다면 저는 '너는 당연히 안 때렸지?' 하고 물어봤을 거예요.

—……그래, 그러네. 내가 왜 그랬지? 미안. 계속 얘기해봐.

—그다음은…… 말을 잘 못하겠어요.

—왜?

—걔가…… 저희를 많이 싫어했어요. 저희가 어떻게 어떻게 되었다, 고 글로 썼는데요. 마치 소설을 쓰는 것처럼요. 그런데, 그걸 기억하고 싶지가 않아요. 너무 끔찍해서……

*

선우는 편집장의 얼굴을 천천히 들여다보았다. 간 수치 때문에 술을 전혀 마시지 않는 그의 얼굴은 회식 자리에서 유일하게 말끔했다.

—너, 말 쉽게 안 옮기는 애잖아. 그래서 내가 선우 너를 좋아하는 거고.

편집장이 웃었다.

—……사과를 하셔야 될 것 같은데요.

—뭐?

—나한테도 했잖아.

—……뭘?

—그때, 내가 인턴이었을 때, 차에서, 성추행한 거, 그거, 사과하라고.

편집장이 허, 하는 소리를 냈다. 기가 막힌다는 투였다. 주위를 둘러보고 목소리를 낮췄다. 새벽 두시였다. 기자들은 모두 돌아갔다. 마지막으로 남은 건 선우와 그뿐이었다.

—무슨 성추행?

편집장이 웃었다. 술에 취해 반쯤 정신을 잃은 여자에게 키스를 하고, 옷 속에 손을 좀 집어넣은 것 정도가 무슨 성추행이냐는 듯한 웃음이었다.

선우는 속으로 열까지 세었다. 열하나, 열둘, 열셋, 열넷. 그가 눈을 돌렸다.

—……아아, 그래, 그때. 미안해. 미안해. 내가 너무 심했지.

너무도 간단했다. 그는 아직도 웃고 있었다. 선우는 편집장의 두 눈을 똑바로 보았다. 입술을 물었다. 테이블 밑에서 쥔 두 주먹에 정신을 집중했다. 한참을 그러고 있자, 그의 표정이 바뀌었다.

—……미안하다 선우야. 진심으로 사과할게. 내가 잘못했어. 너한테, 그래서는 안 되는 일이었어.

—……

—……하지만 천유정 걔한테는 난 잘못한 게 없어. 합의된 관계였고, 깔끔하게 인사하고 집에 돌아갔다고. 맹세할 수 있어.

—……

—너, 오늘 한 얘기, 아무한테도 말하지 않을 거지.

—……

—약속해.

—……

—약속하라고.

—못해요.

—뭐? ……그래, 그럼 네 마음대로 해봐.

*

집으로 돌아와 방문을 닫자 그제야 눈물이 흐르기 시작했다. 옷을 갈아입는데 손이 부들부들 떨렸다. 선우는 자신이 한 일을 믿을 수 없었다. 그럴 생각은 없었다. 그냥 밀려나왔다. 좁은 공간을 더이상 참지 못한 말들이, 충동적으로 튀어나와버린 것이었다.

유정을 위해 한 일은 아니었을지 모른다. 그것은 차라리 상갓집에 다녀와 집에 들어가기 전에 소금을 뿌리는 일, 혹은 사냥꾼이 짐승을 죽이고 나서 저주를 피하기 위해 짐승의 사체 앞에 깊이 머리를 조아리는 일과 비슷했을 것이다. 유정의 블로그에 '선우 선배'가 길을 걷다가 차 사고를 당하거나, 남편이 사고를 당하거나, 그도 아니면 엄마의 병이 악화되었다고 적히는 상상을 선우는 그만둘 수가 없었다. 뭐든 해야 한다고 생각했다. 하지만 그 '뭐든'이 이런 방식이 되리라고는 선우 자신도 전혀 예상하지 못했다.

십이 년 전 선우가 유정의 나이였을 때, 회사에는 성희롱이라는 개념이 없었다. 편집장이던 여자 선배부터가 늘 음담패설로 신입들을 놀렸다. 주말에 섹스는 많이 하고 왔니? 가 월요일 아침 인사였다. 세 보이려면 아무렇지 않아야 했다. 무엇이 무엇인지도 잘 몰랐고, 계속 모르는 채 있어야 했다. 선우는 오래전 그날 새벽을 떠올렸다. 엄마가 있었고, 엄마가 알아차릴까봐 서둘러 방으로 들어갔던 기억이 났다. 눈물은 나지 않았다. 누구에게 말을 할 수 있으리라는 생각조차 하지 못했다. 대기압과 중력이 전혀 다른 낯설고 좁은 방 안에 자신이 서 있고, 천장 네 모서리에 난 틈에서 묽은 회반죽 같은 것이 쏟아지기 시작해, 선우의 발을, 무릎을 뒤덮고, 허리를 지나 목을 지나 얼굴까지 차오르는데, 문으로 갈 수도 팔을 휘저을 수도 소리를 낼 수도 없는 기분이었다. 어떻게도 할 수 없어 눌러버렸던 그 옛날의 선연한 기억이 갑자기 무덤을 뚫고 나오더니 선우의 멱살을 잡아채 엄청난 기세로 낯선 곳으로 끌고 갔다. 배를 띄우고, 선우를 던져넣었다. 밧줄을 끊어버렸다. 발로 뱃머리를 걷어차 밀었다. 이제 배는 뭍에서 한참 멀어진 물위를 떠가고 있었다.

—……왜 진작 말하지 않았어.

긴 이야기를 다 들은 남편이 한숨을 쉬며 말했다.

—당신이 그애를 믿는다면…… 당신 생각이 맞겠지.

조금 더 힐난을 하거나 기막혀할 줄 알았는데, 이제 대체 어떡할 작정이냐고 소리라도 지를 줄 알았는데, 남편의 말은 짧았다. 그제야 실감이 났다. 그 사람 앞에 앉아 분노에 찬 말들을 하다보니 자연스레 핏속에 정의감이 솟아오르고, 혈관을 타고 흘러, 온몸 구석구석까지 휘몰아쳤었다. 하지만 그 짧고 뜨거웠던 정의감은 이제 어디로 갔는지 흔적도 없이 사라지고 해고, 퇴사, 명예훼손, 무고, 고소, 병원비, 리볼빙, 연체…… 같은 말들이 생각나기 시작했다.

이것이 모두의 일이었다면 떠올리지 않아도 좋았을 말들. 선이나 악 대신에 책임이라는 단어에 모두가 조금씩 연루되었음을 인정하고 그 단어를 나눠 가졌더라면 생각하지 않아도 좋았을 말들이었다. 그 차갑고 선명한 단어들이 차례로 머리를 후려쳤다.

후련했다.

덩치를 불리며 몸속에 도사리고 있던 외계생명체가 살을 뚫고 나와버린 것처럼, 부풀어오르던 배 한가운데가 찢어져버린 것처럼 후련했다.

'당신이 그애를 믿는다면.'

선우가 유정을 믿느냐고. 유정의 모든 말을 믿느냐고. 그렇지는 않았다. 미안하지만, 아무리 애써도 그렇게 되지는 않았다. 하지만 선우는 이제 자신 역시 믿을 수 없었다. 지금 선우가 믿는 유일한 것은 자신을 울게 만든 이 후련함이 진짜라는 사실이었다. 유정의 블로그가 아니었다면, 십이 년 전 신뢰하던 남자 선배의 조수석에 고개를 숙이고 차문을 열 생각도 하지 못한 채 앉아 있던 선우는 언제까지나, 누구에게도, 어떤 말도 들을 수 없었을 것이었다.

피해자가 되기 싫었다. 자신이 피해자라는 사실을, 그 무겁고 무섭고 모든 것을 걸어야 하는 싸움을 해야 한다는 사실을, 인정하기 싫었다. 그래서 아무것도 신뢰하지 않았다. 아무 일도 일어나지 않은 것으로 만들어버렸다. 자신 안의 좋은 부분을 신뢰하지 않았으므로 선우는 타인을 신뢰할 능력 또한 잃어버렸다. 그런데 유정은 왜 나를 신뢰하는가. 이런 나를 대체 어떤 근거로, 무슨 연유로 믿어주었는가.

선우는 유정에게 전화를 걸어보았다. 받지 않았다. 다섯번째로 통화 버튼을 누르다가 시간을 확인했다. 메일함을 열었다. '답장 쓰기'를 눌렀다.

'너무 늦게 답장을 보내서 미안하다'고 일단 썼다. '편집장에게 연락이 올지도 몰라. 받지 마'라고 썼다. 자신의 경솔함에 자책이 밀려왔다. 할 수 없었다. 이제 자책은 할 수 없었다. 반성만 하고 있을 시간이 없었다. 선우는 다음 문장을 썼다.

어떻게 해야 할지 몰라서 연락을 할 수가 없었어. 너와 할 이야기가 많아. 지난번 메일에 관한 이야기야. 이제부터 어떻게 대응할지, 꼭 얼굴을 보고 얘기해야 할 것 같아.

어떻게든 연락해줬으면 해.

선우는 답장을 보냈다. 육 개월 만이었다.

*

전화가 걸려온 것은 다음날인 토요일 저녁이었다. 친정에 가서 밥을 하고, 상을 차려 몇 숟가락 뜨고 있을 때 벨이 울렸다.

—전화 안 받니?

엄마가 선우를 보며 피곤한 목소리로 물었다.

생각이 스쳐갔다. 너무 많은 생각들이 스쳐갔다. 엄마가 한번 더 물었다. 안 받아도 되는 전화니? 선우는 그제야 휴대폰을 집어 들었다.

—여보세요? ……선우 선배?

나는 네가 생각하는 선우 선배가 맞을까. 책임과 윤리와 용기와 양심과…… 그 모든 말들이 어울리는 선우 선배가. 선우는 생각했다. 그렇지 않았다. 그런 사람은 없었다. 하지만 지금 대답할 수 있는 사람은 선우뿐이었다. 유정과 같은 일을 겪은 사람.

—응, 유정아.

—선배, 미안해요. 제가……

유정은 말을 더 잇지 못했다. 낮은 울음소리와 숨소리가 수화기를 타고 전해져왔다. 선우는 수화기를 귀에 댄 채 투명하고 커다란 유리단지를 떠올렸다. 그 안에 앉은 자신을 떠올렸다. 둥글게 썬 오이와 양파와 양배추와 비트를 쌓듯, 마음속에 떠오르는 말들을 몸 주위에 켜켜이 쌓았다. 유정의 눈물이 유리단지 밑에서 차오르더니, 밥상과 그릇들과 건너편에 앉은 엄마와 아버지와 자신을 적시고 더 위로 올라가기 시작했다. 머리카락이 바닷말처럼 펼쳐져 얼굴 주위로 떠올랐다. 걱정 어린 엄마의 얼굴이 물에 잠겼다. 스웨터가 부풀어올랐다. 젓가락을 든 아버지의 손이 물속을 느리게 움직여 생선에서 살점을 떼어내더니 입으로 가져갔다. 엄마가 머리 위로 둥실 떠오른 물병을 한 손으로 붙잡아 내리더니 기울였다. 점점 붉어지는 맑고 새큼한 물속에서 컵에 물을 따르기 시작했다. 선우는 자신의 코와 입에서 나와 머리 위로 딸려올라가는 동그란 공기 방울들을 보며 천천히 숨을 쉬었다. 유정이 있었다. 수화기 저편에 유정이 함께 있었다. 이제 선우가 기다릴 차례였다.

이웃의 선한 사람

가끔씩 반복되는 악몽을 꾼다. 내가 가슴께까지 이불을 덮은 채 자리에 반듯이 누워 있고, 정수리에서부터 사타구니까지 몸의 정중앙을 단단한 벽이 관통하고 있는 꿈이다. 이 선을 따라 벽을 세울 것. 누군가가 내 몸을 그렇게 굵고 반투명한 선으로 오해하고, 거기 있는 뼈와 살과 피를 무시한 채 공사를 진행한 것처럼. 혹은 내가 타임머신을 타고 이동하다가 시간과 공간의 아귀를 제대로 맞추지 못하여, 원래부터 벽이 있던 자리에 그릇된 방식으로 합쳐져버린 것처럼.

통증은 없다. 나는 몸을 옴짝달싹할 수 없지만 어째서인지 눈동자만은 굴릴 수 있다. 벽은 그다지 두껍지 않고 속이 비쳐 보이는 재질이라, 나는 내 팔과 다리가 양쪽으로 나온 채 고요하게 늘어져 있는 모양새를 볼 수 있고, 내 몸을 중심으로 양쪽에 펼쳐진 두 개의 방을 비교해볼 수도 있다. 불은 두 방에 다 켜져 있을 때도, 한쪽에만 켜져 있을 때도 있다. 방안의 물건들과 사람들은 매번 바뀌지만, 한결같은 게 있다면 그들 모두가 내게 무심하다는 점이다. 책들은 내 다리의 윤곽만 교묘하게 피해 쌓아올려져 있고, 낡은 선풍기가 손을 움직이기만 하면 버튼을 누를 수 있는 거리에 놓여 있지만, 내 몸은 좀처럼 발견되지 않는다. 가끔씩 내 관자놀이 위쪽 벽에 2구나 4구짜리 콘센트가 달려 있고, 거기에 두세 개의 전자제품 플러그가 꽂혀 있을 때도 있으나, 전기의 흐름은 느껴지지 않는다. 방에 드나드는 사람들의 시선이 내 쪽을 향하는 일은 드물다. 눈이 몇 번 마주친 적도 있지만 아무 일도 일어나지 않았다. 당연한 일이라고 나는 꿈속에서 생각한다. 그들에게 나는 보이지 않고, 거기 있는 것은 다만 벽인 것이다. 나는 아내와 연두가 곁에 없음을 알아차리는데, 그 사실이 무척이나 서글프면서도 다행스럽게 느껴진다. 함께 있다면 그들도 나처럼 산 채로 벽에 꿰뚫린 채 누워 있을 텐데, 그것은 내가 무슨 일이 있어도 감당하고 싶지 않은 일이기 때문이다.

꿈이 아픔 없이 평온한 것은 여기까지다. 멀리, 빛 속에서 혹은 어둠 속에서 갑작스럽게 무언가가 내 존재를 알아본다. 어떤, 동물이다. 내 상상력은 꿈에서는 그다지 독창성을 발휘하지 못한다. 그저 집에서 기를 만한 흔한 동물들 중 하나다. 개, 고양이, 새장

속의 앵무새, 혹은 수조 속의 햄스터. 그것이 무엇이든, 그 사실을 감지하자마자 내 시선은 절대로 마주보고 싶지 않은 그 눈을 향해 무력하게 끌려간다. 나는 팔과 다리를 움직이지 않으려고, 몸을 움찔대지 않으려고, 숨을 쉬지 않으려고 헛되이 애를 쓴다. 그랬다가는 그 짐승이 나에 대한 경계심으로 도망치거나, 반대로 달려와 코를 들이대거나, 발톱으로 긁어대거나, 짹짹대며 새장 안에서 날뛸 것이기 때문이다. 바로 그 순간 나는 투명한 사물이 아니라 사람으로 인식되고 말 것이기 때문이다. 나는 살아나, 벽이 내 안구와 코뼈와 입술을 으깨고 찢어놓는 것을, 내 뇌가 광물질에 의해 바수어지는 것을, 내장이 고통으로 울컥거리기 시작하는 것을 남김없이 느껴버리고 말 것이기 때문이다.

나는 내 모든 능력을 동원해 생명 없는 덩어리로 남고 싶다. 그러나 쉽지 않다. 짐승의 숨소리가 점점 가까워진다. 나는 결국 실패한다. 벽이 나를 알아차린다. 있어서는 안 되는 이 이상한 공존 상태를, 공간 속에서 자신의 우위를 깨닫는다. 동시에 내 몸의 모든 통각이 한꺼번에 깨어난다. 어떤 자비도 없이, 벽이 새롭게 내 몸을 뚫는다.

나는 목구멍까지 들어찬 시멘트를 게우듯 숨을 토하며 깨어난다. 몸은 땀으로 젖어 있고, 내게 닿아 있는 것은 오직 부드러운 이불과 베개와 침대 시트뿐이다. 그럼에도 내 심장은 한참 동안 커다랗게 쿵쿵거린다. 손바닥으로 팔과 다리를, 가슴팍과 물컹한 배를 한 번씩 쓸어보고서야 나는 겨우 호흡을 가라앉힌다.

방안의 공기는 아늑하고, 모든 것은 있어야 할 자리에 있다. 나는 안도감과 약간의 자기혐오를 느끼며 침대에서 내려온다. 집안에는 나뿐이다. 아내는 출근했고, 연두는 점심시간을 마치고 이제 막 5교시 수업을 듣기 시작했을 시간이다.

벌써 오후다. 나는 아침에 두 사람을 보낸 뒤 책상에 앉아 원고를 쓰다가 졸음과 게으름을 이기지 못하고 또다시 침대로 기어들어간 것이다. 고쳐야겠다고 생각하지만 고쳐지지 않는 몹쓸 나태가 죄책감을, 곧이어 악몽을 불러온 것이라 생각하며 나는 서재로 쓰는 작은방으로 간다. 꿈의 의미에 대해서는 생각하지 않는다. 반복되는, 별 소득 없는 일은 안 하게 되었다. 그나마 젊은 시절보다는 지금이 낫다. 지금은 꿈속을 헤맬 때와 깨어난 직후에만 이런 기분이니 말이다.

작은방 창문으로 건너편 빌라와 그 앞길과 골목의 가로등이 내다보인다. 건물은 갈변한 사과처럼 군데군데 얼룩져 있다. 내 눈은 자연스럽게 2층 끝 창문으로 향한다. 안은 보이지 않지만, 언제나처럼 창문은 조금 열려 있다.

저기 살던 사람과 잠시 알고 지낸 적이 있다. 한동안 알고 지낼 수밖에 없는 인연이었다. 그는 내 가족의 삶이라는 위장을 마취도 없이 갑자기 디밀고 들어온 내시경 같았다. 그때의 충격이 너무 커서, 그가 들어왔을 때처럼 다시 아무렇지 않게 빠져나간 뒤에도 나와 아내는 얼마간 얼얼함에 정신을 차리지 못했다. 생명의 은인. 그 낯선 단어의 무게가 우리의 마음을 눌렀고, 나는 어떻게든 그가 한 일에 대한 보답을 하려고 했다. 그러나 그가 사양했다. 뿌듯해하거나 부끄러워하면서 사양한 것이 아니라 잘못 걸려온 전화에 아닌데요, 하고 대답하는 듯한 무감정한 얼굴로 고개를 저었다. 그가 내 가족의 삶에 일으킨 변화가 그에게는 잘못 걸린 전화만큼이나 멀고, 어떤 연관성도 갖지 못한다는 표정이었다. 감상에 젖은 나의 상식은 그의 그런 태도를 처음에는 지나친 겸손으로 받아들였다. 그러나 시간이 갈수록 거기에 어떤 부자연스러움이 깃들어 있다는 생각이 떠올라 사라지지 않았다.

그 부자연스러움은 젊은 사람이 나와 같은 기성세대를 대할 때 다소간 품게 마련인 적대감도, 지루해하는 태도나 무뚝뚝함도, 냉소도 아니었다. 그는 자신이 한 선행을 이해하지 못하는 것처럼 보였다. 그런 일이 왜 일어났는지, 왜 누군가가 자신을 보며 그 이야기를 하고 있는지, 궁금하기는 하지만 굳이 묻기도 그렇고 해서, 그냥 받아들이려 하고 있는 것 같았다. 그 일에 대해 말하는 그의 표정에는 보지 않은 영화를 본 것처럼 소개하는 영화 프로그램 MC 같은 공허함과 결락감이 있었다. 이렇게까지 말하고 보니 내가 몹시 뒤틀리고 은혜를 모르는 인간처럼 느껴진다. 그는 다른 사람도 아니고 내 자식을 구해준 사람인데 말이다. 그렇다. 이런 복잡한 마음 때문에 나는 그 당시에도 힘들었다. 그가 어딘가 상처가 깊은 사람이라는 사실이 분명해진 뒤에도 나 자신이 그보다 훨씬 병들어 있는 게 아닌가 싶어 축축한 혐오에 빠지곤 했다.

나는 할일을 하려고 했다. 애를 썼던가? 그건 아니었는지도 모른다. 그래도 몇 번인가 더 그의 집 문을 두드렸다. 그가 번호를 가르쳐주지 않아서 전화는 할 수 없었다. 그것밖에 못 넣는 자신을 부끄러워하며 십만원짜리 수표 열 장을 봉투에 넣어 그의 문 밑으로 밀어넣었다. 봉투는 이튿날 아침 우리집 현관 바닥에 그대로 돌아와 있었다. 진부하긴 했으나 마트에서 파는 선물상자 몇 개를, 귤 한 봉지를 문 앞에 두고 오기도 했다. 그것들도 모두 돌아왔다.

그런 일이 반복되자 자신이 점점 초라해졌다. 나는 결국 보답하려는 시도를 그만두었다. 고마움은 부채감으로 변했고, 세면대 위의 비누처럼 조금씩 작아지더니 없어졌다. 일단 식어버리자 마음의 온기는 되살아나지 않았다. 언제든 동네에서 마주치면 말을 해야지 싶었지만 놀이터에도, 슈퍼마켓에도 그는 나타나지 않았다. 그는 자신의 방 속으로 스며들어 문을 잠가버렸고, 그것으로 끝이었다. 은인이던 그는 아는 사람이 되었고, 다시 아무런 교류 없는 타인으로 되돌아갔다.

이십 센티미터쯤 열린 그의 창문은 겨울에도 닫히는 법이 없었다. 그는 추위에 무감각하거나, 혹은 신선한 공기에 집착하는 사람인지도 모른다. 지금처럼 서서 보고 있으면 그가 오래전의 어느 밤처럼 어두운 방안에서 나를 말없이 응시하고 있는 것 같다. 아니, 이것은 나의 착각일 수도 있다. 어쩌면 그는 내가 모르는 사이에 다른 동네로 이사를 갔는지도 모른다. 내가 일을 시작하게 되어 정신없이 몇 년을 보내는 틈에, 아이를 키우고 아내와 몇 번이나 싸웠다 화해하며 일상을 다져가는 동안에, 차곡차곡 대출을 갚아가는 사이에, 이사 트럭이 와 그의 살림을 실어가고, 새 벽지가 벽에 발리고, 다른 이웃이 저기 들어와 살고 있는지도 모른다.

나의 부모, 그리고 장인 장모가 숱하게 말해온 것처럼 그런 게 삶이었다. 제법 큰일임이 분명한 그런 일이 벌어졌는데도 감쪽같이 오므라들고 틈새가 붙어 예전처럼 또 굴러갔다. 그사이 동네 풍경도 많이 변해, 이 길에 늘어선 거의 모든 집이 헐리고 신축 빌라가 들어섰다. 이렇게 낡은 건물은 이제 우리 빌라와 그의 빌라를 포함해 몇 채 남지 않았다. 저 건물 주인도 이쪽 주인처럼 사업으로 바쁘거나 다른 건물을 관리하느라 정신이 없는 모양이다. 창문과 창문의 거리로 짐작하면 저 건물의 방들은 제법 큰 편인데 한 번도 리모델링이 이루어지지 않았다는 게 비현실적인 일이긴 하다. 건물주로선 방 사이즈를 줄이고 개수를 늘려 한 번에 많은 월세를 받아내는 쪽이 훨씬 득일 텐데 말이다. 어쨌거나 그의 방과 나의 방은 그대로 있다. 내가 그를 다시 만나는 일은 아마 없을 것 같지만, 두 건물은 기적처럼 낡은 모습 그대로 마주보고 있다.

그는 이것도 미리 알았을까? 내가 지금 그를 떠올리며 여기 서 있게 되리라는 것도?

오래전에 그는 말했었다. 사람들의 선한 마음을 믿어야죠. 선한 마음은 선한 마음을 낳고, 그게 또다른 선한 마음을 낳으니까요. 그렇게 자꾸자꾸 낳아서, 자꾸자꾸……

표정이나 목소리는 없다. 남은 것은 문장뿐인데, 지금 내게는 바로 그런 문장들이 필요하다. 잠언이나 기도문처럼 느껴지는 이 말들이 머릿속 한구석에 아직 남은 악몽의 부스러기를 몰아내줄 것만 같다. 그러나 나는 조금 궁금하다. 그는 어쩌고 있을까? 믿고 싶지 않지만 보이는 일들과, 일어났지만 자신의 것처럼 느껴지지 않는 일들 사이에 여전히 전진도 후진도 할 수 없는 상태로 끼어 있을까? 아직도 그렇게 입으로 이상한 소리를 내고 있을까? 나는 그가 한 말들을 믿을 수 없다. 일부만 제외하고 말이다.

그를 처음 본 날이 기억난다. 저녁이었고, 10월이었다. 기모로 안을 댄 점퍼가 낮에는 후덥지근하다가 밤이 되면 마침맞을 정도로 포근하게 느껴지는 날씨였다.

밤마실을 나온 사내아이들은 자기 얼굴보다 큰 갈색 플라타너스 잎을 손에 들고 뭐가 그렇게 신나는지 낙엽! 낙엽! 받아라 푸슝! 소리치며 뛰어다녔다. 나는 공원 한가운데서 그 아이들이 그리는 정신없는 동선을 눈으로 좇으며, 너희들이 몇 해만 늦게 태어났다면 얼마나 좋을까, 멍하니 생각하고 있었다. 그랬다면 너희들은 우리 연두와 눈을 맞춰줄 테지. 형아들, 나도 같이 술래잡기 해. 우리집에 터닝메카드 일곱 개나 있어! 에반, 피닉스, 슈마, 나백작, 타돌, 미리내, 그리고 타나토스는 너무 비싸서 우리 할아버지 댁에 있어. 할아버지가 아는 사람한테 부탁해서 사셨다? 지금은 없는데 버스 타고 한참 가면 있어. 내 아이가 딴에는 없는 용기를 쥐어짜 작지만 결연하게 중얼거리는 그 소리를 외면하지 않고 관심을 보여주겠지. 네 살배기 연두는 개월 수에 비해 키가 작달막했고 말라서 갈비뼈도 살짝 보이는 편이었다. 소근육 발달도 느려서 색연필을 아직 제대로 쥐지 못했고 또래 아이들은 다 뗀 기저귀도 여태 밤에는 차고 잠들었다. 아내에게는 매일 자잘한 걱정과 죄책감을 안겨주는 그 일들이 나는 별로 걱정되지 않았다. 할 때 되면 다 하리라는 생각이었고, 부모 둘 다 체구가 큰 편은 아니니 어쩌랴 하는 마음이었던 것이다. 하지만 아이가 놀이터에서 다른 아이들의 무리에 끼지 못해 쩔쩔매는 광경을 보는 일만은 내게 기이할 만큼 고통스러웠다. 매일 어린이집에서 하원하면 집에 잠시 들러 세발자전거와 조그만 장난감들을 챙긴 다음 마치 처음으로 전투에 나가는 어린 전사처럼 결기와 의지로 무장한 얼굴을 하고 놀이터로 향하는 것이 그 무렵 연두의 주요 일과였다. 일단 놀이터 입구에 도착하면, 연두는 자신을 상대해줄 만한 아이들을 찾아 재빠르게 사방을 눈으로 훑은 다음 한 치의 의심도 없는 몸짓으로 목표물을 향해 페달을 밟았다. 그러고는 자기에게 눈길 한 번 주지 않는 큰 형과 누나들을 향해 버티고 서서, 나도 숨바꼭질 좋아하는데! 나도 어제 그 아이스크림 먹었는데! 하고 웅변하듯 외치는 것이었다. 아이들에게 서너 살 차이는 어른들 기준으로 한 세대 차이쯤 되는 모양이었다. 아이들의 정직한 무관심은 얼음처럼 차가웠고, 연두는 그걸 어떻게든 녹여보려고 온 힘을 다해 자신을 소리쳤으나 소득이 있는 날은 별로 없었다.

그럴 때면 내가 아이가 되어 안간힘을 쓰고 있는 것 같았다. 나는 아이가 힘겨움인 줄도 모른 채 겪고 있는 힘겨움에서 나의 과거와 아이의 미래를 보았다. 과거는 희미해서, 나도 어릴 때 저랬을까? 저랬단 말인가? 정도의 의문만 메아리쳐 돌아왔다. 반면 미래는 좀더 또렷하고 구체적이었으나 나는 그것을 똑바로 보고 싶지 않았다. 관계맺기, 소속되기, 인정투쟁, 호객행위, 자기PR, 뭐라 이름 붙이든 아이는 잔뜩 얽힌 가시덩굴 같은 저 무관심을 풀고 자르고 자기편으로 만들기 위해 평생 씨름하게 될 것이었다. 내가 그랬고 내 부모가 그랬듯이.

간혹 마주치는 어린이집 같은 반 친구들은 대개 한 시간쯤 놀면 부모를 따라 졸래졸래 집으로 가버렸다. 연두의 욕망은 한 시간보다 길고 집요하고 강렬해서 어떤 설득과 협박과 내가 엉덩이에 가하는 손바닥 세례에도 지지 않았다. 가을해는 여섯시면 떨어졌고 허기는 일곱시 반쯤에 절정에 달했으나, 연두는 여덟시가 되어도 새로운 친구를 찾아 공원 구석구석까지 뛰어다녔다. 몇 번의 힘든 밤을 보낸 뒤 나는 포기했다. 아이가 제풀에 지치기를 기다려 집에 데려온 뒤 늦은 저녁을 먹여 재웠다. 지나가겠지, 외동이라 그렇겠지, 부모를 닮아 외로움을 타는 거겠지, 동생을 낳아줄 능력은 안 되니 미안하구나, 나는 생각했다.

그때의 내게 가장 큰 고민은 그 정도 일이었다. 말하자면 나는 태평한 사내였던 것이다. 아이를 낳고 가정을 꾸렸으나 아직 작가 데뷔를 못해 앞이 보이지 않았고, 가장으로서의 책임을 아내에게 미뤘다는 죄책감과 칭찬하는 페미니스트들 앞에서는 말할 수 없는 아이 보는 아빠로서의 미묘한 열등감에 매일 시달렸으며, 집 계약 갱신이 다음번에도 전세금 인상 없이 이루어질지 알 수 없다는 사실과 나날이 줄어가는 통장 잔고에도 불구하고, 나는 큰 걱정이 없었다. 나를 둘러싼 모든 것이 예외 없이 막대한 불안을 강요하고 있었지만 내 마음에는 그 불안을 일일이 느낄 여력이 없었다. 나는 그냥 놔버렸다. 될 일은 되고, 안 될 일은 안 되리라고 생각하니 평온해졌다. TV와 인터넷에서는 매일 엄청난 일들이 일어나고, 사람들이 죽어가고, 역사가 거꾸로 돌아간다는 원성이 드높았으나, 일회성 분노와 삶의 근본을 바꾸지 못하는 습관적 다짐을 반복하는 일을 제외하고 내가 그 사건들에 구체적으로 닿을 방법은 전혀 없었다. 머리 위로 외국어로 된 거대한 공중장벽 같은 세상이 흐르고 있었고, 그것이 몰락해가고 있다는 사실을 나는 무감한 이주민의 심정으로 올려다보고 있었다. 날마다 아이를 먹이고 입히고 재우며 삶은 감자처럼 작고 포슬포슬하고 따스한 일상을 신경질이나 짜증으로 더럽히지 않으려고 애를 썼다. 그 일만으로도 가끔은 이가 악물리고, 주먹이 꽉 쥐어졌다.

친구를 찾는 데 실패한 연두는 시무룩한 얼굴을 하더니 공원 한쪽의 그네로 뛰어갔다. 빨간색은 비어 있었고, 녹색에는 그가 타고 있었다.

이상한 사내였다. 유년기에 타보지 못한 그네를 어른이 된 뒤 하루에 몰아 타보려는 듯, 그네 포악스럽게 타기 대회에 참가한 듯, 그는 인정사정없이 발을 구르고 차올려 그네 탄 자기 몸을 허공에 흔들고 뿌려대고 있었다. 그네 전체가 컹컹 무겁게 울리며 흔들렸다. 저러다 한 바퀴 돌아 뒤로 넘어가겠다, 나는 생각했고 연두는 겁먹은 얼굴로 내 뒤에 숨었다.

남자의 입에서 괴성이 새어나오고 있었다. 훗슈, 훗슈, 훗슈, 휘평, 휘평! 하르바사리, 람, 람. 귀를 보니 이어폰이 꽂혀 있었다. 음악을 듣는지 뭘 듣는지, 자기 입에서 나오는 소리가 어떻게 울리는지, 자기 몸이 어떻게 보이는지에 아무런 관심이 없는 것 같았다. 다소 익살스럽긴 했으나 아이에게는 충분히 위협적인 광경이었다. 저렇게 그네 타면 돼, 안 돼? 나는 연두에게 물었다. 연두는 안 돼, 중얼거리고 덧붙였다. 근데 아빠, 나 저거 타고 싶어. 녹색.

나는 연두의 그네를 밀며 기다렸다. 연두는 곡예에 가까운 남자의 움직임을 두려움과 매혹이 가득한 눈으로 좇느라 정신이 없었다. 나는 나도 모르게, 아이가 이런 걸 보면 안 되는데, 생각했다. 남자는 서른 살로도 열여덟 살로도 보이는 외모였다. 덩치가 상당했다. 붉은 얼굴에는 여드름이 가득했고 쉬지 않고 소리를 내는 입가에는 침이 조금 묻어 있었다. 그를 그렇게 만든 것이 무엇인지는 몰라도 아주 지독하고 사나운 것임은 분명해 보였다. 무엇보다 외계어를 닮은 그 이상한 괴성이라니. 그의 입에서 나오는 게 니미, 넝기리, 씨팔, 썅, 지랄이 아닌 게 다행이었으나 나는 그가 빨리 자리를 떠나주길 바랐다.

몇 분 후 그의 움직임이 멈췄다. 남자는 비슌, 비슈, 훗슈, 중얼거리며 그네에 그대로 앉아 있었다. 더 참지 못한 연두가 다가가 그의 그넷줄을 잡았다. 남자는 너는 뭐냐? 하는 눈으로 잠시 연두를 보다가, 일어나 백팩을 메고 공원의 가로등 불빛 속으로 성큼성큼 걸어갔다. 왜 저렇게 걷는 것일까?

그로부터 한 달쯤 지난 어느 토요일 오후에, 나는 동네 슈퍼마켓에서 치즈의 종류를 눈으로 훑고 있었다. 체다, 브리, 에멘탈, 모차렐라, 카망베르. 슬라이스, 스트링. 나는 치즈에 큰 관심이 없었다. 이 몇 개의 단어가 여전히 강렬한 건 그것이 나의 죄와 연관되어 있기 때문이다. 누구라도 나와 같은 일을 겪었다면 그 순간 자신이 보고 있던 사물에 한동안 붙들릴 수밖에 없을 것이다. 아내에게는 그것이 치즈가 아니라 인스턴트 커피였다. 다크 로스트, 마일드 로스트, 스위트 아메리카노, 스위트 모카. 원두가 떨어졌는데 사두는 걸 잊어, 슈퍼에 간 김에 급한 대로 커피를 사려 했다고, 달면서 카세인나트륨이 적게 함유된 커피를 찾고 있었다고 아내는 나중에 말했다. 카세인나트륨 말이야, 하고 울면서 몇 번이나 되풀이했다. 그러니까, 아이가 가게 안을 돌아다니며 마음에 드는 과자를 찾게 놔두고, 아내와 나는 각각 유제품과 커피가 진열된 매대에 서서 정신을 놓고 있었던 것이다. 우리는 그때 대체 무슨 생각을 하고 있었나? 사는 게 지겹다는 생각? 모든 게 너무나 지루해서 치즈나 싸구려 커피에라도 집중해야겠다는 생각? 주말 육아에서 놓여나 잠시라도 혼자 있고 싶다는 생각? 아니다. 그러지 않았다. 우리는 그냥 아무 생각이 없었다. 다섯 살을 향해가는 아이에게서 장난기가 빠지고 있다고 생각했고, 그것을 조금씩 아쉬워하던 중이어서, 아이가 말도 없이, 아무런 이유도 없이 슈퍼마켓 문으로 나가, 주위를 둘러보다가, 사차선 도로 한복판에 떨어져 있던 작은 바람개비 모양의 장난감(그것을 길에 떨어뜨려 그곳까지 굴러가게 둔 아이의 부모에게는 미안하지만, 나는 당신들을 저주했다. 몇 번이나)을 발견하고, 우리가 단단히 가르쳐둔 교통안전 상식을 까맣게 잊고 그리로 빨려들듯 뛰어가리라는 생각 같은 건 전혀 하지 못했다. 동물의 직감으로 먼저 정신을 차린 것은 아내였고, 아이의 이름을 부르다 몇 초 만에 목소리가 변한 것은 나였다. 우리는 거의 동시에 밖으로 뛰어나갔다. 아이는 막 차도 한복판을 향해 달려가고 있었고, 바로 그때 몇 미터 앞에 있던 트럭이……

나는 아이의 휘둥그레진 눈을 보았고, 연두야! 소리쳤고, 아내의 비명을 들었고, 요란한 경적을 들었다. 바로 그때 누군가가 뛰어들었다. 내가 기억하기로는, 거대한 오랑우탄이 달려와 새끼를 낚아채고는 곧바로 나무 위로 점프해 올라가는 것 같은 움직임이었다. 그 장면을 채우고 있던 거의 모든 것은 내 죄책감이 먹어버렸다. 다음 장면에서는 연두가 인도 위에 혼이 나간 얼굴로 앉아 있고, 아내가 아이를 안고 울고 있고, 내가 그 앞에 무릎을 꿇고 앉아 괴상한 소리를 토해내고 있었다. 트럭이 서고, 붉어진 얼굴의 기사가 내려 우리에게 다가왔다. 사람들이 모이고, 슈퍼마켓 직원들이 나와 큰 소리로 웅성거리기 시작했다. 그때 소셜 커머스 택배 트럭을 몰던 그 기사를 상대한 것은 나였는데, 그의 얼굴도 까맣게 지워졌다. 나는 이성을 잃고 험한 말을 토해냈고, 그도 그랬을 텐데, 너무 괴로워 그 얼굴은 잊었다. 그와 얘기를 끝내고, 연두가 다친 데가 없으며 제대로 말을 하고 울 수도 있다는 것을 확인해야 했으므로, 아이를 구해준 사람에 대한 생각은 몇 분 뒤에야 돌아왔다. 나는 사람들 사이에서 그 얼굴을 찾아 헤맸고, 그 침울한 얼굴의 남자가 등을 돌려 골목으로 들어가버린 뒤에야 그를 알아보았다. 그는 여전히 하얀 이어폰을 꽂고 있었다. 혹시?
……설마?

나는 그가 다음 골목에서 오른쪽으로 돌고 있을 때 자리에서 일어났다. 그러고는 있는 힘을 다해 뒤쫓아갔다.

그럴 리 없을 줄 알았는데 비슷했고, 비슷하다 싶었는데 틀림없었다. 걸을 때 몸을 이상하게 흔드는 모양새가 내 기억 속의 강렬한 인상과 일치했고, 잘 생각해보니 아까 사람들 사이에 서 있을 때 그가 입을 슈, 슈 소리내는 모양으로 내밀고 있는 걸 본 것 같기도 했다. 남자는 천천히 걸어 우리집 건너편의 빌라로 들어갔다. 내가 헐떡이며 공동 현관문에 들어섰을 때 바로 위에서 쾅, 문이 닫히는 소리가 났다. 나는 올라갔다. 202호였다.

그 순간 나는 방금 전에 나를 강타한 어마어마한 충격에도 불구하고, 마음이 싸늘하게 식으면서 몸을 빠져나와 하늘로 올라가는 듯한 경험을 했다. 모든 상황은 그대로인데 내 마음만이 머리 위 허공 어딘가로 둥실 떠올라, 모든 것을 낯설고 객관적인 제삼자의 시선으로 재구성하는 것 같았다.

여기?

나는 건물 밖으로 나왔다. 문의 위치와, 방과 창문의 위치를 살폈다.

그 집?

그 집이었다.

내 입에서 터져나온 것은, 한숨일 줄 알았으나, 실소였다.

나는 담배를 피운다. 대학 신입생 때 배운 뒤로 근 이십 년을 피워왔고, 중간에 서너 번 있었던 금연 기간은 몇 달을 넘기지 못했다. 아이가 태어난 뒤로는 미안하지만 더 많이 피워댔다. 당연하게도 아내는 싫어했다. 아무리 샤워를 해도 소용없어. 같은 방에서 자기만 해도 간접흡연이 된대. 항의가 이 정도에 그치는 건 육아와 가사의 팔십 퍼센트를 맡고 있는 내게 탈출구 하나 정도는 필요할 거라는 생각 때문인 것 같았다. 나는 계속 피웠다. 낮 동안에는 참았고, 밤에만 피웠다. 야근을 끝낸 아내가 돌아오면 지친 어깨를 한번 안아주고, 아이는 잘 재워놓았다고 말해준 다음, 잠시 눈치를 보다가 옷을 주워 입고 밖으로 나가 피웠다. 피우면서, 쓰고 있는 글에 대한 생각을 했다. 동화라는 것을 이렇게까지 어렵게 써야 하는가, 주로 그런 생각이었다.

나는 이 주에 한 번 동화창작 스터디 모임에 참여하고 있었는데, 그 멤버들은 내 글을 좋아하지 않았다. 메시지도 없고 문학적이지도 않다는 것이었다. 동화에 수십 가지 하위 장르가 있어서 제각기 따라야 하는 문법이 다르고 공식이 다르다는 것까지는 납득했으나, 그렇게 기출문제 분석하듯 최근 출간작의 경향을 읽고 전략을 세우면서(그리고 내 경우에는 잠을 줄이고 다른 여가가 없다는 불만에 시달려가면서) 아이들을 위한 이야기를 쓴다는 것이 내게는 우스꽝스럽고 슬픈 농담처럼 느껴졌다. 내가 보기에 동화에서 메시지를 보는 것은 책을 구입하면서 자기만족을 느끼는 부모들뿐이었고, 문학성을 따지는 것은 작가 지망생들뿐이었다. 겨우 다섯 살이나 여섯 살짜리 아이들의 마음에 다문화사회의 의미나 예술의 존재 의의, 지구온난화의 위험성 같은 심오한 주제와 시를 방불케 하는 함축적인 표현들이 과연 얼마나 가닿을지 나는 짐작할 수 없었다. 연두는 대체로 자신의 스트레스를 풀어줄 폭력이 등장하는 이야기, 아니면 슬랩스틱 코미디에 가까운 이야기에만 열광했다. 밤 산책을 못하게 하는 아빠와 듣기 싫은 영어 노래를 계속 틀어놓는 어린이집 선생님이 악어에게 먹히거나 똥통에 빠지는 이야기, 영웅이 못된 해적의 팔을 칼로 쓱 잘라내는 이야기, 바나나 껍질을 끝없이 밟고 넘어지는 저주에 걸린 아이가 바나나 나라 왕자를 찾아가 죽이는 이야기. 나는 아빠로서 걱정을 하면서도 한편으로는 그런 연두를 이해했다. 오래전부터 나는 어째선지 아이들이 어른들에게 통쾌하게 복수하고 엿을 먹이는 이야기를 자꾸만 자꾸만 쓰고 싶었다. 바로 그것이 이 세상에서의 내 숨은 사명 같았다. 어쩌면 생각보다 일찍 어른이 되어야 했던 나 자신을 위로할 유일한 방법이었는지도 모른다.

하나 현실은 현실이었다. 입시 대비하듯 쓰든 어떻게 쓰든, 그건 십 년 넘은 웹 콘텐츠 기획자 경력이 회사의 재정 악화로 끊겼을 때 나 자신이 고심 끝에 재취업 대신 선택한 길이었고, 선택한 이상 몇 년 내에 데뷔를 해서 처자식을 먹여 살려야 했다. 한가한 이야기를 늘어놓을 틈이 없었다. 그러나 내 마음은 불안을 느끼지 않게 개조된 상태였으므로, 나는 대신 담배를 피웠다.

슈퍼마켓에서의 일이 있기 반년쯤 전의 어느 날 밤이었다. 그날도 아이를 재운 뒤 아내에게 굿나잇 키스를 하고, 안 되는 글을 붙잡고 골치를 썩이다가 한 대 피우러 나간 참이었다. 새벽 두시쯤 되었을 것이다. 옥상은 잠겨 있었고, 우리 빌라 앞에는 앉을 만한 공간이 없었으므로, 나는 건너편 빌라에 붙은 시멘트 단에 걸터앉았다. 거기 앉기 시작한 게 그리 오래된 일은 아니었다. 한 일주일쯤 되었던 것 같다. 원래는 길 한복판에 서서 피웠는데, 연두를 안고 걷다가 허리를 살짝 삐끗한 뒤로 앉아서 피우는 버릇이 생겼던 것이다.

맹세컨대 나는 내 담배 연기가 올라가는 경로 정중앙에 누군가의 창문이 열려 있을 거라고는 전혀 예상하지 못했다.

—그러니까 바로 그런 게 기본적인 예의의 문제라니까. 열렸고 닫혔고를 떠나서 당연히 창문 밑은 피해야 하는 거 아니야? 피우기 전에 전후좌우를 샅샅이 살폈어야지. 흡연자들 진짜 둔감해.

다음날 아침 아내는 고소하다는 듯 말했다. 그 말이 맞았다. 나는 둔감했고, 배려가 부족했다. 나 같은 인간들 때문에 흡연자들의 입지가 더욱 좁아지고 있다면 나는 성토당해 마땅하다. 어쨌거나 만약 의식을 했더라면 나는 절대 거기 앉지 않았을 것이다. 그러나 반성과 성찰이 깃들기에 그때의 내 마음은 너무 커다란 충격에 얻어맞은 상태였다. 내가 뒤집어쓴 것은 식초였던 것이다.

처음에는 물인 줄 알았다. 비나 우박인지도 모른다고 생각했다. 혹은 건물이 낡아 어딘가 고여 있던 물이 갑자기 쏟아졌나, 생각도 했다. 그 며칠 전에도 머리 위로 뭔가 떨어졌는데, 그건 물이었으니까. 아무리 봐도 그런 식의 낙수가 일어날 구조는 아닌데. 나는 자리에서 일어나 궁금해했었다. 그런데 그날 밤에 쏟아진 것은 달랐다. 물에서 날 수 없는 독한 냄새가 났고, 무엇보다 뒤집어쓰는 순간 이건 사람의 의도적인 행위라는 강렬한 직감이 나를 때렸다. 냄새. 산. 신 냄새. 나는 몇 분간 몸을 움직일 수가 없었다. 충격을 누르며 겨우 일어나 돌아섰다. 건물 전체의 불이 다 꺼져 인기척이 없었고, 오직 내 머리 위쪽, 2층 방의 창문만 이십 센티미터 정도 되는 폭으로 열려 있었다.

나는 그 열린 창문 너머의 어둠을 넋 놓고 올려다보았다. 기가 막혔고, 화가 났고, 억울한 마음이 치밀었으나 그 모든 것 이전에 공포로 몸이 속까지 얼어붙는 듯했다. 음침했다. 지독하도록 음침했다. 얼굴이 보이지 않는다는 사실이 컸다. 잘못을 하긴 했지만, 나는 일단 사람이지 않은가? 머리를 내밀고 내게 소리쳐 경고를 하거나, 욕설을 퍼붓거나, 그도 아니면 그 자리에 험악한 경고문이라도 붙여둘 수 있지 않았을까? 방의 주인이 누구든 그가 내게 한 행위에는 인간 대 인간의 의사소통을 구성하는 어떤 필수요소가 완전히 결여되어 있었고, 그것이 내 몸을 떨리게 한 음침함의 원인이었다. 그는 내게 말을 할 필요가 없다고 생각한 것이다. 말이라는 수단의 가능성을 처음부터 고려해보지 않은 게 분명했다. 그에게 나는 인간이 아니라 다만 대상이었다. 나는 기다렸지만, 아무리 기다려도 창문 안쪽에서는 어떤 소리도, 움직임도 넘어오지 않았다. 나는 이를 악물고 그 어둠 속을 상상했다. 불을 끈 채 침대에 누워 기다리고 있다가, 창문으로 담배 연기가 들어오는 것을 확인하고 천천히 일어나, 반나절 전쯤 미리 식초를 따라둔 컵을 집어들고 소리 없이 다가오는 그를. 내 무방비한 머리통을 위에서 내려다보며 침착하게 겨냥을 하고, 액체를 부은 뒤, 침대로 돌아가 숨죽이고 누워 있는 그를. 그 천천한 일련의 행동들을. 킬킬거리는 웃음소리라도 들려왔다면 차라리 나았을 것이다. 적막한 어둠이 그토록 악의적일 수 있다는 사실을 그날 처음 알았다.

나는 그뒤로 한동안 담배를 피우지 못했다. 그의 책상 위에 놓여 있었을 컵을, 그 안에 든 식초의 미동 없이 잔잔한 수면을 떠올리면 욕구가 도려낸 듯 사라졌다. 그나마 다행이잖아. 염산이나 황산이었으면 어쩔 뻔했어. 내 충격이 생각보다 오래가는 것을 보고 조금 놀란 아내가 위로랍시고 건넨 말이었다. 정말 그랬을 수도 있었다. 그후 몇 달 동안, 나는 건너편 빌라 2층 끝방 거주자의 얼굴을 집요하게 상상했다. 그의 배경을, 그가 살아온 역사를 가상으로 구성해보는 일을 멈출 수 없었다. 자식에게서 버림받은 독거노인. 권태와 탐욕에 물든 중년 여자. 취업이 안 되는 취업준비생. 직접 대면하지 않아도 된다면 나는 그 사람의 얼굴을 꼭 한번 보고 싶었다.

그러니 그 바람이 결국 그렇듯 이상한 방식으로 실현되었을 때 내가 느낀 감정을 어떤 말로 표현할 수 있겠는가. 그날 202호의 닫힌 문 앞에 서서 나는 어떤 까마득한 낙차를 느꼈고, 결국 아무 행동도 취하지 못했다. 그 순간 내 머리에 떠오른 이미지는 벌어진 입이었다. 내가 동경하며 응원하는, 볼 때마다 기분이 좋아지는 어떤 아름다운 여자 혹은 남자가 있다. 국민 모두가 호감을 품을 수밖에 없는, 안티조차 없는 연예인 같은 느낌의 사람이라고 해두자. 그 사람이 얼굴 가득, 보는 것만으로도 향기가 전해질 것 같은 싱그럽고 건강한 미소를 짓고 있다. 입술이 벌어지면서 미소는 곧 환한 웃음으로 변한다. 내 시선은 자연스레 그 사람의 입으로 향하고, 그 입술 사이로 천천히 속이 들여다보인다. 치아가 하나둘씩 드러나는데, 그것들은 하나도 빠짐없이 뿌리까지 새카맣게 썩어 있다.

논리라는 걸 꿰맞춰볼 수 있게 된 건 며칠 뒤였다. 나는 여전히 연두 때문에 놀란 마음이 진정되지 않은 상태였고, 연두를 구해준 그를 떠올리면 금방이라도 눈물이 날 것 같았다. 고맙고 또 고마웠다. 천만다행이었다. 나는 입이 열 개여도 할말이 없는 부모였고, 그는 내 영웅이었다. 그러나 나는 내 속에 돋아나기 시작한 검은깨 무더기 같은 찜찜함을 씻어낼 수가 없었다. 내 눈앞에서 오랑우탄처럼 날렵하게 몸을 던져 내 아이의 목숨을 구해준 남자가, 그때 어둠 속에서 소리 없는 증오가 가득한 눈으로 내 뒤통수를 남몰래 응시하던 그 방의 주인과…… 왜 동일 인물이어야 하는가?

몇 번이나 생각을 거듭했다. 내가 혹시 착각한 것은 아닌지, 잘못 본 것은 아니었는지. 그러나 확실했다. (1) 공원에서 미친 사람처럼 그네를 타던 남자와 (2) 내게 식초를 부은 남자, (3) 내 아이의 생명을 구한 남자, 그렇게 세 명이 실은 한 사람이었다. 지나친 우연 같기도 했고, 뭔가 범죄의 냄새가 나는 것도 같았다. (1)과 (2)는 자연스럽게 연결할 수 있을 것 같았으나 (3)은 아무래도 다른 사람 같았다. 내 논리의 관성은 자꾸만 (1)=(2)와 (3) 사이에 다리를 놓으려고 했다. 그러니까, 매너 없는 흡연자를 지독히 증오하는 그가 내 머리에 식초를 부은 후에, 곰곰이 생각해보니 아무래도 좀 심했다는 생각이 들어, '미안한 마음에' 트럭에 치이려던 내 아이를 구해주기로 한 것이다. 그러나 대체 어떤 사람이 그런 사고를 예견할 수 있단 말인가?

혹시 그 사고는 조작된 것이 아니었을까? 그가 그날 그 순간 하필이면 그 자리를 우연히 지나가고 있었고, 그렇듯 민첩하게 몸을 움직일 수 있었다는 것도 따지고 보면 몹시 이상하긴 했다. 혹시 (4)도 있는 게 아닐까? 말하자면…… 사고를 일부러 만든 뒤에 선행을 가장해 보상금이나 다른 무언가를 뜯어내려는 계획 같은? 그는 그러니까 나를 타깃으로 설정하고 오랫동안 관찰해온 것일까? 나의 일거수일투족을 철저히 감시해, 그 토요일 오후에 우리가 슈퍼마켓으로 이동하고 있음을 확인하고, 조력자인 누군가에게 재빨리 연락을 취하고, 골목에 대기하고 있던 트럭이 달려오고?

이런 종류의 망상이 계속 떠오르고, 심지어 그것들이 사실에 가깝게 느껴질 만큼 내 머릿속은 한동안 제대로 돌아가지 않았던 것 같다. 아이가 거의 죽을 뻔했으니까. 우리가 그러라고 둔 거나 다름없었으니까…… 혹은 그 식초 한 컵이 진짜 이유였을까? 그 조그만 경험이 나를 그런 식으로, 타인에 대한 의심과 광증으로 몰아갈 만큼 컸단 말인가? 인간이란 게 그렇듯 한심하고 자기중심적인 존재란 말인가? 아내는 또 아내대로 심각한 상태였다. 매일 울면서 자신의 부주의를 자책했다. 하루종일 아무것도 먹지 않았다. 너무 오랫동안 자책이 이어지기에 이제 그만하라고 한마디 던졌다가 크게 다투기도 했다. 몇 번 큰소리가 나는 싸움이 이어진 끝에 아내는 결국 연두를 데리고 친정으로 가버렸다. 빡빡한 회사 일정을 비집고 휴가까지 내는 아내를 보며 나는 조금 놀라고 깊이 미안했다. 그만큼 스트레스가 컸던 모양이었다.

나는 그의 집을 찾아갔다. 어찌됐든 감사 인사와 보상을 하고,

빨리 마음의 짐을 덜고 싶었다. 그러나 그는 문을 열어주지 않았다. 얼마간 이해할 수 있었다. 내가 그의 집을 알아보았다는 사실이 그에게는 또 얼마나 껄끄럽겠는가. 나는 기다렸다. 그가 지극히 상식적이고 논리적인 태도로 모든 것을 깨끗하게 정리해주기를. 그래서 세부에 지나치게 집착하는 나의 병적인 마음을 지극히 부끄럽게 만들어주기를. 서로에게 다소 불편한 자리가 되겠지만 그와 나는 만나야 했다.

우리는 결국 만났다. 그러나 그 만남에는 내가 기대한 논리적인 요소가 들어 있지 않았다. 그는 이상한 사람이 맞았다. 이상한 언어를 써서 말했고 처음부터 끝까지 황당무계한 이야기를 늘어놓았다.

—그날 밤 일은 죄송해요. 그냥 담배 연기가 정말 싫었어요. 낮에는 퀵서비스 일을 하고 밤에는 공부를 하는데, 다 끝내고 자려고 누워 있을 때마저 담배 연기를 맡자니 정말 싫어서요.

침착하게 가라앉은 목소리였다. 나는 고개를 조아려, 아, 정말 죄송합니다, 다시는 거기서 피우지 않을게요, 했다. 내가 달리 무슨 말을 할 수 있겠는가?

—저희 집에 부엌이 없어요. 공동으로 쓰는 주방이 있는데 거기도 식초는 없더라고요. 그래서 하나 샀어요.

그는 둥그런 눈을 들어 나를 보며 말했다. 야구모자를 눌러쓴 그의 얼굴은 여전히 붉었고, 눈은 뭐랄까, 해맑았다. 그 상황에서 그가 사이코패스인지 알아내려고 애쓰고 있는 자신이 한없이 치졸하게 느껴졌지만 어쩔 수가 없었다. 위악인가? 그렇지는 않은 것 같았다. 나에 대한 당당한 혐오의 표현인가? 그렇다면 나는 더욱 고개를 조아려야 옳았다. 그러나 그는 어쩐지 해명하듯 말하고 있었다. 마치 공동 주방에 식초가 없었던 것을 사과하는 듯한 말투였다.

—저희 아이를 구해주셔서 정말 감사합니다. 무슨 말로 감사드려야 할지……

그는 처음으로 괴로운 표정을 했다.

—보였어요.

—예?

—사고가 날 게 보였다고요. 몸이 닿으면, 보여요. 저번 날 공원에서요, 아드님이 제가 타던 그넷줄을 잡았잖아요. 그때 손이 닿았어요. 그래서 보였어요……

—아, 예……

—보이지 않았으면 참 좋겠는데, 보여요. 그래서 어쩔 수 없이 그렇게 한 거예요. 그러니까, 너무 감사해하지 마셨으면 좋겠어요. 저 그럴 만한 사람 아니거든요. 반반이에요. 어떨 때는 하고, 어떨 때는 안 해요. 아니 요즘에는 안 할 때가 더 많지요. 일이 바빠서요.

나는 가만히 듣고 있었다. 내 마음은, 가방 속에 지갑이 있으니까 빨리 거기서 지폐를 꺼내 건네주고 인사를 끝내고 일어서라고, 이 미친놈에게서 벗어나라고 비명을 질러대고 있었다. 그러나 바로 그때 오리고기가 나왔다. 맛있어 보이는 부추절임과 밑반찬들이 테이블에 놓였고, 점원이 수저와 그릇들의 위치를 바로잡아주었다. 나는 타이밍을 놓치고 말았다. 토요일 오후 여섯시, 공원에서 예의 그 무지막지한 모양새로 그네를 타며 괴성을 질러대고 있는 그를 다시 발견하고 빙고! 를 외치고 싶었던 순간에서 겨우 삼십 분밖에 지나지 않았다. 아무래도 드려야 할 말씀이 있으니 간단히 식사라도 같이하자는 내 말에 그는 의외로 순순히 그네를 멈췄다. 근처에 있는 삼겹살집과 오리로스집 중에서 선택을 한 것도 그였다.

—이 오리고기 말이에요.

그가 한 점을 집어들었다.

—막 구웠을 땐 이런데, 먹다가 남아서 냉장고에 넣어놓았다가 꺼내면 기름기가 굳어서 하얗게 덕지덕지 앉아 있어요. 보신 적 있어요? 처음에는 분명히 하난데, 온도가 내려가면 고기랑 기름이 분리되는 거예요. 뒤늦게 칼로리 생각이 나죠.

그는 고기를 입에 넣고 맛있게 씹었다.

—저는, 분리가 잘 안 돼서 만날 지글지글 끓어요. 그래서 그네를 타는 거예요. 그네를 타고 있으면 시원하거든요.

아, 예. 내가 다시 의미 없는 소리를 냈다. 도망칠 기회는 점점 멀어지고 있었다.

—다른 이유도 있어요. 그네를 타면, 내가 발을 굴러서 내 의지로 앞으로 움직이고 있다는 기분이 들어요. 물론 뒤로 움직이기도 하지만. 저는 평소에는 항상 뒤로만 움직이는 기분이거든요. 정확히 말하면, 거대한 총알 앞쪽을 껴안은 채 발사되고 있는 기분이에요.

그는 스물여덟 살이고, 자신이 미래를 볼 수 있다고 했다. 자기 미래가 어떻게 진행될지 알고 있으며, 그것이 바뀌지 않으리라는 사실도 안다고 했다. 모든 것이 정해진 대로 착착 진행되는 것을 매 순간 확인하며 평생을 살아야 하는 것이 어떤 기분인지 아느냐고도 했다. 그 시점에서 나는, 그래, 들어나 주자는 쪽으로 마음을 바꾸었다. 소주가 두어 잔 들어가기도 했고, 나 역시 사람과의 교류가 거의 없어서 그렇지 오랜만에 누군가를 만나면 그 비슷한 헛소리를 지껄이며 술주정을 하고 싶다는 생각을 한 적이 얼마나 많았던가. 삶은 뻔하고, 눈에 핏발을 세우며 정신없이 손발을 움직여야 겨우 그 뻔한 삶의 부스러기라도 붙잡는다. 손을 놓는 순간 끝이다. 그는 내가 짐작한 대로 불만 가득한 요즘 젊은이가 맞는 것 같았다.

다만 나는, 다소 속 편하고 재수없는 기성세대의 입장일지 모르나, 그가 자신을 가두고 있는 이야기가 너무 진부한 것 아닌가 하는 생각을 했다. 신문이 묘사하는 것과 지나치게 똑같은 워딩이었다. 뉴스에 댓글을 달 때가 아니라 일상의 평범한 순간에도, 정말로 다들 이런 생각을 내면화한 채 사는 건가. 자신에게 미래가 없고, 바꿀 수가 없다고. 가슴이 아팠다. 그에게 미안하기도 했다. 그러니까, 헬조선, 뭐 그런 이야기 말인가요? 미래가 없다는? 내가 물었다. 최대한 어조에 신경은 썼는데, 좀 역겹게 들렸는지도 모르겠다.

—아뇨, 그런 게 아니에요.

그가 딱하다는 듯 나를 보았다.

—그건 미래가 없다는 거예요. 미래가 보이지 않는다는 거죠. 하지만 정확히 말하자면, 미래가 정말로 존재하지 않는다는 뜻은 아니죠. 그 말을 하는 사람 누구에게도 아직 미래는 오지 않았어요. 수없이 많은 미래의 가능성이 있지만, 자신이 원하는 미래는 그중에 없어 보인다는 거죠. 저는 그것과 정반대예요. 저에게는 미래가 있어요. 이미 경험한 것이나 마찬가지인 명백한 미래가 있죠. 대신 과거가 없어요.

—과거가 없다뇨?

—말 그대로예요. 지금 제가 여기 아저씨랑 같이 앉아 있잖아요. 어떻게 여기 와서 앉아 있게 된 건지 보이지가 않아요. 불확실한 거죠.

나는 참지 못하고 조금 웃었다.

—기억력이 별로 좋지 않다는 말씀인가요?

그도 웃고는, 대답했다.

—그랬으면 좋겠는데, 그게 아니거든요. 저한테는 지금 이 순간까지의 과거가 하나가 아니에요. 번호를 붙이자면…… 어디 보자, 1번부터 한 40, 50번 정도까지는 되겠네요. 비교적 가능성이 있는 것만 추리자면요. 1번 과거는 아저씨와 제가 지금 기억하는 그대로예요. 제가 그네를 타고 있었고, 아저씨가 저를 발견했고. 그런데, 2번 과거에서는 제가 공원에서 아저씨를 만난 게 조금 전이 아니라 아침이에요. 아저씨가 저에게 말을 걸지만 제가 그냥 집에 갑니다. 그런데 아저씨가 다섯시 반쯤 다시 찾아와서 저희 집 문을 두드려요. 그래야겠다고, 아침부터 계속 생각한 거죠. 그래서 우리가 같이 여기 온 거예요.

챙그랑, 옆 테이블에서 숟가락이 떨어졌다. 여자가 허리를 굽혀 그것을 주워올렸다.

—3번 과거에서는 또 미세하게 달라요. 저는 공원에 아예 가지 않았어요. 혼자서 이 가게 앞에 서서 오리고기 냄새를 맡으며 아, 맛있겠다, 생각하고 있어요. 하지만 아무래도 혼자서는 들어가기 그래서 그저 가만히 서 있을 뿐이죠. 그런데 아저씨가 우연히 그 앞을 지나치다가 저를 발견해요. 마침 식사 때고 하니 저녁을 먹으면서 이야기하자고 하죠. 이렇게, 앞쪽에 있는 것들은 논리적

개연성이 높아요. 아저씨한테는 저를 만나 얘기를 할 이유가 있죠. 하지만 뒤쪽으로 가면, 13, 14번쯤 가면요……

그는 거기서 말을 멈췄다. 나는 종업원을 불러 물을 리필해달라고 했다. 부추절임에 너무 매운 양념 덩어리가 섞여 있었다.

—48번과 49번, 그쪽엔 아저씨랑 제가 일하면서 만난 걸로 돼 있어요. 동료 직원이에요. 일 끝나고 우리 동네에 와서 한잔하기로 한 거죠. 아저씨, 지금 일 안 하시죠?

그는 어째선지 조금 걱정스러워하는 얼굴로 물었다. 나는 고개를 끄덕이고, 지금은 잠시 쉬고 있다고 대답했다. 그는 아무 말도 하지 않았다. 갑자기, 그가 나를 안쓰러운 눈으로 보고 있는 현실이 몹시 마음에 들지 않았다. 안쓰러워해야 하는 건 내 쪽이 아닌가? 그러나 나는 그냥 계속 웃기로 했다.

—상당히 복잡한 얘기네요. 그러니까 실제로는 다른 일이 일어났던 것 같은 기분이 든다는 건가요?

—기분이 든다는 게 아니라, 저에게는 어떤 것도 실제로 일어나지 않은 거나 마찬가지라는 이야기예요. 모두 가능성일 뿐이에요. 저는 그중에서 하나를 골라, 이 일이 일어났어, 그래서 내가 지금 여기 있는 거야, 하고 자신을 납득시켜야 하죠. 미치기 싫으니까요. 제가 미친 것 같죠?

솔직히 조금은 그러네요, 나는 마침내 말해버렸다. 말하고 나니 속이 시원했다.

—저도 처음에는 그런 줄 알았죠. 하지만 제가 그 일, 그날 그 자리에서 아드님이 차도에 뛰어들리라는 걸 정확히 알고 있었다는 사실을 어떻게 설명하시겠어요? 미리 말씀드리자면 저는 보상 같은 걸 받을 마음이 전혀 없어요. 그럴 수가 없어요. 저도 사정이 있으니까요. 제가 아까 말했죠. 저는 과거에서 미래를 향해 날아가는 거대한 총알 앞쪽을 꽉 끌어안고 매달려 있다고요. 저는 제 머리 뒤쪽의 미래를 이미 알고 있어요. 총알의 방향을 바꿀 수 없다는 것도 알죠. 그래서 상상할 필요가 없어요. 몸의 방향을 바꿔야겠다는 생각도 안 들어요. 거기서 방향을 바꾼다면 사람이 어떻게 되겠어요? 이미 봐서 아는 일들만 계속, 계속, 계속 다시 봐야 한다면 결국 정신을 놔버리지 않겠습니까?

글쎄요…… 나는 대답하면서, 대체 뭔 소리야, 생각했다.

—그래서 제겐 대신 과거가 보이지 않는 것 같아요. 이렇게 태어난 이상 미치지 말고 살라고요. 사람은 과거를 바꿀 수 없어서 그걸 잊고, 왜곡하고, 합리화하죠. 저는 미래를 바꿀 수 없어서 잊고 왜곡하고 합리화해요. 보통은 생각을 안 하죠. 저는 제가 앞으로 그렇게 살 수밖에 없으리란 걸 알아요. 그렇게 살 수밖에 없었다는 걸요. 그래서 할 수 있는 일을 하려고 해요. 거기까지 가는 과거를 지금 이 순간부터 만들어가는 거죠. 총알을 거꾸로 타고 날아가는 제 눈앞에서 흔들리고 갈라지면서 뒤섞이고, 앞으로 마구 던져지면서 흩어지는 수없이 많은 불확실한 과거를, 그냥 불확실한

대로 받아들여요. 무엇이든 일어날 수 있었다고 생각해요. 그것마저 할 수 없다면…… 전 머리가 터져서 죽을지도 모릅니다.

나는 자리에서 일어나 밖으로 나갔다. 분명히 흡연구역인 것을 확인하고 담배를 한 대 태웠다. 만나지 못한 지 오래인 아내와 아이가 너무나 보고 싶어서, 전화를 걸까 하다 말았다. 그가 앞으로 얼마나 그런 이야기를 계속하든 들어주기로 마음먹은 건 내가 무한한 인내심의 소유자여서도 아니고, 그가 내 아이의 은인이어서도 아니었다.

처음에는 왜 그렇게 속이 울렁거리는지 영문을 몰랐다. 그런데 마음을 가라앉히고 보니, 나는 그의 이야기가 몹시 싫었다. 그의 입에서 나오는 불확실한 과거에 대한 이야기를 집어치우게 하고 싶다는 생각이 너무도 격렬하게 드는 것이었다. 고기를 너무 빨리 먹어 얹혔는지 어쨌는지, 토할 것 같았다. 저걸 끝까지 듣고 그의 미친 생각을 고쳐주지 않으면, 그것이 미친 망상이라는 자기 판결을 저자의 입에서 끌어내지 않으면 그날 밤 결코 잠이 오지 않을 것 같았다. 나는 전의를 불태운 다음 자리로 돌아갔다.

—그럼 제 미래도 보입니까?

싸움을 걸듯 내가 물었다.

—아뇨, 아저씨를 제가 만진 적이 없잖아요. 저는 가능하면 사람들을 만지지 않으려고 합니다. 자꾸 그런 일들이 보여서, 너무

괴로우니까요. 제가 이어폰을 꽂고, 자꾸 큰 소리로 노래도 하고 이상한 소리도 내는 게, 속이 끓어서 터질 것 같아서이기도 하지만, 나름의 방어 수단이기도 해요. 그러고 있으면 보통은 피해들 가거든요.

그의 대답에 빈틈이 너무 많아서 나는 웃었다.

—그래도, 말씀하신 대로라면 지금까지 수도 없이 많은 사람들을 구해주셨을 거 아닙니까. 마치 슈퍼히어로처럼요. 그럴 때마다 그 사람들 몸을 만졌을 텐데요. 구해줬다고 그 능력이 끝나는 건 아니죠? 계속 보이는 거죠? 그럼 그 사람들의 미래만 모아도 제법 커다란 미래가 되지 않나요?

그는 잠시 생각해보더니, 그건 그래요, 하고 얼버무렸다.

—제 몸에 직접 닿은 적이 없어서 제 미래가 보이지 않는다면, 이런 건 어때요. 다음 대선은 어떻게 되죠? 또 새누리당이 되나요?

그는 대답하지 않았다. 나는 웃음을 참느라 애썼다. 그의 얼굴이 너무 우스우면서도 진지해서였다. 뭐 그 정도 가지고 그래, 그 정도는 다들 예상하고 있는 일이잖아, 나는 생각했다.

남의 미래는 말 못해요. 옳은 일이 아니잖아요. 그가 정색한 얼굴로 대답했다.

—알고는 있는데 말은 못한다, 그건 너무 불공평한 거 아닙니까? 제 알 권리도 좀 생각해주시죠. 구체적인 이야기가 아니라도

돼요. 그냥, 대한민국 국민의 한 사람으로서 말입니다. 이 나라는 앞으로 대충, 어떻게 되나요? 다들 미래가 보이지 않아 이렇게 난린데요.

아저씨, 그가 슬프게 불렀다.

—저를 어떻게 생각하셔도 상관없어요. 아마 불쌍하다고 생각하시겠죠. 어찌 보면 불쌍한 사람 맞아요. 낮에는 단 오 분도 못 쉬고 몸을 움직여야 되니까. 밤에 공부를 하려면 너무 피곤하고요. 미래를 아니까 노력을 안 해도 될 것 같지만, 그렇지가 않아요. 저에게는 완결된 미래의 영향력이 너무 커서, 자꾸 현재를 먹어들어와요. 제가 지금 준비하고 있는 게 7급인데요, 공부를 안 해도 저는 거기 붙어요. 내년에요. 하지만 미래의 힘이 그렇게 막강하다는 게 싫어서 아무것도 모르는 것처럼 공부를 하죠. 해야 붙을 수 있다고, 이렇게 하나하나 단계를 밟아서 그 미래를 내가 만들어가는 거라고 믿으면 그나마 숨이 좀 쉬어지거든요. 아시겠어요? 저는 그냥 모르고 싶어요. 그런데 자꾸 보인단 말이에요…… 그래요, 그날 밤에 제가 물도 아니고 굳이 식초까지 준비해서 부은 건, 담배 때문이 아니라 아저씨가 미워서였어요. 그러니까, 제가 계속 착한 사람으로 살기만 한다는 걸, 그렇게 살다가 그런 일을 당한다는 걸 받아들일 수 없어서가 아니라…… 아저씨가 부럽고 미운 마음 때문이었다고요. 아저씨는 전혀 모르시잖아요? 무슨 일이 일어날지요. 죄송하지만, 그게 얼마나 큰 축복인지 아세요?

미래가 보이지 않아서 무섭다는 거 말입니다.

더이상 웃을 수가 없었다. 자리를 엎고 싶었다. 보상금 같은 건 생각도 안 났다. 그러나 그의 무례한 모욕이 마음의 상처에서 나온 것임을 상기하며 간신히, 간신히 참았다. 참아야 했다. 내가 선한 사람으로 남아 있어야 그도 선한 사람으로 있어줄 것 같았다. 나는 겨우 말했다. 나는 무섭지 않아요. 왠지 눈물이 날 것 같았다.

그와 나의 슬픈 시선이 공중에서 교차했다. 이 무슨 코미디인가, 나는 생각했다. 더욱 화가 치밀었다. 왜 내가 이런 고백을 해야 하나. 뭘 그렇게 잘못했기에.

—미래를 알려주면 사람들은 말들에 영향을 받아요. 정말로 그 미래대로 살게 돼요. 헬조선이라는 말에는 중요한 의미가 있죠. 그 단어는 현재의 사회 현실이 어떻다는 걸 고발하고 경고해요. 그걸 거짓말이라고 까는 보수 칼럼들은 그래서 나쁘죠. 그런 거 쓰는 놈들은 진짜로 아주 나쁜 새끼들이라고요. 하지만 동시에, 그런 말들은, 사람들의 마음을 짓누르기도 해요. 암울하게 말이죠. 저는 그냥 그 정도까지는 괜찮다고 생각해요. 하지만 더이상의 미래는…… 저는 말할 수가 없어요. 그걸 원칙으로 하고 있어요.

나는 소주를 한 병 더 시키고 말했다. 그럼 그쪽 미래는 어떻게 됩니까? 이걸 묻는 것도 옳은 일이 아닌가요?

내가 물러나지 않을 태세라는 걸 알자 그는 결국 입을 열었다. 정말이지 기억하고 싶지 않은 일을 상기하는 듯한 표정이었다. 반면 나는 다시 웃을 힘을 되찾았고, 실제로 중간에 몇 번이나 웃음이 나왔다.

그는 그 이듬해에 공무원 시험에 붙으면서 일을 그만둔다고 했다. 공무원으로 일하면서 어떤 아가씨를 만나는데, 그 여성과 오년을 교제하고 결혼한다. 물론 중간에 한 번 헤어지기도 하고, 그러다 다시 연락을 취하기도 하고, 다른 여자가 끼어들기도 하며, 여자친구에게 다른 남자가 끼어들기도 한다. 그러나 둘은 결국 다시 만나 가정을 이루자는 데 합의한다. 그 아가씨 얼굴이 보이느냐고 묻자, 그는 허리를 굽혀 백팩에서 펜을 하나 꺼내더니 냅킨 뒷면에 몇 개의 선으로 간신히 여자라고만 알아볼 수 있는 얼굴을 하나 그렸다.

—제가 그림을 못 그려서 너무 다행이지요. 만약 실사에 가깝게 그림을 잘 그렸다면, 저는 벌써 사진처럼 정확하게 그 얼굴을 재현해서 구글 이미지 검색에 넣고 돌렸을 테니까요. 그래서 신상을 알아내고, 그 여자가 사는 집을 찾아가고, 맴돌고, 별 미친 짓을 다 했겠죠. 저는 그러고 싶지 않아요. 정말이지 그러기 시작하면 미쳐버릴 거예요. 그 사람이 싫다거나 마음에 안 드는 게 아니에요. 너무 예뻐요. 아니, 우아할 정도지요. 저 따위한테 어떻게 그런 사람이, 싶을 정도로 과분한 여자예요. 마음씨도 착해요. 저를 미친 사람으로 보지 않고 이해해주는 유일한 사람이기도 하고요. 우리는 서로 너무너무 사랑해요. 주어진 미래라는 건 사랑과

는 관계가 없더군요. 직접 경험해보니까요. 아니, 앞으로 경험할 예정이다보니까요.

나는 웃었다.

그는 한숨을 쉬고 말을 이었다. 그들은 딸 하나를 낳아 키우는데, 그 딸은 자라서 학교 선생님이 된다. 올곧고, 바르고, 헌신적으로 아이들을 대하며, 존경과 사랑을 받는 교사다. 시간이 흘러 딸은 결혼을 한다. 아이를 낳고, 그와 아내는 무한한 기쁨을 느끼며 첫 손주를 안아본다.

나는 물을 마셔 밀려드는 졸음을 쫓아가면서, 그것 참 괜찮은 미래로군, 속으로 비아냥댔다. 나보다는 낫지 않은가. 연두가 동네 형들을 보며 자기도 내년부터는 태권도장에 다니고 싶다고 하는데, 나로서는 아이 유치원 비용 외에 도장 등록비를 과연 마련할 수는 있을지, 내가 내년에는 일을 시작할 수 있을지조차 알지 못하는 처지였으니 말이다.

아닌 게 아니라 손주의 옹알이를 묘사하는 그는 지극히 낙천적인 사람처럼 보였다. 이자는 알고 보면 꿈이 크고 건설적인 젊은이인지도 몰랐다. 방식이 좀 이상하긴 해도 말이다. 나는 물었다. 그 미래의 대체 어디가 마음에 안 들어서 그렇게 부정하고, 아니 그의 말대로라면 잊고 싶어하는 거냐고. 상상력이 개입할 여지가 없어서 그런 건가요? 너무 뻔해서요? 무슨, 음악이나 미술 같은 걸 하고 싶은 거예요? 결혼하지 않고 평생 자유인으로 여행을 다닌다든가, 그런 거?

—아뇨, 아닙니다. 저는 그렇게 살고 싶어요. 평범하고 행복하게요. 결혼도 하고 싶습니다. 꼭, 그런 사람이랑요. 아이도 낳고 싶고, 그 아이가 아이를 낳는 것도 보고요. 아저씨도 과거의 어떤 행복한 순간들은 바로 어제 일처럼 생생하고 강렬하게 기억하시지 않나요? 저는 미래가 그래요. 할아버지가 된 제가 처음으로 딸의 아이를 안아볼 때, 아기 몸에서 날 그 향긋하고 부드러운 냄새와, 그렇게 안으면 애가 불편해요, 하고 핀잔을 줄 아내의 다정한 목소리와, 딸 집에 와 있을 산후도우미 아줌마의 왁자한 목소리와, 그런 걸 마치…… 바로 내일 일처럼…… 기억할 수 있어요. 그때 딸애 집 거실 거울에 비칠 제 모습도 보여요. 아이를 안은 저는 머리가 하얗고, 지금보다 훨씬 말랐고, 그래도 정말 환한 웃음을 짓고 있어요. 참…… 선한 웃음이에요. 인생을 잘못 살아오지 않은 사람의 웃음요. 그건 제가 원하는 그대로의 미래예요. 거기까지는요.

그는 표정 없는 얼굴로 웃었다. 그러고는 포기한 것처럼 한숨을 쉬며 이야기의 후반부를 들려주었다.

그건 정말이지, 기억하고 싶지도 전하고 싶지도 않은 이야기였다.

그의 손녀가 초등학교에 들어가 2학년이 되었을 때 어떤 일이 터진다. 크고 참혹한, 대형 참사가. 언제, 어디, 무슨 일? 나는 한

번 들어나 보고 싶었지만, 그는 디테일을 말하지 않았다. 도저히 말할 수 없다는 얼굴이었다. 지금 생각하면 그것도 그가 어쨌든 선한 사람이라는 증거처럼 느껴지기도 한다. 그러나 말들은 계속 그의 입에서 밀려나왔다.

—많은 아이들이 죽는다고만 말해두죠. 이런 나라에서 계속 터질 법한, 그렇게 사람들이 말하는, 하지만 정말로 또 터질 거라고 믿고 싶어하지는 않는 그런 일이, 그래요, 계속 터지는 겁니다. 지금부터 몇십 년 후에도요.

그의 가족과 딸의 가족은 무사하다. 그의 딸은 뉴스로 그 사건을 볼 뿐이고, 눈물을 흘리며 가슴 아파할 뿐이다. 정작 큰일은 그다음에 일어난다. 정확히 이 년 후 그 사고와 거의 흡사한 대형 참사가 또 발생하는데, 이번에는 그의 손녀가 희생된다.

—거기서 끝이 아니에요.

그가 말했다. 그의 목소리는 이제 심하게 떨리고 있었다.

—거기서 끝이라면 그저 운이 나빴을 뿐이라고, 아니 그런 일이 계속 발생하는데 사회 구성원으로서 방관한 자신의 죄라고, 오류를 바로잡지 못한 윗세대의 죄라고, 수십 년 전부터 쌓아온 묵은 죄업의 대가라고 자책하는 데서 끝나겠지요.

그런데 손녀의 장례를 치르고 며칠 후, 그의 딸이 그를 붙잡고 울부짖으며 말한다. 아빠, 나 때문이에요. 나 때문에 희정이가 그렇게 됐어요.

그게 무슨 말이냐고 그는 묻는다. 그의 딸이 대답한다. 이 년 전에, 그 사고를 보며 저, 생각했어요. 저 사람들에게만 저런 일이 생긴 게 너무 미안하다고요. 이건 제 일이고 제 문제라고, 저한테 저런 일이 생기지 않은 걸 다행으로 여겨서는 절대로 안 된다고, 그럼 저는 정말 천하에 나쁜 인간이라고, 앞으로 저런 일을 당한 사람들의 마음으로 살겠다고, 그렇게 생각했다고요…… 제가 바로 저 사람들이라고요. 누구한테 말을 한 것도 아니고, 그냥 생각을 했을 뿐이에요. 생각만 했을 뿐이에요. 그런데 왜 이래요? 제가 그 생각을 한 게 잘못된 거예요? 그렇죠? 그게 잘못이죠?

그는 깍지 낀 두 손을 가만히 내려다보고 있었다.

—아저씨, 제가 딸을 어떻게 키워야 하는 걸까요? 그런 생각을 하지 않는 사람으로 키워야 하나요?

—……

정신을 놓고 울먹이는 딸의 몸을 안은 채, 그는 말하게 된다고 했다. 그렇지 않다고, 절대 네 잘못이 아니라고, 제발 정신 차리라고 소리친다. 화를 내고, 따귀를 때리고, 같이 운다. 그러나 어떻게 해도 그의 딸은 회복하지 못한다. 자책 속에 살며 마음의 병이 깊어지고, 결국 마흔이 되기 전에 세상을 뜨고 만다. 스스로 찻길에 뛰어드는 것이다.

찻길에.

거기까지 들은 나는 자리에서 일어나, 미래의 그가 한다는 것과

거의 흡사한 행동을 했다.

—정신 차려, 이 양반아!

소리를 치자 가게 안의 사람들이 일제히 쳐다보았다. 취한 나는 그의 멱살을 잡고, 좌우로 그의 몸을 흔들고, 그러고도 분이 풀리지 않아 씩씩거리며 그의 얼굴을 후려갈길 준비를 했다. 나는 그의 눈물이 끔찍하게 느껴졌다. 아무리 사는 일이 힘들고 앞이 보이지 않을지언정 그런 망상을, 그따위 악마적인 서사를 만들어내다니, 아이를 키우는 사람으로서 도저히 듣고 있을 수가 없었다.

—찻길이라고? 나한테, 찻길이라고?

얼굴이 뜨거웠다. 선한 사람들이 선하게 살았기 때문에, 선한 마음을 품었기 때문에 그런 일이 일어난다고? 아니야, 멍청아. 제발 그런 생각은 집에서 혼자 하고, 나 같은 무고한 사람한테 지껄이지 마라, 나는 그렇게 윽박질렀다. 테이블 위에 침까지 뱉었다. 그뒤에 내가 왜 좀더 적극적인 방식으로 그에게 은혜를 갚지 못했는지, 왜 끝까지 그와 친한 사이가 되지 못했는지, 이제 짐작할 수 있을 것이다. 식초 사건 말고도 그런 일이 있었던 것이다. 가게 주인이 험악한 얼굴로 우리를 밖으로 내보냈다. 경찰이 오지 않은 게 다행이었다.

—우리 애를 구해준 건 정말 고맙다. 고마워서 내 심장이라도 바치고 싶은 마음이야. 너도 알지, 나는 양심도 없고 착한 사람도 아니지만, 그건 정말 고마워. 진심이야.

완전히 말을 놓아버린 나는, 가게 앞에서 술냄새를 풍기며 우는 그의 몸을 얼싸안고 엉거주춤 서서 그렇게 말했다.

—잘은 모르지만 너도 나름대로 사정이 있겠지. 그래서 네가 한 일이 영 어색하고 이상하게 느껴지는 모양이지. 어색해서, 사람 머리에 가끔 일부러 식초도 부어보고 그러는지도 모르지. 나는 나쁜 사람이라고 자신을 설득하고 싶어서 말이야. 그러다 일베에도 들어가고, 실제로는 원하지도 않는데, 진심도 아닌데. 안 그래요? 근데 저기요, 나한테 그쪽은 그냥 착한 사람이거든요. 착한 사람한테 그런 일 안 일어나고요, 사람은 미래를 볼 수 없어요. 그러니까 그냥 잘 사시면 되고요, 앞으로는 사람들한테 이런 얘기 하지 마세요. 흡연자가 싫으면 말로 하시고요. 과거가 불확실하다느니, 모든 게 실제로 일어난 일일 가능성이 있다느니, 다른 과거를 만들어 넣는다느니, 사실은 구한 게 아닐지도 모른다느니, 그런 말 하지 말라고요, 좀!

그가 흔들리며 뭔가를 중얼거렸다. 뭐라고? 나는 물었다. 저 그런 말 안 했어요, 아저씨. 구한 게 아닐지도 모른다는 말, 안 했어요……

나는 그를 붙잡고 으르렁거렸다. 따라 해보세요, 나는 미친놈입니다.

—나는…… 미친놈입니다……

나는 그를 놔주었다. 그는 울음을 그치고 나를 보았다. 그러고는 다시 시선을 떨어뜨리더니, 천천히 중얼거렸다.

—그래요, 잘못했습니다. 제가 미친놈입니다. 사람들의 선한 마음을, 믿어야죠. 선한 마음은 선한 마음을 낳고, 그게 또다른 선한 마음을 낳으니까요. 그렇게 자꾸자꾸 낳아서, 자꾸자꾸…… 그 마음들이 점점 많아지면 된다고요…… 네, 저도 그렇게 생각합니다. 정말로, 그렇게 생각하고 싶어요.

거기서 끝났더라면 좋았을 텐데, 나는 결국 그를 한 대 치고 말았다. 그가 이렇게 덧붙였던 것이다.

—믿어야겠죠. 선한 마음에는 아무 힘이 없다고, 그건 아주 작고 연약한 거라서, 어떤 무서운 일도 일어나게 할 힘이 없다고요. 그래서 우리가 지켜줘야 하는 거라고요.

이 일을 다시 떠올리고 있자니 역시 그날은 내가 심했다는 생각이 든다. 그러나 나로서도 어쩔 수 없었다. 왜 그렇게까지 화를 냈을까? 끝까지 어떤 냉소도 보이지 않고 다만 솔직해 보이기만 하는 그가 너무도 미웠던 것 같다. 나는 누구에게도 이 이야기를 한 적이 없는데, 우선 아무도 이런 말을 믿지 않을 것이며, 아무리 이해심이 많고 상상력이 풍부한 사람이라 해도 이 이야기에 포함된 사악한 면을 지어낸 것이 바로 나, 다름 아닌 나일 거라고 생각할 게 뻔하기 때문이다. 이야기를 만드는 직업에 종사하면 항상 받는 오해다.

그날 이후로 그를 다시 보지 못했다. 아마 그가 나를 멀리서 봤어도 불편한 마음에 못 본 척했을 거라 생각한다. 만 번 양보해서 그의 망상에 어떤 메시지 같은 것이 있다고 한들, 내 마음이 거기에 옮아 병들 이유는 전혀 없다는 것이 나의 결론이었다. 내 아이의 은인은 정신적으로 좀 문제가 있는 사람이었다. 그래도 나는 그가 선한 사람이었다고 생각한다. 선한 마음에 힘이 없다고? 왜 없단 말인가? 그처럼 선한 사람이 기적처럼 있어주어서 지금의 내가, 내 가족이 있지 않은가? 위기에 처한 타인을 보면, 사람은 미래 같은 것과 상관없이 구하려고 몸을 던지게 마련인 것이고, 그는 그 본능에 충실한 뒤 자신 안에서 어떤 일관성을 만들어내는데 실패했을 뿐이다. 지금 이 세상은 너무도 병들어서 우리는 타인의 선의뿐 아니라 자기 안의 선의까지 의심하고, 그것을 망상의 위치로 격하시킨다. 그런 지경까지 온 것이다. 정말이지 그래서는 안 되는 지경까지.

내가 여전히 화가 나 있는 건, 그렇게 믿어 의심치 않는데도 불구하고, 내가 자꾸만 지금 이 자리에 서서 건너편 빌라가 그대로 그 자리에 있는 걸 보고 나서야 안심하는 버릇을 고치지 못하기 때문이다. 내 이웃이 그의 예지대로 시험에 붙었는지, 그러지 못했는지, 더 나은 미래가 실현되어 저 좁은 방에서 이사를 나갔는지, 아니면 저기 계속 혼자 살고 있는지, 저 빌라와, 나의 어떤 과거와, 그라는 사람이 정말로 존재하기는 했던 것인지, 이상하게도 자꾸 확인하고 싶은 이 마음은 대체 어디서 온 것인가. 그건 그렇게 어려운 일이 아니어서, 지금이라도 길을 건너 계단을 오르고 초인종을 누른 다음 기다리면 된다. 그런데 나는 어째선지 그 간단한 일을 할 수가 없다. 서로를 밀어내는 두 개의 같은 극 자석 중 하나처럼, 가망 없는 사랑에 빠진 사람처럼, 이렇게 멀리서 하염없이 지켜보기만 할 뿐이다.

아마도 이건 내가 지금 행복하기 때문일 것이다. 행복이라는 말을 들을 때 도저히 마음이 편하지 않으며, 내 입으로 말할 때는 더욱 그렇기 때문일 것이다. 도저히 할 수 없을 것 같던 데뷔를 하고, 동화를—그런 엄청난 일이 일어났는데도 여전히 동화라는 보드라운 장르를—쓰고 있으며, 풍족하지는 않지만 큰 불만 없이 이 작은 집에서 쫓겨나지 않고 생활하고 있는 지금이, 다시 회복할 수 없을 것 같던 아내와의 사이도 예전으로 돌아가고, 연두가 아픈 데도 문제도 없이 자라 초등학교에 들어가고, 지금 학교에서 오후 수업을 듣고 있는 현실이, 거짓말 같아서다. 막 쪄낸 감자처럼 포슬포슬하고 따스한 이 현실이라는 것이 너무 눈물겹고, 우리를 제외한 세상 전체의 희생으로 이루어진 것 같은 부채감이 들기 때문일 것이다.

제발 삿되고 악한, 실재하지 않는 젓가락으로 그 감자를 찌르지 말자, 그냥 그 부채감을 기억하면 된다, 그것을 선한 마음으로 바꾸어 다른 이웃들에게 되돌려주면 된다, 나는 생각한다.

지금 당장은 구체적인 방법을 찾을 수 없지만 말이다. 그래, 내 아내와 아이는 모두 무사히 내 곁에 있고, 지금 이렇게 전화를 걸어도 받지 않는 건 둘 다 일과 수업으로 바쁘기 때문이다. 내 눈이 자꾸만 젖어드는 건 그 모두를 믿어서 생기는 고마움 때문이지, 무엇을 믿지 못해서가 아니다. 물을 마시러 거실로 가기 전에, 안방과 아이 방문을 열어보고 아까처럼 바보스러운 습관—내 사랑하는 사람들의 모든 물건들이 거기 그대로 있는지 확인하는 일—을 되풀이하기 전에, 나는 누구에게라도 묻고 싶다. 누구나 조금씩 이렇지 않냐고. 당신도 이렇지 않냐고. 악몽에서 깨었을 때 잠깐 동안이지만 여전히 그 속인 것 같고, 일상의 온기가 실감나지 않아 위태로움을 느끼지 않느냐고. 이 세상은 그런 바보스러운 기우들로 힘겹게 유지되고 있는 게 아니냐고.

집 앞길에는 아무도 없지만, 고맙게도 건너편 202호 창문은 여전히 조금 열려 있다. 그래요, 저도 그런걸요, 걱정 마세요, 그렇게 안심이 되는 대답을 해주려고 벌어진 선한 사람의 입술처럼.

의심하는 용
—하줄라프 1

도시국가 하줄라프에서 용들의 소명은 전통적으로 두 가지로 나뉜다. 전투와 번식.

싸우는 용들은 대의를 품고 싸우다 대의와 함께 소멸한다. 그들의 생명은 용기사와 함께 시작되어 용기사와 함께 끝난다. 물론 두 단계의 '선택'이 모두 순조롭게 이루어졌을 때의 이야기다. 처음에는 용이 자신의 생물학적 후손인 새끼 용의 용기사가 될 인간을 선택하고, 그다음에는 선택받은 인간이 그 선택에 응할지 말지를 선택한다. 편의상 '선택'이라고 부르지만, 상대방에 대한 정보가 전혀 없이 순수한 직관에 의해 이루어지는 이 과정을 용들과 용기사들은 보통 '운명' 또는 '숙명'에 가깝게 받아들인다.

하줄라프의 용들은 의심이나 회의 없이 알을 낳으며, 그 알은 세계의 결계를 넘어 스롬의 땅 위로 굴러떨어진다. 하지만 선택을 받은 스롬의 인간들은 종종 알을 발견하고도 무지와 두려움 때문에 받아들이기를 거부한다. 용기사 후보가 알을 거부하면, 그 알은 하줄라프 사령에 의해 회수되어 이쪽 세계로 되돌아온다. 이런 알들은 부화장에서 부화되며, 인간 관리자의 손에 길러지고 어른 용으로 성장한다. 하지만 교감을 맺을 용기사를 갖지 못했기 때문에 이 용들은 싸우는 대신 번식하는 용이 된다.

번식하는 용들은 때가 되면 반려를 찾아 결혼비행을 하고 짝을 짓는다. 스무 달을 기다리면 산란기가 온다. 회임한 암용이 알을 낳을 때, 물리적으로는 한 마리의 용이 태어날 뿐이지만, 철학적으로는 스롬에서 한 명의 용기사가 함께 탄생하므로, 그들은 한 번에 두 존재를 탄생시키는 셈이다. 번식하는 용들은 전장을 누비며 불을 토해내고 적의 마법에 대항하지는 않지만, 미래의 전투 병력을 공급하는 역할을 맡음으로써 전쟁에 간접적으로 기여한다.

용들은 이 두 가지 소명을 숨쉬는 일처럼 자연스러우면서도 명예로운 일로 받아들인다. 그러나 드물게 그 둘 모두에 이질감을 느끼는 용들도 있다. 갈Gal이 그런 용이었다.

갈 역시 처음에는 싸우는 용이 될 예정이었다. 갈이 담긴 알은 생물학적 어머니인 용의 산도를 통과해 스롬의 어느 집 문 앞으로 굴러떨어졌다. 그러나 문을 열고 나와 껍데기가 우툴두툴한 커다란 회색 알을 발견한 인간 여자는 그것을 집어들고 잠시 들여다보다가, 쓰레기 수거구역에 내다버렸다. 용의 알은 오직 용기사가 될 인간의 눈에만 보였으므로 누군가 그 여자를 보았다고 해도 마치 마임을 하는 것처럼 보였겠지만, 어쨌거나 그 광경을 본 다른 인간은 아무도 없었고, 갈은 스롬 시간으로 정확히 46시간 뒤에 알 상태로 회수되어 하줄라프로 돌아왔다.

차라리 손도 대지 말아주었다면 좋았을 것을. 접촉이 이루어졌기 때문에 그 인간 여자의 마음속에서는 용기사의 운명에 대한 각성이 아주 희미하게 일어났고, 이어 그에 대한 반발이 솟구쳤으며, 그 반발은 여자의 삶에 대한 정보와 함께 알껍데기를 타고 태아 상태의 갈에게 고스란히 전해졌다. 미처 자신의 몸이 다 만들어지기도 전에 갈은 그 여자의 기억 일부를 전해받았다. 여자에게는 아직 성인이 안 된 아들이 있었다. 여자는 아들을 더없이 사랑했지만 아들은 어느 날 갑자기 낯선 곳으로, 어떤 잘못된 신념에 이끌려 죽음과 증오와 전쟁의 땅으로 떠났고, 영영 연락이 끊어지고 말았다…… 아들은 이미 죽었거나, 살아서 다른 인간들을 가차없이 죽이는 일에 가담하고 있거나 둘 중 하나였는데, 여자로서는 두 가능성 중 어떤 것도 도저히 받아들일 수가 없었다. 여자는 알을 바라보며 생각했다.

'그럴 리가 없어.'

또 이렇게도 생각했다.

'믿을 수 없어. 이건 허구야. 허상에서 위로를 얻는 일은 하지 않을 거야. 여기서, 내 자리에서, 할 수 있는 일이 있을 거야. 나는 아직 희망을 버리지 않았어.'

그 생각이 여자의 아들에 대한 것이었는지, 혹은 하줄라프나 갈이나 용기사로서의 자신에 대한 것이었는지는 모르지만, 어쨌든 그것은 갈의 기억에 또렷하게 새겨졌고 세월이 흐르면서 이정표처럼, 혹은 어떤 종교적 신념처럼 삶의 방향을 결정짓는 역할을 하게 되었다.

'믿을 수 없어.'

갈은 종종 생각했다. 그것이 자신의 생각인지, 혹은 자신을 거부한 인간의 생각인지도 모르면서. 갈은 싸우는 용도 번식하는 용도 되지 않았다. 의심하는 용이 되었다.

갈은 잿빛 몸에 어두운 푸른색 눈을 지닌 암용으로 자라났다. 번식기에 접어든 수용들은 갈의 아름다운 몸빛에 이끌려 다가왔다가 공격적인 예민함을 감지하고 서둘러 물러나곤 했다. 갈 자신에게는 번식기가 찾아오지 않았는데, 갈은 그것을 이상하게 여기지도 않았다. 자신을, 운명을, 하줄라프를 채우는 모든 일의 면면을 뒤집어 보고 톺아보느라 수컷에게 관심을 가질 마음의 여유도 시간도 없었다.

갈에게는 하줄라프의 사소하고 거대한 일 하나하나가 의혹과

회의의 대상이었다. 이를테면, 일주일에 한 번씩 중앙 광장에서 열리는 환영식 겸 용기사 작위 수여식에 모여든 군중의 반응부터가 갈로서는 이해할 수 없는 것이었다.

매주 불의 날이 되면 세 쌍에서 다섯 쌍 정도의 용과 용기사가 축하와 환호 속에서 전투의 임무를 부여받았다. 거대한 버섯 모양으로 생긴 하줄라프의 국경에는 이롬, 이라스, 마돈, 페르디나, 윱이라는 다섯 나라가 접해 있었는데, 이 다섯 나라 모두가 사악한 마법 때문에 고통받고 있었다. 용들과 용기사들의 임무는 이 나라들로 날아가 마법으로 얼어붙은 땅을 불숨결로 녹이고 고립된 인간들을 구출하는 것이었다. 몇 주 동안의 전투와 비행 훈련을 거친 용군 소속 장병들은 매주 전장으로 출발했다. 그러나 승리해 돌아오는 자는 아무도 없었다.

'모두들 왜 저렇게 들떠 있는 거지? 이겨서 돌아오는 일이 단 한 번도 없었는데도, 어째서 저렇게 진심으로 기대하는 표정을 하고, 정말로 이길 거라고 믿는 거야?'

아이들은 목말을 탔고, 어른들은 꽃다발에서 꽃을 한 송이씩 뽑아 용기사들에게 던지며 환호했다. 작위 수여식이 끝나면 연회가 열렸고, 이 도시의 시민이라면 용과 인간 누구에게나 공짜 고기와 술, 신선한 과일이 아낌없이 베풀어졌다. 한 주도 빠짐없이 열리는 이 성대한 축제가 갈에게는 어떤 불안을 숨기려는 허영과 광기의 경연으로만 보였다.

'우리는 이기지 못해. 전쟁은 끝나지 않고, 병사들은 소모될 뿐이야. 하줄라프는 이기는 일이 없어. 우리는 지기 위해 존재하는 나라란 말이야.'

갈의 생각에 일리가 없다고는 할 수 없었다. 그도 그럴 것이, 용들과 용기사들은 성스러운 임무를 안고 국경 너머로 날아갔지만, 돌아올 때는 하나같이 죄인으로 돌아왔던 것이다. 사악한 마법에 대항해 싸우던 용들은 전장 한복판에서 광기에 사로잡혔다. 악과 싸우다 악에 물들어버린 것이라고들 했다. 얼어붙은 성채와 집을 녹이던 용들이 갑자기 정신을 잃고 무고한 인간들을 향해 불숨결을 뿜어댔다. 악한 마법사들이 집결해 있는 본거지에 폭격을 해야 하는데 방향감각을 잃고 멀쩡한 농경지와 농부들의 집, 가축을 불살라버리는 경우도 있었다. 경우, 라고는 했지만 갈은 도중에 잘못되지 않는 용이 과연 있기나 할까 의심했다. 성공적으로 임무를 수행하고 돌아와 보고를 마치는 용을 갈은 본 적도 들은 적도 없었던 것이다.

싸우는 용에게 용기사는 생물학적 부모보다도 가까운 존재다. 용은 자신이 낳은 알에 애착을 갖지 않기 때문에, 새끼 용은 용기사가 될 인간에게 의존하고 애착을 형성한다. 싸우는 용은 용기사와 혈연보다 진한 신뢰로 연결되어 있어서 일단 교감이 끊어지면 극심한 혼란에 빠져 통제 불능의 상태가 된다. 머리부터 발끝까지 피로와 자책과 패배감으로 뒤덮이고, 몸에는 크고 작은 상처가 난 상태로 하줄라프에 돌아와 재판대에 오르는 용기사들은, 그럼에도 불구하고 천신만고 끝에 교감을 회복하는 데 성공해 용을 끌고 온 인간들이었다.

땀으로 젖은 머리는 다 헝클어지고, 얼굴은 재투성이로 변했으며, 여기저기 그을린 흔적이 남은 옷에, 어깨와 허리에 두른 가죽띠마저 끊어진 처참한 행색으로 재판대에 선 인간 여자를 갈은 멀리서 복잡한 마음으로 지켜보았다. 여자의 얼굴에는 숭고한 사명을 완수하지 못했다는 죄의식, 자기 용에 대한 통제력을 상실한 자의 당혹감, 비난에 대한 두려움, 그리고 깊이를 짐작할 수 없는 슬픔이 뒤섞여 범벅이 되어 있었다.

"귀관의 용 홀로리온이 죽인 민간인의 수가 얼마나 되는가."

"이라스에서 다섯, 마돈에서 여덟, 그리고 윱에서는…… 삼백 명이 조금 넘습니다."

"모두 무고한 민간인이었는가. 마법사의 심복이었을 가능성은 없는가."

"모르겠습니다. 제가 보기엔…… 그들은 그저 농부들이었습니다. 그리고 윱에서 목숨을 잃은 것은…… 아이들이었습니다. 글자도 배우기 전인 어린아이들과, 그들의 부모들이었어요. 그들이 사악했는지 아닌지…… 저는 모릅니다."

"용기사에게는 전장에서 용이 민간인을 해하지 못하게 통제할 의무가 있다는 것을 아는가."

"네…… 알고 있습니다."

"통제하려는 노력은 해보았는가."

"해봤지만 되지 않았습니다. 간신히 다시 이어졌을 때는 모든 것이 너무 늦은 다음이었어요."

"하줄라프 군법 33조와 이롬, 이라스, 마돈, 페르디나, 윱을 아우르는 국제법 42조 2항에 의해 귀관과 귀관의 용 가운데 하나는 참수형으로 대가를 치러야 한다. 어떻게 하겠는가."

용기사의 입술이 조금 벌어졌다. 웃는 것 같기도, 우는 것 같기도 했다.

"……제가, 받겠습니다."

군중 사이에서 한숨과 탄식이 터져나왔다. 용기사들은 언제나 자신이 죽기를 선택했다. 자신은 살 테니 용을 죽이라고 하는 인간은 아무도 없었다. 이 순간에 이르면 갈의 머릿속은 어디에도 할 수 없는 질문들로 터져버리기 직전이 되곤 했다.

'그것이 어째서 당신의 잘못인가. 당신의 잘못도, 용의 잘못도 아니야. 잘못이 있다면 사악한 마법사들의 잘못이지. 아니, 사악한 마법을 견뎌낼 수 있는 용이 없다는 것을 알면서도 쉬지 않고 그 속으로 용들을 보내는 하줄라프, 이 도시의 잘못이 아닌가.'

여자는 평온해진 얼굴로 재판대에서 내려왔다. 갈은 그 평온을 이해할 수 없었다. 당신은 그저 죽기 위해 하줄라프에 왔단 말인가?

형은 곧바로 치러졌다. 집행인 두 명이 여자를 광장 한가운데로, 밧줄에 묶이고 입에 재갈이 물려진 채 창백한 몰골로 엎드려 있는 여자의 용 곁으로 데려갔다. 나무 참수대가 놓이고, 광장 한쪽에서 복면을 쓴 망나니가 다가왔다. 군중의 웅성거림이 커졌다.

"마지막으로 할말이 있다면 하라."

여자의 두 손을 뒤로 묶고 무릎을 꿇린 집행인이 말했다. 용기사는 눈물을 흘리며 자신의 용을 향해 중얼거렸다. 사랑한다…… 내 아들. 용은 긴 목을 힘없이 땅에 늘어뜨린 채 초점 없는 눈으로 여자를 보고 있었다. 여자에게 눈가리개가 씌워지고, 머리가 참수대에 고정되었다.

망나니가 긴 칼을 받아들었다.

'끔찍해.'

갈은 마음속으로 비명을 질렀다. 그러나 혐오감에 몸을 떨면서도 자신이 왜 매번 이 광경에서 눈을 떼지 못하는지는 알지 못했다. 이 장면에는 갈이 풀어야 하는 어떤 본질적인 의문이 지극히 도착적인 형태로 담겨 있었다.

망나니가 칼을 높이 들어올리더니 있는 힘껏 내리쳤다. 갈은 두 눈을 부릅뜨고 보았다. 칼이 여자의 목에 닿기 바로 직전, 여기저기서 새된 소리가 터져나오는 순간, 여자와 용의 몸이 동시에 사라졌다. 마치 지워지거나 공기중으로 빨려들어간 것 같았다.

웅성거림이 한차례 커졌다 줄어들었다. 집행은 끝났다. 군중은

뿔뿔이 흩어져 집으로, 일상으로 돌아갔다. 그러나 갈은 그 자리에 계속 남아 있었다.

'어디로 간 것인가.'

수백 번은 던져본 질문이었다. 그러나 어디에도 대답은 없었다.

'당신들은 죽은 것인가. 아니면 다른 곳으로 옮겨간 것인가. 이것이 죽음이라면, 왜 용기사뿐 아니라 용도 함께 사라지는가.'

갈은 얼굴의 땀을 닦는 망나니에게 시선을 옮겼다. 늘 생각했지만, 복면을 벗은 그의 얼굴은 지극히 선량해 보였다. 실제로 피가 튀고, 죽은 몸이 그 자리에 남는 형집행이 아니어서인지도 모른다고 갈은 생각했다.

'저 남자는 두렵지 않을까. 지금껏 수도 없이 칼을 휘둘렀지만, 매번 칼날이 닿기 전에 그들이 사라져버렸기 때문에 저 일을 계속할 수 있었던 게 아닐까. 하지만 내가 저 남자라면 매일 악몽에 시달릴 텐데. 죄인의 몸이 사라지지 않는 꿈을, 몸통에서 잘려나온 머리가 데굴데굴 굴러다니는 꿈을 꾸다 소리를 지르며 깨어날 텐데. 그는 의심해본 적이 없을까. 이 일이 너무나 이상하다고, 한 번도 생각해본 적이 없는 것일까. 이런 의심은 나만 하는 건가. 내가, 잘못된 건가. 병에 걸린 건가. 아니, 사악한 마법에 물든 건가.'

생각이 여기에 이르면 갈은 참지 못하고 광장 여기저기로 그것을 쏘아보내기도 했다.

―다른 용들은 어디 있지? 그들은 왜 돌아오지 않지? 어떻게

됐나. 그들도 저런 식으로 사라진 건가?

그런 생각을 인간들은 듣지 못했고, 용들은 들었겠지만 대답하지 않았다. 갈이 생각하기에, 고백과 자아비판과 부조리한 단죄로 이어지는 이런 식의 형집행이 되풀이될수록 하줄라프의 인간들은 전쟁이 숭고한 일이라는 맹목적인 믿음을 더욱 강화하는 것 같았다. 그들에게 용기사는 분명 영웅이었다. 그러나 병든 용을 데리고 돌아온 용기사는 단지 전쟁범죄자이자 외지인에 불과했다. 아무도 전쟁 그 자체를 문제로 보지 않았고, 전투는 끝없이 이어졌다. 그리고 문제의 당사자가 되어야 할 용들은 대체로 아무 생각이 없는 듯했다.

—돌아간 거야.

아주 드물지만 이렇게 대답이 돌아오는 일도 있었다. 갈은 깜짝 놀라 생각이 날아온 곳을 돌아보았다. 머리끝부터 꼬리끝까지 차가운 은빛이 도는 검은 비늘로 덮인 아름다운 암용 한 마리가 녹색 눈으로 갈을 바라보고 있었다.

—죽은 게 아니야. 스롬으로 돌아간 거야.

검은 용은 그렇게 생각했다. 갈은 그 용에게서 눈을 뗄 수가 없었다. 그 대답에서, 그 안에 들어 있던 또다른 질문에서.

그 용의 이름은 이파Ippa였다. 이파는 갈과 몇 가지 면에서 비슷했다. 전쟁에 열광하지 않고, 번식하고 싶다는 욕망이 없으며, 마음속에 수많은 의심을 품고 있다는 점이 그랬다. 그러나 갈의 머릿속 질문들이 종종 갈을 절벽 끝으로 내몰듯 다급하게 대답을 요구해대는 것과 달리, 이파의 의심은 이파를 상처 입히는 대신 어떤 종류의 힘을 주고 있는 것 같았다.

—그들이 스롬으로 돌아갔다고? 그 여자와 용이, 같이?

—그래. 나는 그렇다고 생각해.

—하지만 스롬은 인간들의 세계잖아. 용이 어떻게 거길 간다는 거야?

—용들도 갈 수 있어. 너도, 나도, 갔다 왔잖아. 물론 그때는 알에서 태어나기도 전이었지만.

해묵은 박탈감이 마음을 찔러 숨을 골라야 했다. 용기사 후보에게 거절당해 돌아온 용이 세상에는 수천수만인데, 어째서 자신에게는 그 일이 그토록 오랫동안 상처로 남아 있는지 갈은 이해할 수가 없었다. 이파는 잠시 침묵했다가 다시 생각했다.

—스롬에서 용들의 알은 다른 인간에게는 보이지 않아. 오직 용기사가 될 인간에게만 보이지. 하지만 우리는 분명히 거기 있었잖아? 기억해?

—그래, 기억해. 그 여자가 나를 쓰레기통에 버렸지.

—나는, 사실 기억이 거의 없어. 내가 배달된 집에 살던 여자는 나를 만지지도 않았어. 그냥 쳐다보기만 했지. 그래서 그가 여자라는 것과 나이가 많다는 것 정도만 알 수 있었을 뿐이야. 하지만

그때 나는 분명히 거기 있었어. 거부당해 돌아오기는 했지만.

—그랬구나.

—내 생각엔, 죽어서 세계의 결계를 넘어 스롬으로 가면, 우리는 다른 형태로 존재하게 되는 것 같아. 이곳에서와는 많이 다른 형태로.

—어떤?

—눈에 보이지 않는, 이를테면 평화나 마음의 안정 같은 것으로?

갈은 놀라서 잠시 고개를 뒤로 빼고 이파의 검은 얼굴을 바라보았다. 이 용은 어떻게 이런 방식으로 생각할 수 있는 것일까. 사고구조가 너무도 독특한 용이었다.

—자기가 죽겠다고 말한 뒤에 그 여자의 표정이 너무도 편해 보였던 거, 기억해?

—응.

—용기사들은 언제나 그런 표정을 지어. 왜 그럴까, 어떻게 그럴 수 있을까, 자신의 죽음이 두렵지 않은 걸까? 나는 궁금했어. 너처럼. 그러다 알게 됐어. 그들의 용들이 대답해줬거든.

—용기사의 용과 얘기를 나눴다고? ……어떻게 그게 가능해?

일단 교감이 시작되면 싸우는 용은 모든 감각을 닫고 오직 자신의 용기사와만 소통한다. 다른 인간이나 용의 어떤 말도, 생각도 들리지 않는다. 전장에서 용기사의 존재가 중요한 것은 그래서다.

그것은 영원히 한 사람에게만 충성을 맹세해 귀를 닫아버리는 것과 같은, 견고하고 맹목적이며 위험한 신뢰관계다.

—나는, 닫힌 머릿속으로 들어갈 수 있어.

—뭐라고?

—머리를 닫아도 나한테는 들린다고.

'이거야 원, 대마법사 발푸르헨사우니스의 용이었다는 티트리나 얘기 같잖아.'

—이거야 원, 대마법사 발푸르헨사우니스의 용이었다는 티트리나 얘기 같잖아.

너무 놀란 나머지 같은 불기침을 토해냈다.

—미친 용이라고 생각해도 좋아. 나 자신도 조금은 그렇게 생각하니까.

—아니, 무슨……

—알에서 막 깨어났을 때 실수로 니르니 가루를 먹었어. 옛날 옛날에 36부화장에서 일어난 일, 혹시 알아? 갓 태어난 새끼 용 서른두 마리가 한꺼번에 식중독에 걸렸어. 영양사가 딴생각을 하다가 소금 대신 찬장의 같은 칸에 있던 그걸로 죽에 간을 해버린 거지.

저절로 콧김이 숭숭 나왔다.

—그거, 아이들한테는 독이잖아.

—응. 그때 같이 있던 아이들 열여덟이 죽었어. 다섯은 눈이 멀

었고. 날지 못하게 되거나, 뒷다리를 못 쓰게 된 아이들도 있었어. 다들 병동으로 옮겨졌는데 어떻게 됐는지 모르겠다. 어쩌면 지금도 병에 걸려 누워 있겠지. 그런데 나는 어째선지 큰 이상은 없었어. 배가 조금 아프고, 며칠 동안 설사를 했을 뿐. 그러다가 어느 날부턴가 들리기 시작하더라.

—생각이? 용들이 무슨 생각을 하는데?

—그렇게 특별하지는 않아. 소명이 있는 용들은 보통 소명에 대한 생각에 몰두하지. 싸움에 나갈 용들은 싸움을 생각하고, 번식을 준비하는 용들은 미지의 짝을 생각해. 번식이 끝난 용들은 행복한 노년에 대해 생각하지. 때로는, 생물학적으로는 불가능하지만 한 번쯤 더 알을 낳아 국가에 봉사하고 싶다고 생각하기도 하고.

갈은 조금 맥이 빠져서 꼬리를 탁탁 쳤다. 이파가 이빨을 드러내며 크릉거렸다.

—실망했어? 하지만 소명이라는 건 그렇게 강력한 거야. 우리는 그렇게 만들어져 있는 거라고. 소명을 지닌 채 그것의 이상한 점에 대해 깊이 생각하기는 힘들어. 그럴 수 있는 건…… 소명에서 비껴나 있는 용들뿐이야. 너처럼.

갈은 조금 긴장했다. 이 용은 나를 어디까지 읽은 걸까?

—내가…… 병든 용 같아? 정신이 분열되어버린 걸까?

—아니, 나도 너처럼 궁금해, 갈.

이파는 검은 날개를 퍼덕이며 자세를 고쳐 앉고는 커다란 눈을 껌뻑거렸다. 그러고는 계속 생각했다.

—왜 우리는 이 전쟁에 이토록 기꺼이 목숨을 바치는 것인지. 자신이나 후손들의 생명을 왜 조금도 아까워하지 않고 국가에 선물하는지. 하줄라프에 대한 우리의 사랑은 정말로 사랑이 맞는지…… 마음 같아서는 전장까지 따라가고 싶었어. 그래서 무슨 일이 일어나는지 직접 보고 확인하고 싶었어. 하지만 용기가 없었어. 법을 어길 용기도, 진짜 싸움에 뛰어들 용기도. 눈에 띄지 않고 군대를 따라다닐 방법도 생각나지 않았고. 그래서…… 돌아온 용들에게 접촉해봤어. 아까 본 홀로리온처럼 재판에 회부되어 판결을 기다리고 있는 용들에게. 처음에는 몹시 혼란스러웠지만, 여러 번 반복하니까 패턴이 보였어. 그들은…… 자기가 용이라고 생각하고 있지 않았어.

—용이라고 생각하지 않는다니?

—그들은 자기가 죽은 인간이라고 생각해, 갈.

—죽은 인간?

—응, 말 그대로, 인간이면서 이미 죽었다는 거야. 이름도 있고, 기억도 있어. 아까 사라진 홀로리온은…… 자신이 토니라는 소년이라고 믿고 있었어. 스롬에서, 전쟁이 있었고, 토니는 거기 나가 많은 어린아이들을 죽였어. 아무 죄 없는 아이들을. 그리고 얼마 뒤 자신도 죽었대.

—전쟁?

—응, 우리의 전쟁과 비슷한 전쟁이야. 인간들 역시 자신들이 치르는 전쟁의 대의가 굉장히 크고, 거부할 수 없고, 신성한 것이라고 생각해. 그러면서 끊임없이 서로를 죽이지.

—그 용은 왜 그런 망상을 했지? 사악한 마법 때문이었겠지? 스롬에서 일어나는 일을 우리가 알 수 있을 리 없잖아.

—용기사가 가져오는 기억 때문이야, 갈. 네 용기사가 될 뻔했던 인간을 생각해봐. 그 여자, 혹시 어떤 상실을 경험한 인간이지 않았어?

—그건…… 그래, '아들'이 있었어. 그 여자는 아들과 교감이 끊어져 있었어. 그게 교감이 맞는다면.

—내 생각에는, 용기사가 되어 하줄라프로 오는 인간들은 모두 스롬의 전쟁에서 소중한 누군가를 잃은 자들이 아닐까 싶어. 용들 머릿속에 그런 생각이 들어 있는데, 그건 용기사들에게서 온 것일 테니까. 어쩌면…… 스롬의 인간들은 우리를 통해 자신들의 전쟁을 재현하고 있는 게 아닐까. 거울처럼. 그리고 그 용기사들은, 자신들이 잃은 누군가를 대신해 죽음을 경험하고 싶어서 기꺼이 참수형을 선택하는지도 몰라.

'미쳤군.'

갈은 생각하고, 곧 후회했다.

—……미안해. 나보다 이상한 생각을 하는 용은 처음 만나봤

거든.

—괜찮아. 그건 나도 마찬가지니까.

이파는 대수롭지 않다는 듯 콧김을 내뿜었다. 갈은 어이가 없어서 몸이 뜨겁게 달아올랐다. 이렇게 엉뚱한 용을 만나다니 반가웠지만, 한편으로는 걱정이 되기도 했다. 소명이 없다는 건 용을 이렇게 만드는 건가. 갈은 자신이 싫었다. 누군가가 자신의 미친 생각을 멈춰주길 은근히 바랐는데, 이 용은 그것을 증폭하고 있었다. 그것도 아주 차분하게.

허기가 느껴져 그들은 자리를 옮겼다. 남쪽으로 날아 안트로스산 기슭까지 간 다음, 거기서 풀을 뜯고 있던 야생 바람소 한 무리를 불에 구워 나눠 먹었다. 팍팍한 고기를 씹으며 갈은 다시 속생각을 계속했다.

'바람소를 죽이는 건 죄가 아니지. 이것들을 먹는 건 죄가 아니야. 짐승이니까. 우리는 살아야 하니까. 하지만 양이나 돼지처럼 인간에게 속한 짐승을 잡아먹는 것은 죄지. 하줄라프의 법이 그렇게 정해놓았어. 하지만 어째서? 그건 인간이 만든 법이잖아. 모든 것이 너무나 인간 중심적이야. 왜 우리는 그것을 따를까? 불에 구우면 한입거리밖에 안 되는 건 바람소나 인간이나 마찬가지고, 여차하면 모두 잡아먹어버려도 아무 문제가 없을 텐데. 왜 우리는 인간을 해하면 안 되는 거지? 인간이 다른 짐승보다 고귀한 존재

라서? 더 어여쁜 존재라서?'

갈은 아찔해졌다. 용은 인간을 해할 수 없다…… 그래서는 안 된다. 왜인지는 모르지만. 유일한 예외는 사악한 마법을 쓰는 것으로 알려진 마법사들이었다.

'왜긴 왜야. 그냥 그래야 하니까 그런 거지.'

갈은 서둘러 반사회적인 생각을 털어냈다. 뼈를 뱉어내다가 이파와 눈이 마주쳤다. 부끄러웠다. 이 용은 머리를 닫아도 어차피 들을 수 있다는데, 그냥 머리 밖에 낼 걸 그랬나.

—갈, 나도 그런 생각, 해본 적 있어. 그게 이상하다고 말이야. 우리가 왜 인간을 먹지 않는지.

—그래? 정말 대단하구나. 인간을 어떻게 먹어. 맛이 있겠어?

—먹어봤어? 아니잖아.

갈은 기가 질렸다. 하지만 이파는 식욕이 떨어지지도 않는지 계속 고기를 우물거리며 생각을 전해왔다.

—우린 인간을 먹어본 적이 없기 때문에 먹을 수 없다고 생각할 뿐인지도 몰라.

—토할 것 같아.

—미안해. 하지만 그게 아니라면 왜지? 여기에는 분명 어떤 금기가 있어. 나는 가끔 생각해. 우리가 인간의 피조물이고, 인간이 우리를 만든 신이라면…… 이 모든 의문이 한꺼번에 해소될 거라고.

갈은 참지 못하고 머리를 흔들며 날갯짓을 했다.

—뭐야, 그건.

—피조물은 창조자를 해할 수 없지 않을까. 창조될 때부터 그런 공격성이 제거되어 있을 테니까.

갈은 계속 날개를 쳤다. 그러나…… 마냥 우습지만은 않았다.

이파의 망상은 갈의 머릿속에서 점점 커져가는 벌레 구멍 같은 일련의 허황된 생각들과 이어져 있었다. 너무도 가렵게 난리를 치고 돌아다녀서 머리를 갈라서라도 끄집어내고 싶던 벌레 한 마리가 금방이라도 귓구멍에서 툭 튀어나올 것 같았다. 인간이 우리의 신이라니! 날지도 못하고, 불을 뿜지도 못하는 그 작고 미약한 존재들이 우리를 만들었다고? 그야말로 생각도 안 됐다. 그런데 그 생각도 안 되는 생각이 갈을 두렵게 했다.

그럴 리가, 갈은 생각했다. 이것은 용들의 전쟁이었다. 사악한 마법에 대항하는 용들의 전쟁. 그 마법을 쓰는 것이 멍청한 인간들이기 때문에 우리는 거기 맞서기 위해 인간의 도움이 필요한 것이고, 그래서 인간의 지휘를 받고 있을 뿐이다. 용들이 스롬에서 용기사를 데려와 전쟁에 이용하는 것이지, 인간들이 자신의 목적을 위해 하줄라프의 용들을 이용하는 것이 아니었다. 비록 그 전쟁을 왜 해야 하는지는 용으로 태어난 갈조차 정확히 이해할 수 없었지만…… 이리저리 얽히고 꼬이는 논리 속에서 갈은 필사적으로 이성적인 결론을 도출하려 애썼다. 용이 악과 싸우는 건 용의 본성이 선하기 때문이다, 우리는 선한 존재다, 선하기 때문에 기꺼이 대의 앞에 생명을 내놓는 것이다, 갈은 생각했다. 그럼 나는? 그 싸움에 자꾸만 회의를 느끼는 나는, 악한 존재인가. 그런지도 모르겠다.

—그게 아냐, 갈. 너는 그저 전쟁보다 너 자신이 중요한 거지. 나 역시 그래. 나처럼 생각하는 용들이 많지 않아서 대놓고 생각을 날릴 수는 없지만. 나는 우리가 전쟁을 하다 사라져버리는 게 싫어. 우리의 후손을 전쟁에 내보내는 것도 싫고. 뭔가 다른 방식으로 삶을 이어갈 수 있으면 좋겠는데, 그 방식이 뭔지 모를 뿐이야.

그들은 냇물을 마셨다. 시원한 물이 들어가자 복잡하던 머리가 단순해지면서 졸음이 슬슬 몰려오기 시작했다. 여긴 선선하고 좋군. 드러누워 낮잠이나 자는 게 어떨까. 처음 만난 용과 함께 자는 일은 좀 이상하지만. 갈은 생각했다. 그런데 그때 이파가 자리에서 일어나 날개를 펼쳤다.

—어디 가?

—다른 방식을 찾아보려고.

—어떻게?

이파는 대답하지 않고 목에서 작게 크르르르 소리만 냈다.

이파가 갈을 데려간 곳은 놀랍게도 용군 총사령관 이셀레의 사무실이었다. 2층 창문으로 사무관이 모습을 드러내자, 이파는 긴 목을 들이밀어 머리를 그의 손에 가져다댔다. 약간의 시간이 흐른 뒤 사무관은 창문에서 사라졌다.

—내려오겠대.

—용군 총사령관이?

갈은 소스라치게 놀랐다.

—시민이 전쟁에 대해 문의하면 총사령관은 대답해줄 의무가 있거든. 문의하는 시민이 별로 없긴 하지만. 오늘은 전투도 없고, 지금 마침 쉬는 시간이어서 할일도 없는 모양이야.

—인간에게 왜 질문을 하려는 거야?

—궁금하니까.

—궁금하니까?

—너도 궁금하잖아. 늘 물어보고 싶지 않았어? 나도 알아, 갈. 아무도 이런 짓은 하지 않지. 나도 이럴 생각은 못해봤어. 그런데, 너랑 같이 있으니까 이상하게 평소에는 생각도 안 해본 일이 하고 싶어지네.

이상하게…… 왠지 온몸이 뜨거워졌다. 갈 역시 이상했다. 정말 이상한 용을 만났어. 하지만 무엇을 묻는다는 건가? 왜 전쟁을 해야 하느냐고?

—바로 그거야.

마치 하늘은 왜 붉으냐고 묻는 것 같았다. 아니, 하나 더하기 하나가 얼마냐고 묻는 것 같기도 했다. 어쨌거나 갈이 어찌해볼 틈도 없이 그가 건물 정문에 나타났다. 구레나룻을 기르고 긴 망토를 걸쳐 입은 중년 남자. 용군 총사령관을 멀리서 본 적은 많았다. 하지만 지시를 내리고, 군대를 정렬시키고, 임무와 임무 사이를 분주하게 뛰어다니지 않을 때의 그와 이렇듯 가까이에서 접촉하는 것은 처음이었다.

이셀레는 조금 당황한 표정이었다. 자신을 찾아온 시민이 용 한 마리도 아니고 두 마리인 경우는 그간 별로 없었던 모양이었다. 그는 두 팔을 나란히 치켜들어 자기 손에 그들이 머리를 댈 수 있게 했다. 다중 접속이 이루어졌다.

—무슨 용무십니까, 친애하는 시민 여러분.

—시간을 내주셔서 감사합니다. 전쟁에 대해 묻고 싶은 게 있어서 지혜를 나눠주셨으면 하고 찾아왔습니다.

이파가 능청스럽게 이야기를 시작했다. 갈은 걱정이 되었지만, 일단 가만히 듣기로 했다.

—궁금하신 게 무엇입니까?

—왜 용들의 정신을 방어할 대책을 세우지 않습니까?

—그게 무슨 뜻이지요?

—얼음을 녹이러 간 용들이 하나같이 인간을 죽이고 돌아옵니다. 용 장병 가운데 전쟁중에 사악한 마법에 물들지 않는 병사는 없었어요. 그토록 막강한 마법이라면, 하다못해 투구라도 씌워 막아야 할 게 아닙니까?

이셀레가 코웃음을 쳤다.

—용기사와의 강인한 교감으로도 막을 수 없는 것을 겨우 투구 같은 것으로 막을 수는 없습니다.

—그런가요. 그렇다면 왜 그 마법은 용들에게만 정신이상을 일으키는 것입니까? 교감으로 연결되어 있다면 용기사도 영향을 받아야 하지 않습니까?

—당신은 번식하는 용이지요.

이셀레가 생각했다. 딱히 경멸하는 태도는 아니었고, 그저 사실을 건조하게 확인하는 투였다.

—아닙니다.

—그럼 뭔가요?

—모르겠어요. 하지만 어쨌든 번식이 저의 소명은 아닙니다.

—전투의 소명을 갖지 않은 분이 마법의 작동 원리를 이해하기는 힘듭니다. 그건 오직 용기사, 그리고 싸우는 용만 이해할 수 있어요. 우리도 알아내려고 노력하고 있지만, 아직까지 답을 얻지는 못했습니다. 장병 복지 개선에 대한 건의라면, 다음번 회의에서 다뤄보도록 하지요.

다분히 관료적인 대답이었다. 원래 그렇다는, 그냥 그런 거라는 얘기였다. 갈은 자신도 모르게 날갯짓이 나올 것 같았다. 하지만 머리를 뚫고 나간 것은 뜻밖의 생각이었다.

—이셀레, 멋진 이름이네요. 누가 지어준 겁니까?

총사령관의 표정이 갑자기 얼어붙었다.

—그 질문에는 대답할 수 없습니다.

—네?

—전쟁에 관련된 질문만 하실 수 있습니다.

—아…… 인간들은 다른 누군가로부터 이름을 받는다고 들어서, 문득 궁금해졌을 뿐입니다. 아마도 당신의 '부모'가 지어준 거겠지요. 당신은 그들의 '아들'일 테고.

—그 질문에는 대답할 수 없습니다.

이파가 곁눈질을 하더니, 슬쩍 사령관의 손에서 머리를 뗐다. 그러더니 갈을 향해 약하게 생각했다.

—갈, 그만두는 게 좋겠어.

—응? ……알았어.

갈이 머리를 떼려는데, 사령관이 다시 생각했다.

—전쟁에 관련된 질문만 하실 수 있습니다.

뭐지? 갈은 갑자기 두려워졌다. 서둘러 머리를 떼내고 뒤로 물러났다. 그러자 사령관은 입을 열어 큰 소리로 되풀이하기 시작했다.

"그 질문에는 대답할 수 없습니다. 전쟁에 관련된 질문만 하실 수 있습니다. 그 질문에는 대답할 수 없습니다."

얼굴에 표정이 없었다. 그는 꼼짝하지 않고 두 문장을 번갈아 반복했다. 눈앞에 있는 갈과 이파가 보이지도 않는 것 같았다. 마치 고장난 장난감 같았다.

"사령관님?"

달려온 사무관이 당황한 얼굴로 그의 팔을 붙들었다. 그러자 용군 총사령관은 겨우 말을 멈췄다. 그러나 제정신이 돌아온 것 같지는 않았다. 그는 사무관의 부축을 받아 계단을 올랐고, 문으로 들어가 사라졌다.

—이게 뭐지? 이파, 방금 무슨 일이 일어난 거야?

—일단 여길 떠나야겠어.

—왜?

이파는 대답하지 않고 하늘로 날아올랐다. 갈도 따라 날았다. 그들은 한참 동안 북쪽을 향해 날았다. 너무 빨리 날아서 목에서 불기둥이 올라올 것 같았다.

—내 가설 하나가 사실로 증명된 것 같네.

—무슨 가설?

—그 남자, 이셀레는 허구야.

—허구라니.

—대체 어떻게 그 질문을 알아낸 거야?

—무슨 질문? 부모에 대한 질문 말이야?

—응. 부모란 창조자잖아. 우리에게는 부모가 별다른 의미를 갖지 않지만, 인간에게는 다르다고 생각해. 아마도 매우 중요한 의미를 가질 거야. 그는 그 질문에 대답할 수 없어서 오류에 빠진 거야. 그에게는 그 대답이 없었어. 그를 만든 인간이 만들어 넣지 않은 거겠지. 갈, 하줄라프에는 허구인 존재들과 허구가 아닌 존

재들이 섞여 있어. 용기사들은 허구가 아니야. 하지만 그 인간, 이셀레는 허구인 것 같아. 그에게는 역사가 없어. 역할만 있지.

—넌…… 하줄라프 전체가 허상이라는 거야?

—글쎄. 그렇게 생각하고 싶지는 않아. 하지만 생각해봐, 갈. 여긴 없는 게 너무 많아. 왕도 없고, 마법사도, 학자들도 없어. 상인들도, 상점들도, 화폐도 없어. 다른 나라에는 다 있는데 여기만 없다고. 있는 거라곤 군대에 관련된 것들뿐이야. 뭔가…… 성의 없게 날림으로 만들어진 도시 같지 않아? 오직 전쟁만을 위해서?

—그럼 우리는? 우리에겐 역사는 아주 조금 있지만 역할이 없잖아.

이파가 생각을 닫았다. 약간 충격을 받은 모양이었다.

—우리는 허구가 아니야, 이파.

—그래.

—그렇다면 이셀레 역시 허구가 아닐 거야.

—……그래.

—괜찮아, 이파?

—내가 미쳤나봐, 갈. 내가 왜 이런 생각을 할까? 이상해.

아마도 내가 곁에 있어서가 아닐까, 갈은 혼자 생각했다. 내가 할 줄 아는 건 의심뿐이니까. 가만히 있는 걸 뒤흔들고, 괴롭히고, 성가시게 구는 일. 자신이 가짜라는 생각을 옮기는 일. 내게 다가왔던 수용들이 질색을 하며 물러날 때 느꼈어. 내 안에 있는 무언가가 그들 안에 있는 무언가를 뒤흔들어서 엉망으로 만들어……. 갈은 이파에게도 같은 일을 하고 싶지는 않았다. 미친 용은 자신 하나만으로 충분했다.

그들은 날개가 아플 때까지 공중을 빙빙 돌며 날았다. 그러다 땅으로 내려갔다. 너무 피곤했다. 머리를 식힐 필요가 있었다.

내 동굴에 가지 않을래? 갈이 물었고, 이파는 그러겠다고 했다.

그들은 갈의 동굴에서 불씨를 나눴다. 너무 갑작스럽고 예상치 못한 일이라 두 용 모두 당혹감에 젖었다. 머리가 너무 많은 생각으로 가득차 자연스레 몸이 그것을 비우기를 명한 모양이었다. 그들은 둘 다 불안했다. '망상' '역할' '허상'. 위장을 쥐어짜대는 그 단어들을 잊는 일이 필요했던 것일 수도 있었다. 누가 먼저랄 것도 없이 서로의 몸을 얽고 숨결을 나누게 된 연유를 그렇게밖에는 생각할 수 없었다. 그렇게 생각하는 게 편하기도 했다.

그러나 갈에게 이것은 작은 일일 수 없었다. 갈은 번식하는 용이 아니었다! 갈로서는 태어나서 처음으로 느낀 욕망이었다. 그리고 이파는 암용이었다. 그 일은 너무도 낯설고 기이했다. 차갑고 뜨거웠다. 가벼웠고 무거웠으며, 매혹적이면서도 두려웠다. 갈은 이파의 눈빛을 보고 알았다. 이파에게는 처음이 아니었다. 그게 그렇게 중요한 일은 아니었지만.

—너는 아름다워, 갈.

이파가 생각하고 덧붙였다. 그리고 이상하고.

—너도 마찬가지야.

사실 갈은 너무도 두려워 미칠 것만 같았다. 갑자기 세상이 뒤집혀버린 듯했다. 하줄라프가 어떻게 되든, 그런 것 따위 아무 의미도 없는 것처럼 느껴졌다. 갈의 머릿속에는 오직 이파가, 이파의 몸이, 이파의 낯선 생각들이 얼마나 아름다운지, 음모론처럼 들리는 그 사고방식이 자신의 그것과 얼마나 닮았고 또 다르며, 둘이 함께 있는 것만으로 얼마나 세상이 폭발할 듯 뜨겁고 벅차고 어지러운지, 그런 상념들이 갑작스럽게 가득 들어차 다른 무엇도 비집고 들어올 자리가 없게 되어버렸다.

두렵고 두려워서 확인이 필요했다. 무언가를 붙잡고, 지금 일어난 이 일이 허구가 아니라는 대답을 듣고 싶었다. 갈은 조심스럽게, 다시 한번 이파의 꼬리를 자신의 꼬리로 감았다. 그 부드러운 검은 비늘을 앞발로 쓰다듬었다. 이파의 입속에 불숨결을 내뿜었다. 작고 더 가늘지만 분명히 같은 감정이, 불숨결이 되돌아왔다.

갈은 깨달았다. 갈의 소명은 의심이 아니었다. 이파였다. 이파라는 이름의 암용을 사랑하는 것이 갈의 소명이었다.

시간이 빠르게 흘러갔다. 서로에게서 발견한 새로운 소명에 어느 정도 익숙해져갈 무렵, 그들은 다시 긴 대화를 나누기 시작했다. 그리고 격렬한 토론 끝에 남들이 들으면 광증의 증거라 할 만한 몇 가지 결론에 도달했다.

(1) 하줄라프는 용이 아니라 인간을 위해 설계된 도시다. 용의 관점에서는 너무도 부조리하게 느껴지는 인간 중심적인 질서와 관습이 그 사실을 증명한다.

(2) 인간들은 용기사의 모습으로 하줄라프에 찾아와 전쟁을 경험하고 스롬으로 돌아간다. 그 과정에서 어떤 목적을 위해 하줄라프의 싸우는 용들을 이용한다.

(3) 전쟁중에 사악한 마법에 사로잡힌 용들의 생명은 용기사와 이별하면서 끝난다. 용기사와 용의 이별에는 몇 가지 방식이 있다.

첫째, 교감을 회복한 용기사가 용과 함께 하줄라프로 돌아와 용 대신 참수형을 받는다.

둘째, 용기사가 통제에서 벗어난 용을 죽인다.

셋째, 용기사가 정신을 잃은 용을 날려보낸다. 용들은 이 세상의 끝인 윰의 동쪽을 향해 날아가고 그곳에서 사라진다.

넷째, 전투중에 용기사가 용과 함께 공격을 받아 목숨을 잃는다.

(4) (3)에서 밝힌 네 가지 이별 중 하나가 일어나면 용기사와 용의 존재는 이 세상에서 지워진다. 용기사였던 인간의 삶은 세계의 결계를 넘어 스롬에서 다시 이어진다. 그러나 용들의 삶 역시 그러한지는 확인할 수 없다.

(3)과 (4)는 용들로부터 얻은 정보였다. 갈과 이파는 그뒤로도 중앙 광장에서 열리는 군사재판에 참석했다. 아무도 알아차리거

나 금지하지 않았으므로 이파는 그곳에 잡혀온 용들의 머릿속에 들어갔다 나오는 일을 계속했다. 그 결과 여러 개로 분열된 그 용들의 정신 속에서 자신이 인간이라는 믿음과 용기사에 대한 애착 말고도 전장에서의 기억, 특히 다른 용들의 최후를 지켜본 기억이 일종의 외상처럼 남은 경우를 발견했다. 이파 혼자서는 읽을 수 없던 것들이 갈과 함께는 읽힌다고 했다. 갈이 의심을 옮기는 용이어서인지도 몰랐다. 때때로 이파가 질문을 하면 그 용들은 의식이 혼미한 가운데서도 종종 또렷한 대답을 들려주었다.

—사라진 용기사들은 죽은 것인가?

—아니, 그렇지 않다. 그들은 살아서 돌아갔다. 처음부터 그렇게 계약되어 있거든. 용과 이별하면 스롬으로 돌아가기로.

—그럼 용들은?

—모른다. 그것까지는 알 수 없다.

—너는 누구지?

—나는 미셸. 성전에 참여했다가 스무 살 때 죽었다. 재판을 받고 있는 저 용기사가 우리 어머니다.

—하지만 너는 지금 용의 몸으로 살아 있어. 죽은 게 아니잖아?

—모르겠다. 너무 어려워. 그런지도 모르지. 하지만 나는 죽은 것이나 다름없어. 그렇게 느낀다.

—네 용기사가 그렇게 느끼라고 명령한 건가?

—우리 어머니를 모욕하지 말기를.

대화는 이런 식으로 이어지다 어느 순간 끝났다.

그런 대화를 나누는 일이 그다지 옳은 일은 아닌 듯했다.

—만약 이것이 인간들의 대리전이라면, 그들이 겪고 있는 전쟁의 재현이라면.

갈이 생각했다.

—그들은 대체 왜 이런 재현을 하는 거지?

이파는 한참 생각하다 대답했다.

—아마도, 슬퍼하기 위해서?

—슬퍼해?

—우리는 소명만 있으면 혼자 살 수 있지. 번식이 끝나면 소명이 성취되기 때문에 반려에게도 애착을 느끼지 않고 헤어져 혼자 살아가잖아. 하지만 그들은 연약해서 혼자 살 수가 없기 때문에, 누군가를 잃으면 슬픈 게 아닐까. 설령 그것이 소명을 성취하기 위한 과정에서 일어나는 일이라고 해도.

갈은 잠시 그 생각을 곱씹어보았다. '반려' '애착' '혼자 살아간다'. 뜻밖에 그런 표현에 생각이 집중되었다. '연약하다'…… 갈은 이제 이파 없이는 살아갈 수 없었다. 그렇다면 나는 용이 아니란 말인가? 이파의 생각이 궁금했다. 이파도 자신과 같은 생각을 하고 있는지. 이파 역시 갈을 잃으면 슬퍼서 견딜 수 없게 될까? 아마도 그 속생각을 읽었을 이파는, 그러나 대답하지 않고 원래 화제를 이어갔다.

—그들은 불완전한 존재라서 소명을 따르는 일과 슬퍼하는 일, 이 두 가지를 동시에 하지 못하는 거야. 그렇다면 잠시 멈춰야 하는데, 전쟁에서 누군가를 잃어도 그저 싸움만 계속하는 거야. 슬퍼할 여유도 없이.

—그래서 자신들이 미처 느끼지 못한 슬픔을 하줄라프에 와서 대리 체험하는 거라고?

—응. 용기사가 되어 자기 용과 이별하면서, 그들의 세계에서 잃은 인간을 제대로 애도하고, 무고하게 희생된 또다른 생명들에게 속죄하고…… 그 모든 것과 제대로 작별할 기회를 갖는 거랄까.

갈은 어지러웠다. '이건 허구야. 허상에서 위로를 얻는 일은 하지 않을 거야.' 알껍데기에 전해졌던 그 인간 여자의 생각이 되살아났다.

—아파, 정말 못 견디겠어. 그럼 우리는 이미 죽은 인간들의 삶을 재현하다 진짜로 죽어버리는 존재라는 거야? 나는 그게…… 죽음이라고 느껴. 사라지잖아. 더이상 그들의 모습을 볼 수 없게 된다고. 그래, 스롬에서 우리 삶이 계속된다고 쳐. 하지만 우리는 그곳에서 몸을 가질 수 없다고. 몸이 없다면 죽음과 무엇이 다르지? 우리가 그들의 정신 일부가 되어 그들 몸속으로 스며든다는 건가? 몸속에 기생하는 벌레처럼? 그 용들도 생각했잖아. 자신들은 죽은 것이나 마찬가지라고.

—그래…… 네 생각을 들어보니 그건 죽음인지도 모르겠네.

—내가 너무 용 중심적으로 생각하는 건가?

—관점의 차이일 뿐이야.

—어쨌든 내게, 그건 죽음이야.

—그래, 그렇다고 치자.

—우리가 왜 그들을 위해 죽어야 하지? 그들이 우리의 신도 아닌데?

—우린 크고, 힘이 세고, 선하니까.

그들보다, 이파는 덧붙였다. 그 얼굴에는 체념과도, 커다란 평온과도 같은 표정이 깃들어 있었다.

—나는 선해지고 싶지 않아, 이파.

—하지만 그들에게 관심이 있잖아.

—싫어하는 거야. 나는 절대로 그들을 등에 태우고 싶지 않아. 그들과 교감하고 싶지도 않고.

—가엾어하는 건지도 몰라. 혐오와 연민은 같은 뿌리에서 자라난 두 개의 줄기와 같아. 그 뿌리는 관심이야. 용들 대부분은 인간에게 무관심하지. 그래서 우리 관심사인 소명을 실천하면서 이렇게 이상한 방식으로 인간들과 관계를 맺고 있는 건지도 몰라. 어떤 짐승들이 몸에 올라와 기어다니는 곤충들을 느끼지만 그냥 놔둔 채 풀을 뜯고 산책을 하는 것처럼. 하지만 너는 자꾸만 신경이 쓰이지. 그들을 보면서 왜냐고, 어째서냐고 자꾸 묻잖아. 모든 걸

다 아는 것처럼 생각해서 미안한데, 보이고 들리니까 어쩔 수가 없네. 갈, 너는 용들을 궁금해하는 만큼이나 인간들을 궁금해하고 있어.

—다른 종에게 관심을 느끼는 건 정신병이라고밖에는 생각되지 않는걸.

—그럴 수도 있지만, 그게 우리의 소명일지도 몰라.

—우리의 실존을 허구라고 의심하면서 미쳐가는 게? 이파, 넌 정말 이상한 용이야.

내 소명은 너야, 사실은 그런 생각을 듣고 싶었다. 그렇게 뻔하고 낯간지러운 생각을, 이상하게도 듣고 싶었다. 갈은 구석구석을 다 답사하기에는 너무 넓은 대륙과도 같은 이파의 마음에서 처음으로 외로움을 느꼈다.

그들이 둘 다 생각하지만 머리 밖에 내지 않는 것이 있었다. 하지만 그들은 서로의 머릿속에 그것이 있다는 걸 느꼈다. 그것은 다음과 같은 형태의 질문이었다. 이렇게 해서 하줄라프의 몇몇 비밀들을 알게 되었다. 그런데, 그것으로 무엇을 할 것인가?

그 질문은 끔찍한 무력감으로 뒤덮여 있었다. 그들은 나이가 별로 많지 않은 암용이었고, 용기사가 없었으며, 번식을 끝낸 용들처럼 국가로부터 존중을 받지도 못했다. 그들은 전쟁이, 용들의 무의미한 희생이 싫었다. 그러나 전쟁을 멈출 수는 없었다. 출정하는 용들과 용기사들을 따라갈 수도 없었다. 소명에 사로잡힌 용들을 설득할 방법을 찾지 못했고, 인간들을 설득하는 일은 더 불가능하게 느껴졌다. 갈과 이파가 무의미하다고 생각하는 일에서 다른 이들은 모두 의미를 느끼는 듯했다. 그들은 자신들이 미친 것도, 허구의 존재도 아니라는 사실을 믿으려고 애를 썼다. 하지만 만약 그들이 미친 거라면 어쩔 텐가? 그들이 틀렸고, 다른 모든 이들이 옳다면? 그들이 무의미라고 여기는 것이 사실은 의미라면?

흉폭하게 번뜩이기만 할 뿐 다른 어떤 것으로도 변하지 않는 하줄라프의 비밀들을 머릿속에 담고 그들은 계속 불씨를 나눴다. 불씨를 나누고 있으면 하루종일 그들을 누르던 압도적인 무의미 위로 조그만 의미들이 타닥거리며 솟아올랐다 가라앉곤 했다.

어느 날 동굴 근처 평원에서 그들은 두 인간 소녀를 만났다. 쌍둥이였다. 미슐레와 뮬, 뮬과 미슐레. 어느 쪽이 어느 쪽인지는 알 수 없었지만 두 아이의 이름은 그랬다. 둘은 언제나 똑같은 옷을 입고 다녔다. 소매가 없고, 아래로 내려오면서 꽃잎처럼 넓게 펼쳐지는 무명 원피스였다. 어깨까지 내려오는 갈색 곱슬머리와 뺨에 패는 보조개, 머리에 쓴 레츨리 화관까지도 똑같았다. 두 소녀는 갈과 이파를 발견하고 두려움 없이 인사를 건네왔다. 그들은 용과 대화하는 법을 알고 있었다.

—뭘 하고 있니?

갈이 머리를 소녀의 손바닥에 문지르며 물으면, 뮬인지 미슐레인지 알 수 없는 소녀는 대답했다.

—꽃을 꺾어. 우리는 꽃을 좋아하거든. 부모님도 꽃을 좋아하셔. 엄마 아빠에게 가져다 드리려고 해.

두 소녀는 그것 말고는 할일이 별로 없는 듯했다. 갈은 소녀들이 마음에 들었다. 자신들과 마찬가지로, 그 소녀들은 하줄라프가 구성원들에게 강요하는 '의미'로부터 가장 멀리 떨어진 삶을 사는 것처럼 보였던 것이다. 하지만 소녀들의 한가로워 보이는 일상이 정말로 한가로운 것인지, 혹은 스롬에 사는 어떤 인간이 만들어놓은 이 하줄라프라는 가상공간에서 그들이 특별히 비중 있는 역할을 맡지 못했기 때문에 벙벙하고 여백이 많아 보이는 것인지는 알 수 없었다. 이런 식의 케케묵은 미친 생각이 찾아올 때면 갈은 참을 수 없이 자신이 싫어졌다.

그들 넷은 종종 함께 시간을 보냈다. 소녀들이 마음놓고 꽃을 꺾을 수 있도록 갈과 이파는 레츨리 향기를 맡고 다가오는 바람소와 그림자개 무리에게 불숨결을 내뿜어 쫓아냈다.

가끔 소녀들은 나란히 앉아 생각도 안 되는 생각을 말로 하곤 했다.

"용이 먼저게, 인간이 먼저게?"

"당연히 인간이 먼저지."

"아니야, 용이 먼저야. 용이 이 세상에 와서 인간들을 만든 거야."

"웃기시네. 인간이 용을 만든 거야."

"무슨 근거로 그렇게 생각해?"

"용들도 인간의 문자를 알잖아. 그들의 사고도 우리 문자언어로 되어 있어. 그런데 용들에게 그게 왜 필요하지? 그들은 머릿속 공간이 아주 크고 넓어서 모든 걸 거기 담아놓을 수 있어. 머릿속이 좁은 인간처럼 글을 써서 바깥에 남겨놓을 필요도, 서류를 작성해서 남에게 보여줄 필요도 없다고. 아무리 생각해도 필요가 없는데 그들이 우리의 문자를 안다는 건 우리가 그들을 만들어냈다는 증거야. 우리가 만든 존재가 우리와 똑같은 방식으로 소통하길 원했기 때문에 그들에게도 문자를 집어넣은 거야. 가르친 거라고."

"틀렸어. 반대야. 그건 용들의 문자야. 그들이 우리를 만들면서 자기들이 하던 일을 우리에게 물려준 거야. 너무 귀찮아져서 말이야. 우리가 용들의 문자를 빌려 쓰고 있는 거라고."

"웃기시네."

"너야말로 웃기시네."

"인간이 먼저야!"

"용이 먼저야!"

그런 대화를 듣고 있으면 갈은 돌 것 같았다. 대화에 포함된 무언가가 집요하게 갈의 신경을 긁어댔다. 왜 그런 얘기를 하는 것인지 알 수 없었지만, 어쨌든 소녀들은 계속 떠들어댔다. 마치 누가 허구이고 누가 아닌가 하는 분열적이고 날 선 질문을 완전히 잊어버리지 못한 갈 자신의 머릿속에서 떨어져나온 피조물들처럼.

이파는 소녀들을 조금 다르게 생각하는 것 같았다. 가끔 갈이 먹이를 구하러 갔다 돌아와보면, 이파는 두 소녀의 손바닥에 차례로 머리를 비비며 무슨 생각인가를 골똘하게 나누고 있었다.

—뭘 그렇게 열심히 의논했어?

—아무것도 아니야, 갈.

이파가 이빨을 드러내며 날개를 쳤다.

—내가 알면 안 되는 거야?

갈이 물러나지 않자, 이파는 불숨을 쉬더니, 결국 털어놓았다.

—나, 도시를 만들고 있어. 그 아이들을 위한 도시야.

—도시?

—아직은 구상 수준이라 별로 보여줄 게 없어. 하지만 그거라도 좋다면 보여줄게. 눈을 감아봐.

갈은 의아해진 마음으로 눈을 감고, 열린 머리에 생각을 집중했다. 그러자 지금껏 한 번도 경험한 적 없는 맹렬한 속도로, 선들과 색깔들, 향기와 소리로 이루어진 한 무더기의 생각이 갈의 머릿속으로 쏟아져들어왔다. 찰그랑, 찰그랑, 찰그랑, 차박, 차박, 차박. 그것들은 갈의 머리에 들어오자마자 스스로 제자리를 찾아 형태를 갖추기 시작했다.

그곳은 하줄라프를 닮았지만 더 작고 아담한, 은은한 빛을 내는 돌로 만들어진 도시였다. 작은 집들이 있었고, 더 큰 건물들이 있었다. 둥근 지붕이 있는 건물, 알록달록한 천막이 쳐진 작은 뜰. 아주 작고 의미를 알 수 없는 조각들이 여기저기 서 있었다. 강이 흘렀고 그 위로 반원 모양의 다리가 놓여 있었다. 나무로 만든 몇 척의 배가 미완성인 채 정박되어 있었다.

—이게 뭐야?

갈은 놀라서 물었다.

—네가 만든 거야?

이파는 쑥스러워하며 긍정했다.

—이름도 있어. 팔루자Fallujah야. 하줄라프Hajullaf를 뒤집어놓은 거야. 좀 유치하지만 왠지 그렇게 해보고 싶었어.

갈은 이파의 얼굴을 낯설게 들여다보았다. 이파는 아주 놀라운 일을 할 수 있었다! 갈로서는 할 수도, 떠올려본 적도 없는 일이었다. 이파는 창조할 수 있는 용이었다. 갈의 머릿속에는 단지 날카로운 의심들만 들어 있을 뿐이었는데, 이파는 그것으로 다른 일을 할 수 있었던 것이다. 갈은 경이와 함께 칼로 저미는 듯한 박탈감을 느꼈다. 그 양가적인 감정이 결국 질문을 던지게 했다.

—동굴들은 왜 없지? 여기는 용이 안 살아? 중앙 광장은? 이렇게 좁은 곳에 어떻게 군대가 모이지?

이파는 조금 주저하다가 대답했다.

—응, 여기는 용이 없어. 인간들만 사는 도시야. 군대도 없고, 전쟁도 없고, 의무도, 명령도 없어.

갈은 충격으로 머리가 멍해졌다.

—용이 없다고?

—응. 인간들만을 위한 공간을 만들어보고 싶었어. 생각하는 게 좀 어렵지만.

—왜?

—……왜냐니?

이파가 당황한 표정으로 갈을 보았다.

—왜 인간들을 위한 도시를 만드는 거야? 이파, 너 인간을 좋아하는구나? 용보다 더.

—그게 무슨 말이야. 그런 뜻은 없었어. 그냥, 미슐레와 뮬을 보면…… 그애들이 더 많은 일을 할 수 있는 재미있는 공간이 있었으면 싶어서.

—더 많은 일?

—꽃 꺾는 것 말고 다른 일도 할 수 있다면 좋지 않겠어.

갈은 불현듯 무섭고 짓궂은 생각에 사로잡혔다.

—이파, 너의 부모는 누구야?

—응?

—네 이름을 너에게 지어준 게 누구냐고. 너는, 누구야, 이파?

이파가 날개를 쳤다. 윗니가 훤히 드러나도록 입을 벌리고 연신 불기침을 했다.

—부모가 누군지 나는 모르고, 내 이름은 내가 지었어. 나는 하

줄라프의 용이야, 갈. 너처럼.

—……미안해.

—마음에 별로 안 드는 모양이구나…… 갈, 난 다만 내게 한계가 있다는 걸 인정하고 싶었을 뿐이야. 난 전쟁에서 죽어가는 용들을 위해 별로 할 수 있는 일이 없어. 그래서 이곳과는 다른 어딘가를 상상했을 뿐이야. 평화롭고, 고요하고, 누구도 무의미하게 죽어가지 않는 어떤 공간을. 미슐레와 뮬이 그걸 본다면 기뻐할 것 같았어.

—그래, 하지만 나라면 인간이 없는 용들만의 도시를 상상했을 것 같아. 내게 그런 재능이 있다면.

—너도 할 수 있을 거야. 같이 해보자.

—나는 못해, 이파.

갈은 날개를 치며 하늘로 날아올랐다.

비이성적인 분노가 몸속에 가득차 아무리 날갯짓을 해도 빠져나가지 않았다.

알껍데기 하늘이 시야에 들어왔다. 하늘의 다른 부분보다 빛깔이 짙은 암적색 공간이 넓게 펼쳐져 있었다. 싸우는 용들이 처음으로 모습을 드러내는 곳. 알에 담겨 결계를 넘어갔던 용들이 돌아와 처음으로 하줄라프를 만나는 곳. 갈은 허공에 멈춰 선 채 날개를 퍼덕이며 헤아렸다. 하나, 둘, 셋 넷 다섯…… 용기사를 태운

푸르고 검고 흰 용들이 차례로 하늘의 틈을 비집고 나와 기다란 사선 모양의 구름을 꽁무니에 달고 날아내려가고 있었다. 소명을 향해.

문득 그들이 부러웠다. 그 인간 여자는 왜 나를 거부했을까? 왜 나의 용기사가 되어주지 않았을까? '여기서, 내 자리에서, 할 수 있는 일이 있을 거야. 나는 아직 희망을 버리지 않았어.' 그 여자는 그렇게 생각했지. 하지만 할 수 있는 일이 뭐란 말인가? 갈은 싸울 수도 낳을 수도 만들 수도 없었다. 갈의 희망은 이파였는데, 이파는 다른 희망을 갖고 있었다. 만드는 것이었다. 이파의 마음속에는 하줄라프를 거울에 비춰낸 것 같은 다른 도시가 만들어지고 있었다. 하줄라프보다 나은 도시가.

자신이 나아진다는 생각을 믿지 않는 용임을, 갈은 아프게 깨달았다. 용들의 전쟁이 인간들의 창작품이라 한들, 그들 자신의 전쟁보다 어떤 면에선가 나아지기 위해 벌인 일이라 한들, 그 과정에서 여전히 죽는 생명들이, 아무런 존중 없이 바스러지는 존재들이 있었다. 갈의 재능은 그 죽음의 끔찍함을 그저 바라보고, 빨아들이고, 거기에 감염되는 것뿐이었다. 갈은 거울이 싫었다. 비추는 게 싫었고, 닮은 것을 만드는 게 싫었다. 거울 속 세계는 다만 반복에 지나지 않았다. 그것은 무의미였다. 허무였다. 허무가 허무로 남지 않기 위해서는 빛의 속성을 바꿔놓아야 했다. 이파처럼. 비추게 되어 있는 것과는 다른 무언가, 참혹하고 초라한 원래의 형상보다 나은 무언가를 비춰 보여야만 했다. 갈로서는 상상할 수 없는 일이었다.

그러나 그랬기 때문에, 갈은 너무나도 나아지고 싶었다.

어느 날 아침 갈은 불쾌감을 느끼며 눈을 떴다. 몸이 이상할 정도로 뜨거웠다. 심장은 금방이라도 터져버릴 것 같았고, 팽팽하게 부풀어오른 화염주머니가 목울대를 압박해 숨이 막힐 지경이었다. 핏줄을 타고 온몸으로 퍼져나가는 피톨들이 있는 힘껏 비명을 질러댔다. 살아라! 살아라! 사랑해라! 낳아라!

갈은 본능적으로 알아차렸다. 번식기였다.

바람을 타고 북쪽으로 날아야 했다. 수용들이 있는 곳으로. 공중에서 그려야 할 궤적이 이미 머릿속에 보였다. 소용돌이 모양으로 점점 크게 원을 그리며 올라가야 했다. 멀리서 갈을 감지한 수컷들이 다가올 것이다. 갈의 냄새와 날갯짓에 매혹된 그들 중 하나가 갈을 정복하기 위해 전속력으로 날아올 것이다. 그 수용과 갈은 충돌하면 바로 죽어버릴 속도로 아슬아슬하게 서로를 비껴나가며 어긋난 돌진을 계속하다가, 천천히 속도를 줄이고 결혼비행의 궤도에 진입할 것이다. 갈은 저항을 멈추고 그 수용에게 몸을 맡겨야 했다. 그를 따라 땅으로 내려가 둥지를 만들어야 했다. 그러고는 부푼 몸으로 스무 달을 기다려 진통을 하게 될 것이었다. 알을 낳아야 했다. 세계의 결계를 넘어, 갈이 품을 수도 사랑할 수도 없는 알을. 그 알을 영원히 잃을 것이고, 잃었다는 사실조차 잊어버릴 것이었다.

갈은 동굴 속에서 숨을 헐떡이며 자신의 미래를 보았다. 곁에는 이파가 고른 숨을 내쉬며 잠들어 있었다. 지난밤은 무척이나 더워서, 동굴 안이 거대한 화덕처럼 느껴졌다. 그래서 그들은 평소처럼 서로의 몸에 머리를 얹지 않고 조금 떨어진 곳에 자리를 잡고 나란히 누워 잠들었다. 더위. 단순하고 물리적인 그 이유 외에 다른 것은 없었다. 그러나 그 순간, 몸이 의지를 배반해 불가능한 일을 하라고 시키고, 그 사실을 머리가 막 알아차린 그 찰나에는 자신과 이파의 몸이 떨어져 있다는 사실이 견딜 수 없을 만큼 슬프게 느껴졌다.

갈은 이파를 사랑하고 있었다. 몸으로, 마음으로. 비늘 하나하나가 이파의 비늘 하나하나를 아프게 원했고, 필요로 했고, 갈망했다. 화려하지는 않았으나 그들에게도 결혼비행이 있었다. 정복과 예속이 아니라 평등과 존중을 기약하며 밤새 이야기를 나눈 첫날밤이 있었다. 그런데 왜 이런 일이 일어난 것인가. 왜 이 알주머니는 사랑하는 이파를 떠나 낯선 수용을 만나고 알을 잉태하라고 명령하는 것일까. 그것이 누군가에게는 의미이기 때문인가?

무언가 잘못되었다.
당신이 있다고 갈이 느낀 건 그 순간이었다.

그 부조리한 욕망이 갈 자신의 의지에서 비롯된 것일 리 없었다. 당신, 이 세계의 창조자, 갈을 만들어놓고 잊어버린 무책임한 자가 뒤늦게 자신의 존재를 회수해 이용하려 하고 있다는 사실을, 갈은 분명히 느꼈다.

저항해야 했다. 번식하고 싶지 않았다. 열기를 따라가면 갈은 알을 배게 될 것이고, 그때쯤이면 어미의 보호본능과 사랑으로 이파마저 까맣게 잊고 행복해지고 말 테지만, 몸에서 빠져나오는 순간 그 알은 갈에게 어떤 의미도 될 수 없을 것이다. 그것은 오직 당신에게만 의미를 가질 것이다. 알에서 태어난 용은 병사로 훈련받을 것이고, 용군에 소속되어 전쟁에 동원될 것이다. 그리고 결국에는 희생될 것이다. 갈은 당신의 세상에 그런 의미를 만들어주고 싶은 생각이 조금도 없었다. 이파를 잃고 싶지 않았다. 자신의 눈으로, 날개로, 다리로 이 끔찍한 땅을 뒤지고 헤매다 간신히 찾아낸 하나뿐인 진짜 의미를.

갈은 몸을 일으켜 동굴을 뛰쳐나왔다. 날개가 펼쳐지려고 했다. 뒷다리가 땅을 박차려고 했다. 멀리 북쪽에서 잘못된 운명이 사악한 마법처럼 갈을 끌어당기고 있었다. 정신을 잃고 그곳으로 날아가지 않기 위해 갈은 동굴 바깥 평원을 내달렸다. 강까지 달려갈 생각이었다. 티벤 강의 차가운 물을 마시면 제정신이 돌아올 테니까. 그 물에 몸을 담그면 이렇게 뜨거워진 몸도, 달아오른 화염주머니도 식을 테니까. 그러나 채 몇 걸음 가기도 전에 아이들과 마주쳤다. 갈은 달리기를 멈췄고, 쌍둥이 소녀는 멀리서 갈을 발견하고 반가운 얼굴로 웃으며 소리쳤다.

"갈!"

미슐레와 뮬. 뮬과 미슐레.

갈의 머릿속에는 오직 한 가지 생각만 있었다. 그들이 당신과 마찬가지로 인간의 형상을 하고 있다는 생각이었다. 갈의 몸을 미친 방향으로 끌고 가려는 당신이 이 도시의 창조자라면, 그들 역시 당신이 만든 존재일 것이다. 이파를 만나 사랑하며 살아온 내 삶이 무의미했기에 당신이 지금 나를 멋대로 움직이려는 거라면, 저 소녀들 역시 무의미하기는 마찬가지겠지, 갈은 생각했다. 무의미가 무의미를 보고 웃으며 손을 흔든다. 무슨 소용일까? 이 도시를 채우는 모든 것은 헛것이고, 우리는 당신의 대리전을 치르는 지푸라기 인형일 뿐인데. 틀림없이 당신의 어딘가를 닮았을 그 어리고 앳된 얼굴들이 갈을 조롱하는 것 같았다. 갈은 참을 수 없는 살의를 느꼈다. 그래서 그들을 향해 달려갔다.

단단한 발톱에 붙잡힌 쌍둥이가 웃으며 손을 들어올렸다. 전하고 싶은 것이 있다는 듯, 갈의 머리를 향해 손을 뻗었다. 네 개의 손바닥이 너무 조그매서 안쓰러웠다. 갈은 단숨에 찢어발기고 구워버리려던 마음을 가까스로 눌렀다. 두 쌍의 손이 간절하게 갈을 불렀다. 갈은 잠시 그대로 있다가 목을 구부려 머리를 그들의 손에 가져다댔다. 그러고는 보고, 들었다.

아이들은 생각을 쏟아냈다. 이파의 머릿속에 있던 것처럼, 언어로 된 것이 아니라 그림처럼 그려지고 음악처럼 흐르며 현재처럼 살아 숨쉬는 생각이었다. 어떤 생각들은 그렇게 몸들 사이로 자신의 후손을 남기는 모양이었다. 률과 미슐레에게는 아버지와 어머니가 있었고, 집이 있었다. 화려하지는 않지만 소박하고 따뜻해 보이는 집이었다. 가족 수에 딱 맞게 네 벌의 숟가락과 포크가 있었고, 얼룩진 그릇들과 나무 탁자가 있었다. 어른이 된 다음 하고 싶은 일도 있었다. 미슐레는 건반악기 연주자가, 률은 선생님이 되는 게 꿈이었다. 률은 들딸기를, 미슐레는 녹색 호박으로 끓인 죽을 좋아했다. 추억들이 있었다. 나란히 무릎이 깨져서 울었던 일, 나무 장난감 하나를 놓고 둘이 싸우다 화해한 일, 아버지의 푸줏간과 어머니의 그릇 공방을 오가며 쌓여간 네 식구의 기억.

많지는 않았다. 그 정도였다.

불숨결이 목구멍을 빠져나와 소녀들을 태워버리기 직전이었다.

이것들도 당신이 만들어 넣은 것인가, 같은 생각했다. 그럴 수도 있었다. 당신의 세상이 너무도 척박하고 삭막했기에, 전쟁 한가운데 목가적인 노래 한 곡쯤 지어 넣고 싶었을 수도 있었다. 그 아이들이 그저 들판 한가운데 뚝 떨어져 겉도는 어색한 존재, 엉성한 가짜처럼 보이지 않도록 몸속에 욱여넣은 최소한의 역사일 수도 있었다. 그러나 아이들의 몸속에는 다른 것도 들어 있었다.

수없이 쌓이고 겹쳐진 언어의 기억 속에서 그 단어가 튀어나왔다.

팔루자.

이파가 만들던 그 도시의 이름을 아이들은 기억하고 있었다. 당신은 모르는, 당신과는 관계없는 이름이었다. 당신이 있는 곳에는 아마 존재하지 않을 이름이었다.

쌍둥이는 그곳이 있다고 믿고 있었다.

믿음은 반복과는 달랐다.

갈은 자신도 모르게 온몸의 힘을 놓아버렸다.

—갈?

언제 나왔는지 동굴 입구에 이파가 이쪽을 보고 서 있었다. 검은 비늘 아래 심장이 요동치고, 마음에 파도가 휘몰아치고 있었다. 이파가 이미 모든 것을 읽었음을 갈은 알 수 있었다.

—갈……

이파가 무너져내렸다.

갈은 비틀거리며 이파를 향해 걸어갔다. 아랫배를 타고 흘러내린 피가 점점이 땅에 떨어졌다.

—괜찮아. 그냥 좀 다퉜을 뿐이야.

—나 때문이구나.

—그렇지 않아. 그애들은 내가 자기들을 죽이려 한다는 걸 알았어. 그래서 정당하게 방어한 거야. 그뿐이야.

갈의 발톱에 힘이 풀린 틈을 타서 두 소녀는 레츨리가 만발한 들판으로 뛰어갔다. 그러더니 꽃들 사이에 숨겨둔 길고 뾰족한 창을 꺼내 돌아와서는, 갈의 배에 그것을 힘껏 찔러넣고 도망쳤다. 바람소 뼈를 모아 이어붙이고 돌로 끝을 날카롭게 갈아 만든 창이었다. 창은 깊숙이 박혔고, 날카로운 통증이 갈의 온몸에 전해졌다.

—그 아이들은 진짜였고.

—갈.

—나는, 죽일 수 있는 용이었어. 그렇더라.

피가 흐르자 번식 욕망은 사라졌다. 마치 거짓말 같았다. 그것이 자신의 피여서 다행이라고 갈은 생각했다. 물론 상처가 너무 깊지 않았으면 했다. 살아서 이파가 팔루자를 완성하는 것을 보아야 했으니까. 팔루자, 그 아이들의 믿음 속에서 희미하게 형체를 갖추어가던, 낯설고 이상한 미완의 도시, 또하나의 하줄라프. 여기와는 다른 빛으로, 다른 이야기로 채워질 세상을.

갈은 문득 궁금했다. 용기사를 떠나 홀로 윱의 동쪽으로 날아간 용들은 어떻게 되었을까? 그들은 당신을 찾아냈을까? 그곳에는 당신이 있었을까? 그곳에도 없었을까?

갈은 당신을 찾고 싶었다.

'나는 지금 아프고, 그래서 여기 있어.'

전하고 싶었다. 지금 이 순간 온몸을 타고 흐르는, 당신의 것이면서 온전히 자신만의 것이기도 한 이 생생한 통증에 대해. 그것은 갈에게 많은 것을 의미했다. 당신에게는 어떨까. 갈은 묻고 싶었다. 당신, 아름다운 꿈을 꾸는 자, 거울을 사랑하는 자, 하줄라프의 창조자가 거기 있다면.

그러나 그보다 먼저 해야 할 일이 있었다.

—이걸 좀 뽑아주지 않을래?

갈이 조용히 물었다.

이파는 천천히 숨을 들이마셨다. 두 앞발로 갈의 배에 꽂힌 기다란 창을 단단히 붙들고는, 길게 숨을 내쉰 다음, 결심한 듯 단번에 잡아당겼다.

용기사의 자격

—하줄라프 2

"앗살람 알라이쿰. 용기사 전설을 들으러 오셨습니까?"

어두운 푸른색 니캅 안쪽에서 흘러나온 굵고 낮은 여자의 목소리가 마이크를 타고 식당 안에 울려퍼졌다. 이 시간을 오래 기다려온 손님들이 환호하며 예! 하고 화답했다. 온몸을 천으로 감싸 두 눈만 보이는 이라크인 여자가 천천히 말을 이었다.

"좋습니다. 그렇지만 제가 들려드릴 것이 정확히 그 이야기는 아닙니다. 『론리 플래닛』에 몇 번이나 정정 요청을 했지만 받아들여지지 않았어요. 제 이야기는 하줄라프라는 도시국가에 살았던 두 마리의 용과 쌍둥이 소녀의 우정이 어떻게 생겨났는지, 그것이 어떻게 깨어졌는지에 관한 이야기입니다. 여러분은 잘 모르시겠지만 저는 하줄라프라는 곳에서 나고 자랐습니다. 네, 700년 전

일이지요. 저는 올해로 704살입니다."

손님들이 휘파람을 불었다. 몇몇은 박수를 쳤다. 엘렌은 눈썹을 찡그렸다. 고작해야 예순다섯이나 일흔쯤 되었으리라. 얼굴은 볼 수 없었으나 여자의 목소리는 그 이상으로 들리지는 않았다. 여자의 영어는 제법 유창했다. 가이드북에 나와 있는 이 식당의 소개는 이랬다. '이라크 전통요리와 퓨전 요리. 두 시간 동안 천천히 식사를 즐기는 동안 주인이자 자신이 700살이 넘었다고 주장하는 개성 강한 노부인이 전설 속 도시국가 하줄라프의 용기사 이야기를 들려준다. 일종의 만담이라고 보면 될 듯. 이야기는 취향을 타겠지만 음식은 그럭저럭 괜찮은 편.'

좋아, 관광상품이라 이거지. 엘렌은 미심쩍은 눈으로 식당 안을 둘러보았다. 실내 전체가 '용'을 테마로 한 조각들로 조잡하게 꾸며져 있었다. 서양의 용과 동양의 용을 합쳐놓은 듯한 다소 기괴한 형상이었다. 천장을 타고 오르는 용 모형에선 칠하는 걸 잊어버린 발가락 한 개가 두드러져 보였고, 새끼 용들은 어른 용에 비해 너무 컸으며, 용 알에는 반질거리는 은색 칠이 되어 있었다. 다홍색과 금색으로 칠해져 번쩍거리는 이 식당 전체가 엘렌의 눈에는 거대한 키치처럼 보였다. 이 건물 바로 왼쪽에는 맥도날드가, 오른쪽에는 관광용품점이 서 있었다. 더이상 떨어지는 폭탄도, 날아다니는 잿가루도, 피투성이가 된 채 울음을 터뜨리는 소년들도, 테러도, 전쟁도 없었다. 엘렌은 이 도시의 평화가 허상처럼 느껴진다고 생각하다가 그 불온한 생각을 애써 지워버렸다.

그런데 당신은 대체 누구길래 하줄라프 이야기를 하는 걸까. 어떻게 그곳을 알지? 엘렌은 거대한 손이 위장을 틀어쥐는 듯한 압박감을 느꼈다. 당장이라도 여자가 니캅을 벗어던지고 숨기고 있던 총을 꺼내 들이댈 것만 같았다. 대체 왜 두려운 걸까. 내가 프랑스인이어서? 자신의 비이성적인 불안이 엘렌은 어이없었지만, 두려움은 사라지지 않았다.

내게는 없는 자격이, 당신에게는 있나. 그곳의 이야기를 할 자격이.

엘렌은 차가운 물을 마셨다. 생각이 자신도 모르게 혼잣말로 나와버릴 것만 같았다. 환호성이 다 가라앉자 음악이 흘러나왔다. 이라크 전통음악인 듯했는데 기묘한 느낌의 현악기 연주였다. 하나도 어울리는 게 없었다. 엘렌은 쓴웃음을 지었다. 여자가 이야기를 시작했다.

"……도시국가 하줄라프에서 용들의 소명은 전통적으로 두 가지로 나뉩니다. 전투와 번식이 그것이지요. 대체로 수용은 전투에 나가고, 암용은 번식을 함으로써 전쟁에 필요한 병력을 공급하는 역할을 맡아요. 그런데 이 두 가지 소명 모두에 아무런 흥미도 느끼지 못하는 두 마리 용이 있었습니다. 둘 모두 암용이었죠. 한 마리의 이름은 이파, 다른 한 마리의 이름은 갈이었습니다."

손님들이 다시 환호했다. '갈Gal'은 재건된 팔루자 시내에서 관광객들에게 제법 유명한 이 식당의 이름이었다. 엘렌은 히프 색에서 항불안제를 꺼내 물과 함께 삼켰다. 심장이 두근두근 뛰기 시작했던 것이다. 저 이야기.

그건 카미유가 해준 이야기였다. 카미유는 엘렌이 기자 일을 그만두고 『용기사의 눈물』을 쓰기 위해 만난 마흔다섯 명의 취재원—그들 모두는 자식이 IS에 입대해 소식이 끊어져버린 후 환각을 체험한 어머니들이었다—중의 한 사람이었다. 용의 알을 발견하고, 용기사가 되기를 '선택'하고, 하줄라프라는 다른 현실 속 공간으로 날아가 용과 함께 싸웠던 사람. 카미유는 두 가지 이야기를 들려주었다. 하나는 '페르디나'라는 나라에서 자신이 참전한 전투 이야기였고, 다른 하나는 자신의 용에게 전해들은 용들 사이의 전설, '창조'에 관여하고 있던 두 마리 암용에 관한 이야기였다. 전투에도 번식에도 관심이 없던 두 암용이 만나 연약한 인간들을 위해 '팔루자'라는 새로운 도시를 구상하고 설계하고 있었다고. 그 팔루자는 이름만 같을 뿐 지금 엘렌이 있는 이곳 팔루자와는 완전히 다른 도시, 처음부터 테러도 내전도 IS의 점령도 일어난 적이 없는 도시였다고.

카미유의 아들 미셸은 클래식을 좋아하고 조카들과 놀아주는 것을 좋아하던 주근깨가 많고 수줍은 소년이었다. 그러나 열아홉 살이 되자 아무런 전조도 설명도 없이 갑자기 집을 나가버렸다. 인터넷에 남은 흔적을 추적한 결과 '다에시Daesh'라는 단어가 튀어나왔다. 착하기만 하던 아들이 왜 갑자기 테러 집단의 일원이 되기 위해 자신과 가족을, 모든 것을 버렸는지 카미유는 결코 알아낼 수 없었다.

카미유는 엘렌과 마찬가지로 파리에 살았다. 그는 아름답고 지적인 오십대 여성이었다. 혼자서 슬픔과 절망을 꼭꼭 씹어 삼키는 동안 단단해진 성정이 얼굴에 드러나는 사람이라고 할까. 엘렌이 만나 인터뷰한 사람들 가운데 처음으로, 그리고 가장 강하게 자신들의 이야기를 책으로 써달라고 부탁한 사람이기도 했다. 우연히 IS 희생자 가족 모임을 취재하러 갔다가 카미유의 이야기를 듣지 않았다면 엘렌은 다니던 신문사를 그만둘 생각도, 책을 쓸 생각도 하지 못했을 것이다. 카미유는 가장 많은 이야기를 들려주었고 모든 일에 가장 적극적이며 열성적이었다. 그런 그가 흔들리는 목소리로 전화를 걸어온 것은 삼 년 전이었다.

"엘렌, 내가 미쳤던 것 같아요. 충격이 너무 커서 정신이 나갔었나봐요. 모든 게 망상이었어요. 아무 의미도 없는 헛소리였다고요. 내가 한 말들을 책에서 빼주세요. 그런 일은 현실이 될 수 없어요."

카미유가 왜 갑자기 생각을 바꾼 건지 엘렌은 이해할 수 없었다. 설령 그것이 환각이었다 해도 그렇게 많은 사람들이 비슷한 시기에 거의 같은 내용의 환각을 경험했다면 거기에는 반드시 어떤 의미가 있을 것이었다. 그들 모두 한마음으로 그런 이야기를 오랫동안 나눠오지 않았던가? 하지만 카미유는 같은 말을 반복할 뿐이었다. 아뇨, 제가 미쳐서 그랬던 거예요. 정신질환이었다고요. 엘렌은 카미유를 설득하려 애썼다. 그러자 이번에는 울컥거리는 분노가 되돌아왔다.

"당신은 왜 이렇게 이 작업에 열성적인 거죠? 밀리언셀러 작가가 되고 싶은 건가요? 우리의 불행이 당신에게는 그저 성공을 위한 발판인 건가요?"

카미유의 목소리가 떨리고 있었다. 엘렌은 말문이 막혔다. 엘렌이 가만히 있자 카미유는 작업을 당장 중단하세요, 계속한다면, 정말이지 그러고 싶지는 않지만, 우리 모두 법적인 조치를 취하겠어요, 하고 말한 다음 전화를 끊어버렸다.

그렇게 해서 『용기사의 눈물』 출간은 없던 일이 되었다. 어쩔 수 없는 일이었다. 당사자들이 반대하는 책을 낼 수는 없었다. 엘렌은 이유야 어찌됐든 받아들이려고 노력했다. 카미유만 그런 것이 아니었다. IS가 종말을 맞고 마지막으로 남아 있던 조직원들까지 모두 체포된 뒤, 엘렌에게 이야기를 들려주었던 취재원들은 한층 불안정한 감정 상태에 빠져 있었다. 몇몇은 자식의 유해를 찾았기 때문이었고, 몇몇은 끝까지 찾을 수 없었기 때문이었다. 그러나 그것이 다는 아니었다.

그들이 경험한 환각—그것이 정말 환각이었다면—의 시작은 모두 같았다. 어느 날 출근을 하려다, 혹은 우유나 빵을 사러 가게에 가려고 집 문을 열고 나서다가 문 앞에 놓여 있는 커다란 알 하나를 발견하는 것. 타조알보다 조금 큰 그 알은 오직 자식을 IS에 빼앗긴 어머니의 눈에만 보이는 알이었고, 며칠이 지나면 그 안에서는 새끼 용이 부화되어 나왔으며, 용은 빠르게 성장하여 집채만 한 크기로 자라났다. 그들은 각자 자신만 아는 적당한 장소—집 뒤뜰이든, 근처의 학교 운동장이든, 그도 아니면 회사 건물 옥상이든—에 용의 보금자리를 마련해놓고 그 짐승을 키웠다. 특별히 먹이를 주지 않아도 용은 쑥쑥 자라났다.

"그러니까 이 서사는, 이웃들이 얼마나 그분들을 고립시켜왔는지를 드러내주는 겁니다. 그렇게 큰 용이 다른 누구의 눈에도 보이지 않아서 아무에게도 들키지 않고 키울 수 있었다는 설정부터가 말이죠." 숀이 말했다. 그는 신경과학자이자 심리상담사로서 내놓을 수 있는 최선의 해석을 내놓았다. 어머니들은 자식의 행방을 추적하는 과정에서 필연적으로 IS가 제작한 홍보용 동영상을 반복적으로 볼 수밖에 없었는데, 그가 보기에는 그 동영상에 사용된 음악들 가운데 몇몇 곡에 인간의 가청주파수보다 낮은 어떤 음향이 삽입되었으며 그것이 인간 뇌의 특정 부분을 자극해 환각을 이끌어냈을 가능성이 있다는 것이었다. 하지만 그 가설도 그들의 경험이 그토록 비슷하며 그 환각이 그들을 이끌어간 공간에 모두 똑같은 이름—하줄라프—이 붙어 있었던 이유는 설명하지 못했다. 또한 실험 결과 당사자가 아닌 사람들에게는 환각이 전혀 나타나지 않았다.

"제가 생각해낼 수 있는 가장 그럴싸한 가능성은 그 어머니들이 모여서 이야기를 나누다가, 누군가 한 분이 들려준 환각 이야기를 다른 분들 모두가 현실로 믿어버린 게 아닐까 하는 것입니다. 일종의 감정적 유대를 통해 말입니다. 그게 아니라면 그분들이 한꺼번에 납치를 당해 어떤 가상현실을 주입받았을 가능성을 생각해볼 수밖에 없는데, 그랬다는 흔적이나 실마리는 전혀 없어요. 기록에 의하면 마흔다섯 분 모두가 환각을 경험하면서 평소와 다름없이 일상생활을 해내고 있었습니다. 어딘가로 사라졌다 돌아오거나, 그랬던 게 아니에요. 그분들은 현실에 있었습니다. 어떤 형태로 있었던 건지는 알 수 없지만요."

숀은 계속 말했다. "하줄라프Hajullaf는 팔루자Fallujah의 애너그램이에요. 그분들은 이야기를 통해 이곳에서 할 수 없었던 일, 즉 자식과 제대로 이별하고 이별의 이유를 제대로 납득하는 일, 그리고 올바른 방식으로 애도하는 일, 또한 자식이 잘못된 조직에 가담해 사람들에게 해를 끼쳤다는 죄책감을 해소하고 대신 속죄하는 일—그 모두를 할 수 있는 가상의 공간을 집단적으로, 무의식적으로 창조해냈을 수 있습니다. 처음에는 앙상한 이야기였겠지만, 여러 사람의 입을 통해 전해지면서 점점 살이 붙고 그럴듯한 형체를 갖추어갔겠지요. 어쨌든 그분들이 그동안 어떤 시간을 통과해오셨는지는 그분들 자신이 아니면 알 수 없으니까 말입니다."

그들은 한 명씩 조심스럽게 털어놓았었다. 자신이 혹시 미치지 않았는지 의심스럽다는 표정을 하고, 그러나 그럼에도 자신이 겪은 일들이 진실이 아니라고 설명할 방법이 없다는 점과, 얼마나 이상하든 간에 그 경험이 자신에게 얼마나 큰 위로가 되었는지를 강조하면서. 용이 다 자라나 때가 되면 그들은 용의 등에 올랐고, 용은 날아올랐으며, 한동안 그렇게 날다가 하늘이 찢어지면서—그들은 그렇게 표현했다—그들은 도시국가 하줄라프로 날아들어갔다. '알껍데기 하늘'을 찢고 나와 날아내려가면 거기에 도시가 있었다. 용맹스럽고 강건한 용기사로 그들을 거듭나게 하고, 신성한 대의와 임무를 부여해 전쟁에 참전시킨 도시.

"그곳에 도착한 순간 전혀 두렵지 않았어요. 제가 아주 당연하게 그 모험을 해야 한다는 생각이 들어서, 못하겠다는 생각은 떠오르지도 않았는걸요. 어떻게 그런 일을 겪은 건지는 모르지만, 그 모든 게 꿈이라면 정말 깨고 싶지 않은 꿈이었어요. 저는 정말 최선을 다해 싸웠어요. 제가 할 수 있는 일을 다 했어요. ……그러다 어느 순간 알게 됐어요. 아마 제 용과의 교감을 어떻게 해도 다시 회복할 수가 없다는 걸 깨달은 바로 그 순간이었을 거예요. 그냥 알 수 있었어요. 제 아들이 이미 이 세상에 없다는 걸요." 한 어머니는 이렇게 말하며 눈물지었었다.

그들은 현실에서 할 수 없었던 이별을 하줄라프에서 했다. 용군의 일원이 되어 이웃 나라로 떠나고 얼마 지나지 않아, 용들이 사악한 마법에 사로잡히면서 용기사와 교감이 끊겼다. 용들은 자신이 처단해야 하는 교활한 마법사들 대신 무고한 사람을 죽이기 시작했다. 해쳐서는 안 될 생명들을 해치고, 불살라서는 안 될 곳에 불숨결을 내뿜어 잿더미로 만들어버렸다. 어떤 무기나 방어구로도, 어떤 말이나 기도로도, 그 일이 일어나는 것을 막을 수는 없었다고들 했다. 삿된 마법에 들린 용들의 생명은 용기사와 이별하면서 끝이 났다. 용기사와 용의 이별에는 몇 가지 방식이 있었다.

첫째, 천신만고 끝에 교감을 회복한 용기사가 용과 함께 하줄라프로 돌아와 군사재판에 회부되고, 무고한 생명을 살상한 용 대신 참수형을 받는다.

둘째, 용기사가 통제에서 벗어난 용을 죽인다.

셋째, 용기사가 정신을 잃은 용을 날려보낸다. 용들은 그 세계의 끝인 윰의 동쪽을 향해 날아가고 그곳에서 사라진다.

넷째, 전투중에 용기사가 용과 함께 공격을 받아 목숨을 잃는다.

엘렌은 기억했다. 알 수 있었고 느낄 수 있었다. 그것은 어머니들 한 명 한 명이 환상 속에서 내린 선택이었다. 어떤 방식이 다른 방식보다 도덕적이라거나 더 올바르다고 할 수 없었다. 그들은 모두 다른 경험을 했지만 서로의 선택을 존중했다. 다른 이의 기억을 경청했고, 서로가 되어볼 기회를 가졌다. 아무도 타인의 이야기를 허튼 꿈이나 병증의 증거로 여기지 않았다. 그들은 함께 웃었고 울었고 손을 맞잡았고 음식을 만들어 나누어 먹었다. 세계 곳곳에 흩어져 살았으므로 모두가 자주 만날 수는 없었지만 가까운 지역에 사는 사람들끼리는 종종 만났고, 그럴 수 없는 사람들은 SNS와 스카이프로 거의 매일 대화를 나누었다.

그렇게 사 년이 흘러갔다. 그 모든 모임들. 거기서 나눈 그 모든 이야기와 한숨과 눈물과 그럼에도 햇볕처럼 따스했던 미소들. 어느 나라 정부에서도 도와주지 않아 오직 그들 자신의 힘으로 이뤄낸 일이었다. 그런데 IS가 완전히 궤멸되고 꼭 일 년 동안 그 모든 것이 무너져내렸다. 전 세계에 흩어져 살던 사람들을 하나로 단단히 묶어주었던 고통과 환상의 연대가.

모임을 하나둘씩 빠져나가면서 그들이 정확히 어떤 생각을 하고 있었는지 엘렌은 알 수 없었다. 그들은 매우 곤란해하면서 자신들의 이야기를 책에서 빼달라고 했다. 다른 사람들은요? 그 사람들은 이런 얘기 안 하던가요? 아무튼 저는 안 되겠습니다. 못하겠어요. 무겁지 않은 목소리가 없었다. 자식을 잘못된 신념과 죽음으로 이끌어간 집단의 진상이 현실에서 낱낱이 규명되고 뿌리가 뽑히는 일이, 그들에게는 존재 전체가 흔들리는 충격으로 다가온 것 같았다. 그럴지도 몰랐다. 하줄라프는 그토록 특별한 시공간이었고, 눈앞의 현실은 무자비할 정도로 진부하고 처참했다. 엘렌 자신이 그들 중 한 명이었다면 현실을 직면할 용기를 낼 수 있었을까? 그러나 엘렌은 그들을 완전히 이해할 수는 없었다. "죄책감일 수도 있습니다." 숀이 말했다. "그분들은 억압되어 있던 고통과 분노와 상실감을 하줄라프라는 가상공간에서 해소해왔습니다. 위로받고 존중받고 서로를 치유해왔어요. 너무도 오랜만에 행복에 가까운 감정을 느꼈던 분도 있었을 겁니다. 그런데 갑자기 현실의 서사가 들이닥친 겁니다. 가해자의 부모로서의 자신을 직면해야 하게 된 거예요." 엘렌은 잔인하다는 생각이 들었다. '가해자의 부모'. 그게 세상이 그들을 부르는 이름이었다. 이유도 모른 채 자식을 억울하게 빼앗긴 것도 모자라, 자신이 짓지도 않은 죄를 앞으로 평생 짊어지고 다녀야 할 그들의 목에 걸린 밧줄이었다.

이라크인과 비非이라크인 사이에도 갈등이 생겨났다. 어떤 사람들은 이렇게 말했다. "엘렌, 내 생각에 우리에게는 자격이 없는 것 같아요. 우리는 이라크인이 아니잖아요." 그러다가 나중에는 어떤 이유에선지 떨리는 목소리로 이렇게 말하는 것이었다. "엘렌, 당신에게는 그렇게 말할 자격이 없어요. 당신은 희생자 가족이 아니지 않나요?"

엘렌이 이해하려고 애쓸수록 그들은 방어적으로, 또한 적대적으로 변해갔다. 사실, 온전히 이해가 되지 않는다는 점에서 엘렌은 자신과 그들 사이를 가로막은 공고한 벽을 더욱 실감했다. 하줄라프에서 자신의 용 대신 참수형을 당한 기억을 떠올려 생생히 들려주었던 카미유, 지난 몇 년간 엘렌의 가까운 친구나 다름없었던 카미유마저 돌변해버렸다. 엘렌은 당황스러웠다. 너무 선명하게 참혹한 현실 앞에서 자신의 경험을 부정하고, 그 모든 경험이 망상이었다고 믿어버리는 것까지는 이해할 수 있었다. 평생을 뒤흔들 고통을 경험한 사람들이었다. 이미 충분히 상처가 많고, 더는 상처받고 싶지 않아하는 사람들이기도 했다. 하지만 어째서 편을 갈라 그렇게까지 날 선 비난을 서로에게 퍼붓고 상처를 내는 것인지, 왜 자신을 그토록 갑작스럽게 원망하는 것인지는 알 수 없었다. 엘렌이 결국 가족들의 뜻에 따라 출간을 취소하겠다고 밝혔는데도, 카미유는 마지막으로 전화를 걸어와 제발 내 인생에서 떠나요, 라는 말만 남기고 끊어버렸다. 이유가 무엇이었든 카미유는 가버렸다. 엘렌이 알던 카미유는 이제 없었다.

모든 논란이 정리되는 데는 시간이 걸렸다. 엘렌은 석 달을 아무것도 하지 않은 채 집안에 처박혀 있었다. 결국 보다못한 친한 편집자가 일자리를 주었다. 새로 창간하는 여행잡지의 기자 일이었다.

엘렌은 별다른 의욕이나 열의 없이 새 일을 받아들였다. 모든 걸 잊고 싶었지만 생각대로 잘 되지는 않았다. 첫 출장지는 런던이었다. 런던에 새로 생긴 도시공동체를 취재하러 갔다가 돌아오는 길에, 벼룩시장의 한 좌판 앞에서 엘렌은 발을 멈췄다. 용 모양 장식이 아름답게 세공된 가죽 표지의 다이어리를 들여다보다 엘렌은 카미유를 생각하며 한숨을 쉬었다.

'당신은 왜 이렇게 이 작업에 열성적인 거죠?'

카미유의 그 질문에 대한 답을 엘렌은 여러 번 생각해보았다. 왜 나는 그토록 열성적이었지? 나는 우리가 친구가 되었다고 생각했어, 엘렌은 덤덤히 회상했다. 내가 그들 한 명 한 명과. 그건 거짓이 아니었는데. 우리가 나눈 그 시간. 그 인연들. 엘렌은 그 사람들과 함께하고 싶었다. 그들의 상실과 슬픔에 위로가 되고 싶었고, 그 집단적 환상에는 분명 특별한 의미가 있을 거라 생각했다. 그들의 이야기를 써서 세상에 알리고 싶었다. 하지만 그 책을 쓰는 사람이 다른 사람이 아니라 왜 자신이어야 하느냐고 누군가 묻는다면, 엘렌은 대답할 말이 없었다.

그러나 이유는 알 수 없었지만, 엘렌 자신도 용의 알을 발견하는 꿈을 꾼 적이 있기는 했다.

그 꿈은 엘렌이 희생자 가족들을 처음으로 만나기 한 달 전, 그들의 존재조차 알기 전에 찾아왔다. 현관문을 열었더니 거기 껍데기가 우툴두툴하고 커다란 회색 알 하나가 놓여 있었다. 엘렌은 자신도 모르게 그것을 집어들어 두 손바닥 위에 올려놓았다. 따스한 온기가 손바닥을 타고 전해져왔다. 하지만 이 알을 집안으로 가지고 들어가도 될까? 엘렌은 이유도 모른 채 부끄러웠다. '나는 그럴 만한 사람이 아니야. 나는 자격이 없어.' 그렇게 생각하다 깨었다.

엘렌은 아무에게도 이 꿈 이야기를 하지 않았다. 잘못 배달된, 자신조차 이해할 수 없는 꿈이라서였다. 정해진 매뉴얼에 맞춰 기사를 쓰고 특종 경쟁을 해야 하는 신문기자 일에 지쳐가고 있었고, 그보다는 조금 더 의미 있고 창의적인 일을 하고 싶었지만, 어느 자리에서 무슨 일을 하든 언제나 조금 더 사회적으로 가치 있는 활동에 목말라 주위를 두리번거리는 충족되지 않는 정의감을 엘렌은 종종 스스로 의심했다. '나는 자격이 없어.' 책을 쓰기로 한 뒤로 그 말은 누구보다 엘렌이 자신에게 가장 많이 들려주었고 고개를 흔들며 털어버리려고 애쓰던 말이었다. 엘렌은 할 수 있는 모든 노력을 다했다. 그리고 일은 잘되지 않았다. 그뿐이었다.

그 꿈속에서 엘렌이 자격이 있다고 느꼈다면, 그래서 당당히 알을 들고 집안으로 들어갔다면 그녀는 용기사가 될 수 있었을까? 다른 사람들이 경험한 '진짜' 하줄라프에는 갈 수 없었겠지만, 꿈에서라도 그곳을 구경할 수 있지 않았을까? 아니, 엘렌은 결코 그럴 욕심이 없었다. 그런데도 카미유는 진심으로 엘렌을 미워하게 되었다. 고통받는 누군가와 함께하는 일에 그토록 큰 자기검열의 책임이 따른다는 것은 알고 있었다. 그러나 누군가와 함께하고 싶다는 욕망은 어디까지 순수해져야 하고 또 순수해질 수 있을까? 내가 정말로 그들을 이용하고 있었을 뿐이라면 카미유를 잃어버린 일로 왜 이렇게 가슴이 쓰라린 것일까?

왜냐하면 우리는 진짜 친구였기 때문이지, 엘렌은 생각했다. 세상 모두가 발톱을 들이밀며 공격해온다 해도 그 진실을 내줄 순 없었다. 엘렌이 무엇을 잘못했을까? 그저 꿈일 뿐이었던 것을 진짜라고 무심결에 착각했던 일, 그것이겠지. 그러나 엘렌은 현실의 카미유를 좋아했었다. 기분이 쉽게 바뀌고, 쿠스쿠스를 잘 만들던 카미유를. 카미유가 가끔씩 부르던 콧노래를. 미셸의 사진을 보며 애써 웃어 보이던 그 주름진 얼굴을. 그것 또한 잘못이었나. 엘렌은 알 수 없었다.

그게 벌써 팔 년 전 일이었다. 엘렌은 다 식은 음식 접시를 내려다보며 자신이 왜 굳이 팔루자를 이번 출장지로 삼았는지 생각해 보았다. 알 수 없었다. 분명한 것은 이곳을 한 번은 찾아와야 했다는 것, 그러지 않으면 안 되었다는 것이었다. 니캅을 쓴 여자가 계속 말했다.

"……이파는 창조하는 용이었고, 갈은 그렇지 않았죠. 그 점이 완벽한 파트너였던 두 용 사이에 균열을 만들었습니다. 이파가 설계한 팔루자가 인간들을 위한 도시였기에, 갈은 이파가 자신보다 인간들을 더 사랑한다고 생각하게 되었지요. 어느 날 갈은 갑작스럽게 번식에의 욕망을 느끼고 당황하여 동굴 밖으로 달려나갔습니다. 일종의 호르몬 이상 같은 거였죠. 그때 이파와 갈의 친한 친구였던 인간 쌍둥이 소녀 뮬과 미슐레가 눈에 들어왔습니다. 갈은 신경계가 일으킨 충동을 이기지 못하고 두 소녀를 붙잡아 불에 구워버리려고 했고…… 그런 자신에게 놀라고 실망해 온몸에 힘이 빠진 채 휘청거리고 말았습니다. 그 틈을 타서 소녀들은 바람소 뼈를 갈아 만든 창으로 갈의 배를 힘껏 찔렀지요."

식당 안 손님들이 일제히 가벼운 신음을 내뱉었다. 니캅을 쓴 여자는 잠시 틈을 두었다가 천천히 다시 이야기를 이어갔다.

"네, 정당방위였죠. 소녀들은 자신을 지키려고 했던 겁니다. 그것을 죄라고 볼 수는 없어요. 하지만 그들 넷은 정말 좋은 친구였던 겁니다. 친구가 친구를, 특히 여자인 친구가 여자인 친구를 창으로 찌르는 일은 아무때나 일어나는 일은 아니었어요. 아무렇지 않게 지나갈 수 있는 일도 아니었죠. 간신히 살아나긴 했으나 뮬과 미슐레는 갈이 걱정되어 눈물을 흘리며 하줄라프의 동쪽 끝으로 도망쳤습니다. 그러고는 그곳에서 잃어버린 친구를 생각하며 평생을 살았답니다. ……여러분은 곧 끝날 이 이야기를 어떻게 받아들이실지 모르겠군요. 기대하신 것과는 좀 다른가요?"

여자가 말을 멈추더니 고개를 숙였다. 그러더니 작은 목소리로 알아들을 수 없는 몇 마디를 중얼거렸다. 현지어로 된 기도 같았다. 여자는 잠시 후 다시 입을 열었다.

"하지만 여러분 마음에 드시든 안 드시든, 이 이야기를 믿으시든 안 믿으시든, 저는 이 이야기를 하기 위해 이곳에 있습니다. 누군가가 이걸 세상에 전해주길 바라면서요. 이 이야기는 이렇게 끝납니다. 두 쌍둥이 소녀 뮬과 미슐레는 사실은 상상 속 도시 하줄라프에 인간들이 만들어 넣은 그림자였습니다. 허상이었죠. 하지만 그곳에서 두 소녀의 친구가 되어준 두 마리 용 때문에 진짜가 되어 인간 세상으로 올 수 있었답니다. 전쟁이 없는 팔루자를 상상하고 설계한 것은 이파였고, 소녀들을 그곳으로 넘어오게 해주고 진짜 사람이 되어 700살 넘게 살도록 해준 것은 친구였던 갈의 상처에서 흐르던 피와, 그것을 기억하며 그녀들이 했던 후회였지요. ……여러분, 지금의 팔루자는 하줄라프였습니다. 이 평화로운 도시는 용과 인간이 함께 건설한 곳이랍니다."

웅성거리는 소리가 지나고 침묵이 흘렀다. 몇 사람이 마지못해 박수를 친 것은 잠시 후였다. 식당 구석에서 그게 답니까? 하는 물음과 함께 어이없어하는 웃음이 터져나왔다. 그럴 만도 했다. 여자의 이야기는 만담이 아니라 이상한 선문답에 가까웠고, 누군가에게는 술주정으로 들릴 수도 있었다. 여자는 니캅 속에서 눈을 가느다란 초승달 모양으로 만들며 함께 웃었다. 그러고는 크게 소리쳤다. 근사한 저녁시간 되십시오, 감사합니다!

여자의 두 눈이 엘렌을 향했다. 엘렌은 당황스러웠다. 아무리 봐도 가짜 같았다. 이 식당, 이 도시, 이 세상, 그 안의 엘렌 자신, 모든 게 가짜 같았다. 그중에서도 가장 거짓되어 보이는 것은 저렇게 이상한 방식으로 하줄라프 이야기를 하고 있는 여자, 니캅을 쓰고 있어 두 눈만 보이는 무대 위의 여자였다. 전쟁이 없는 지금의 팔루자를 만든 것은 미국이었지 하줄라프의 용들과 인간들이 아니었다. 그런 이야기는 다 헛소리였다. 그런데 그 여자의 이야기가 엘렌을 울게 했다. 대체 왜일까? 저 사람은 누구일까? 그때 주름진 손 하나가 테이블에 냅킨을 내려놓았다. 엘렌은 누군지 보려고 고개를 들었다. 무대 위의 여자와 똑같은 빛깔의 니캅을 쓴 이라크인 여자였다. 그 역시 초승달 모양의 눈으로 엘렌을 보고 있었다. 엘렌이 마주보자 여자는 곧 자리로 돌아가버렸다.

'마음에 드시든 안 드시든, 이 이야기를 믿으시든 안 믿으시든', 엘렌은 여자가 한 말을 다시 생각해보았다. '저는 이 이야기를 하기 위해 이곳에 있습니다. 누군가가 이걸 세상에 전해주길 바라면서요.'

엘렌은 냅킨을 집어들고 눈가를 닦았다. 이상한 게 너무 많았다. 그중에서도 가장 이상한 것은 엘렌이 알던 한 사람의 얼굴이 계속 떠오른다는 것이었다. 저녁 내내 속으로 가라앉히고 있던 생각을 엘렌은 다시 끄집어냈다. 숙소로 돌아가면 카미유에게 엽서를 써야겠어. 잘 지내느냐고, 그냥 잘 지내느냐고 물어봐야겠어.

'안녕, 카미유? 모든 것이 괜찮은가요? 아직 미셸을 찾지 못해서 유감이에요. 하지만 나는 당신이 미셸을 찾기를 진심으로 바랐고, 지금도 바라고 있어요. 나는 지금 팔루자에 있어요. 여기 하줄라프의 이야기를 아는 사람이 있어요. 우리가 함께 얘기했던 그 하줄라프 말이에요. 오랜 시간이 지났고 너무 많은 일이 있었지만 나는 아직도 당신을 자주 생각해요. 당신이 걱정돼요.'

보낼지 안 보낼지는 그다음에 생각하자. 이미 어딘가로 이사를 갔을 수도 있겠지. 하지만 그렇지 않을 수도 있을 것이다. 상관없었다. 엘렌은 쓰고 싶은 한 문장 한 문장을 천천히 마음속에 새겨 넣었다. 이상한 도시의 이상한 식당에서, 손바닥 위의 용 알처럼 이상하게 따스한 저녁이 지나가고 있었다.

엘렌은 비로소 배가 고파진 것을 느꼈다. 그래서 황급히 나이프와 포크를 집어들어 다 식어버린 음식 위로 가져갔다.

님프들

나는 아직 준을 찾지 못했다.

*

나는 준과 내가 함께 나온 사진 한 장을 가지고 있다. 주스에 담가두고 잊어버린 것처럼 오렌지색으로 물든 낡은 사진이다. 사진 속에서 분홍색 멜빵바지를 입은 네 살짜리 나는 두 팔을 치켜들고 뭐가 그렇게 좋은지 새끼 원숭이처럼 소리를 질러대고 있고, 줄무늬 셔츠와 청바지를 입은 준은 내 뒤 서너 걸음쯤 떨어진 곳에 쭈그리고 앉아 웃고 있다. 준의 머리칼은 곱슬거리고, 팔꿈치까지 걷어올린 소매는 호기롭다. 한쪽 손에 들린 담배에서 솟아오른 연기가 복잡한 곡선을 그리며 허공에 흩어지는 중이다. 동네에 아직 컬러 TV가 없던 시절이므로 어린아이 곁에서 피우는 담배 따위를 문제삼는 사람은 없다. 나도, 준도 환하게 웃는다. 사진을 찍어준 사람도 아마 그랬을 것이다. 봄날의 뜰에는 빛이 가득하고 공기중에는 사랑이 짙다. 하얗고 가느다란 한줄기 연기는 아무도 불행하게 하지 못한다.

준은 선량하고 몸이 약한 여인과 결혼해 나를 낳았다. 내게 목말을 태워주었고 내가 처음으로 극장에서 본 영화의 티켓을 끊어주었으며 냉면을 사달라는 어린 나를 데리고 겨울날 몇 시간이나 눈 쌓인 명동 거리를 헤매 다녔다. 그 시절 냉면집 대부분이 겨울에는 냉면을 팔지 않았던 것을 고려하면 제법 대단한 정성이었다.

우리는 종종 준이 치는 기타에 맞춰 함께 노래 불렀다. 준이 슬픈 노래를 여덟 곡쯤 하면 내가 웃기는 가사로 된 노래를 두 곡쯤 흥얼대며 춤을 췄다. 너 이 녀석 생각보다 똑똑하구나? 준은 국민학교에 들어간 내게 가끔 놀란 표정으로 중얼거렸다. 가끔은 그보다 좀더 경쾌한 목소리로 이런 엉뚱한 놈! 뚱딴지 같은 녀석! 하고 핀잔을 줄 때도 있었다. 몇 해가 지나 준이 집을 떠났을 때 어머니는 울었지만 나는 울지 않았다. 우리가 곧 다시 만날 거라 생각해서는 아니었다. 나는 어렸고, 내 머릿속에는 우리가 다시 만날 수 없을지도 모른다는 생각 자체가 생겨나지 않았던 것이다. 나는 준을 사랑했다. 그 사랑에 끝이 있을 거라고 생각해본 적은 없었다.

*

준에게 처음으로 받은 편지를 기억한다. 중학생이 되고 몇 달이 지난 늦은 봄날이었다. 책상에 앉아 교과서를 꺼내려는데 하늘색 봉투 하나가 딸려나왔다.

'안녕! 입학식 때 신입생 선서를 하는 너를 봤어. 친구가 되고 싶어서 쓴다. 지금 너무 떨려서 글씨가 엉망인데 조금만 이해해주었으면 좋겠어. 부끄럽다, 내게 부족한 점이 너무 많아서.'

문장의 내용과는 달리 준의 글씨는 눈에 띄게 정갈했다. 베레모를 맞춰 쓴 것처럼 끝이 45도 각도로 일제히 기울어진 세로획들, 약간의 흘림도 없이 정자체로 점잔을 뺀 ㄹ과 ㅁ과 ㅂ이 편지지 위에 또박또박 눌러 적혀 있었다. 지나친 겸손은 과시라는 생각에 마음이 닫히려는 순간, 그 뒤의 문장들이 눈을 붙잡았고 나는 결국 웃고 말았다.

'나는 준이라고 해. 3반 반장이야. 넌 이번에 생물에서 하나 틀렸다면서? 난 국어에서 하나 틀렸지 뭐야. 다른 과목은 몰라도 국어에서 실수하면 안 된다고 엄마가 그러셨는데. 우리 엄마, 국어 선생님이시거든.'

아이들을 수소문해 내 점수를 알아낸 준이 조금 의아했지만 불쾌하지는 않았다. 서로를 탐색하고 냄새 맡고 무리를 짓는 중학교 1학년 여자애들을 떠올려보라. 취향(특히 이성에 대한 취향)이라는 특징이 조금씩 두드러지기 시작하지만, 시험 점수만큼 자신과 같은 무리에 속하는지 판단할 수 있는 확실하고 쉬운 기준은 아니다. 지난 시험에서 전 과목을 통틀어 한 문제씩밖에 틀리지 않았다는, 지금 생각하면 웃음만 나오는 자랑 아닌 자랑거리가 준과 나를 선명한 동류로, 같은 무리로 묶어주었다(준의 어머니가 교사라는 사소한 디테일을 무시한다면 말이다). 자신의 평범함, 더 나아가 열등함을 깨닫기 전, 수많은 청소년들이 스스로를 수재라 착각하며 보내는 슬프고 달콤한 몇 년의 시작이었다. 몹시 유치하다는 생각이 들었으나 동시에 피가 확 당겼다. 그 정도로 흠결 없어 보이는 누군가의 관심을 받는 일이 싫기만 할 리 없었다. 나는 준이 건네준 마음을 끌어당겨 이불처럼 덮었다. 포근했다.

다음날 수업이 끝났을 때 나는 용기를 내서 1학년 3반 교실을 찾아갔다. 준은 키가 크고 동작이 시원시원하고 몹시 마른 소녀였다. 다음달에 있을 합창대회에 대비해 모두가 연습을 하는 중이었다. 〈히브리 노예들의 합창〉. 아이들의 미성을 타고 성스러운 박하향이 날아왔다. 준은 지휘자였다. 손을 커다란 빗처럼 움직였다. 아이들 맨 앞에 선 준이 두 손으로 허공을 빗고, 헝클어뜨리고, 가르마를 타고, 다시 헝클어뜨릴 때마다 아이들의 얼굴에 조용한 미소가 번져나갔다. 나 같은 아이는 절대로 얻어낼 수 없을, 신뢰와 지지의 빛으로 이루어진 미소였다. 갈색으로 찰랑거리는 준의 단발머리에는 커다란 소라 껍데기 모양의 하얀색 머리핀이 꽂혀 있었다. 나는 눈이 마주치지 않도록 창문 밑으로 몸을 굽히고 발끝을 들고 걸어갔다. 준의 얼굴을 조금 더 자세히, 정면에서 보고 싶었다.

우리의 눈은 결국 마주쳤다. 준도, 나도 피하지 않았다. 그날 밤 나는 이상하게도 태어나서 처음으로 바다를 보고 싶다는 생각을 했다. 파도가 하얗게 부서지는 밤바다 물속에 두 발을 담그고 서서 얼굴에 차가운 바람을 맞고 싶었다. 단지 준 때문이라는 걸 그날 밤에는 몰랐다.

*

나를 향한 준의 사랑은 영민할 때도 있었으나 그렇지 않을 때가 더 많았다. 준은 나를 돌보기 위해 자신의 시간과 돈과 꿈을 뚝뚝 뜯어내 썼고 단 한 번도 그 대가로 무언가를 요구하지 않았다.

예식장 예약과 혼수 장만, 전셋집 계약을 끝내고 결혼식까지 이 주일밖에 남지 않은 시점에 흔하디흔한 성격 차이, 정확히 말하면 집안 경제력의 차이로 내가 일방적인 파혼 통보를 받았을 때 준은 자신이 이십 년 전 잠시 일하던 신문사에 전화를 걸어 다짜고짜 그 남자의 뒷조사를 해달라고 생떼를 부렸다. 내게, 감히 내게 그런 싸가지 없는 짓을 저지른 그자가 제대로 된 사내일 리 없으며 캐보면 실은 마누라도 아이도 있는 인간말종일지 모르니 얼굴과 사진을 만천하에 공개해 직장에서 잘리게라도 해야겠다며 고래고래 소리를 질러댔다. 보다못한 내가 전화를 넘겨받아 그 신문사 문화부장에게 해명과 사과를 했으나 준은 전혀 진정하지 않았고 오히려 자리에 털퍼덕 주저앉아 주먹으로 연신 가슴을 두드리며 괴성에 가까운 소리를 쏟아냈다. 민아, 걱정 마. 걱정 마라. 내가 행복하게 해줄게. 너는 내가 꼭 행복하게 해줄게. 행복이라는 것이 코나 입술이나 왼손 새끼손가락처럼 일관되고 명확한 모양으로 모든 사람에게 당연히 주어져야 하는데 오직 나만 그것을 부당하게 빼앗기기라도 한 것처럼, 그리고 그것이 자신의 책임이기라도 한 것처럼 준은 얼굴을 다 무너뜨리고 침을 흘려가며 울부짖었다. 지금 와 생각해보면 준은 자신의 일부, 그러니까 자신의 목숨과 생의 목표와 온갖 자잘한 취향과 감각의 상당 부분을 내 몸속에 이전해놓은 사람 같았다. 자신의 몸을 돌보는 일은 크게 의미가 없으며, 뭔가를 받아야 한다면 내가 아니라 당연히 너, 라는 자세로 나를 대했다. 지금 준이 있다면 내가 그러할 것처럼. 준은 자기가 마시고 싶은 음료수를 내게 주었고 자기가 듣고 싶은 음악이 흘러나오는 이어폰을 내 귀에 꽂아주었다 준의 절반쯤, 어쩌면 절반 이상은 내 몸속에 있었으므로 준이 살기 위해 나는 살아 있어야 했다. 통증이나 외로움이나 슬픔 없이, 행복하게 있어야 했다. 그것을 위해 준은 기꺼이 자신의 삶을 헐었고 망가진 짐승처럼 길 위에 함부로 몸을 내던졌다. 시선과 악취와 추위와 나 아닌 사람들로부터 오는 각양각색의 모멸을 견뎌냈다.

*

어느 날 오후 나는 지하철 승강장 의자에 앉아 눈물을 흘리고 있었다. 오후 다섯시가 다가오고 응암순환행 열차가 전 역을 출발해 달려오고 있는데 준이 내 곁에 없다는 사실이 견딜 수 없을 만큼 두렵고 막막해서 하염없이 울고 있었다. 언제부터 그러고 앉아 있었는지, 언제까지 그러고 앉아 있을 것인지 생각도 안 났고 생각하고 싶지도 않았다. 그때 옆에 있던 남자가 짜증이 가득한 목소리로 내게 소리쳤다.

—아줌마, 좀 그만하라고.

나는 그의 얼굴을 보았다. 목소리가 크고 굵어 순간적으로 내 몸이 움찔거렸다. 미안합니다, 반사적으로 말할 뻔했으나 그러지 않았다. 나는 미안한 게 없었다. 나는 아무 잘못도 하지 않았는데 준을 잃었다.

아니, 정말로 없었나.

뭔가 잘못한 게, 있었던 게 아닐까.

'약속해, 어떤 가정법도 사용하지 않기로.'

오래전 준은 보라색 종이 위에 은색 펜으로 그렇게 썼다. 그 문장 끝에서 준이 진지한 표정으로 나를 보고 있었다. 그 눈빛이 너무도 생생해서 나는 울기를 멈추고 침을 삼켰다.

남자가 길가의 가래침을 보듯 나를 보았다. 당신 같은 사람들 뻔해. 아까부터, 저기 에스컬레이터에서부터 알아봤지. 뭐? 나보고 비켜달라고? 걸어갈 수 있게 길을 비켜달라고? 사람들이 한쪽 방향으로만 줄을 서서 버티고 있으면 에스컬레이터가 썩어. 썩는다고. 무슨 말인지 알아? 무게중심이 어긋나서 제 수명을 못 다하고 망가진단 말이야. 그럼 그거 수리하는 돈이 다 어디서 나와? 나 같은 사람들 주머니에서 나오는 세금이야. 어디서 대낮부터 정신 빠진 소리야 시끄럽게. 준? 준이 누군데. 아줌마, 세상 혼자 살아? 이 세상에 힘들고 억울한 사람이 아줌마 혼자냐고. 별 쓰레기 같은.

나는 천천히 숨을 쉬었다. 목에 걸린 숨에게 나가라고, 다시 들어오라고, 할일을 끝까지 하라고 명령했다. 까뒤집히려는 두 눈알에게 앞을 보라고, 앞니에게 혀를 깨물지 말라고 명령했다. 힘을 잃고 앞으로 쓰러지려는 몸에게 그러지 말라고, 꼿꼿이 버티라고 명령했다. 주먹으로 변한 두 손으로 딱딱한 의자를 누르며 나는 숨을 쉬었다. 참아야 했다. 정신을 잃거나 무너져버리면 준에게 갈 수도 만날 수도 없으므로. 준 역시 어딘가에서 그러고 있을지 모른다는 생각이 들자 마음이 차갑게 식으면서 청명한 종소리 비슷한 것이 머릿속에 들려오기 시작했다. 남자가 욕설을 내뱉고는 자리에서 일어났다. 스크린도어 속 어둠을 뚫고 열차가 들어오고 있었다. 한 명이 지나갔다. 남자는 준이 아니었다. 아무것도 변하지 않았다.

*

그것은 내가 좋아하던 어느 프랑스 작가의 소설이었다. 아니, 좋아하던, 이라는 말로는 부족하다. 나는 그 작가를 앓고 있었다. 대학교 1학년 여름, 준이 내게 그 작가를 감기처럼 옮겼고, 2학년 겨울이 되었을 때 감기는 더 심하고 독한 무언가로 변했다. 그의 책을 읽으면 몸속에 열이 가득차 잠을 잘 수 없었고 원한 적이 없는데도 내 입에선 그의 문장들이 저절로 새어나왔다. 무거운 전공 책들로 가득한 가방 속에 읽고 또 읽어 더이상은 읽을 수 없을 것 같은 그의 소설 양장본을 나는 꼭 한 권씩은 넣고 다녔고, 나오지 않는 다음 책을 기다리며 내 손이 닿는 모든 곳에 펜과 칼로 그의 이름을 새겨넣었다. 그것은 준이 내게 옮긴 소중한 질병의 이름이었으므로. 준의 눈이 보고 코가 냄새 맡고 혈관이 빨아들인 뒤 준의 뇌가 품었다가 호흡기가 내게 다시 뱉어낸 치명적인 균이자, 아무짝에도 쓸데없는 자존심 따위 벗어버리고 내가 마음껏 엎드려 숭배하고 찬양할 수 있는 취향으로서의 준이었으므로.

내가 그렇듯 기다린 그 책은 그 작가의 데뷔작이었다. 대표작들이 모두 소개된 다음 맨 마지막으로 번역되어 나왔고, 사실인지는 알 수 없었으나 작가가 절필을 선언해버렸다고 들었으니 아마도 당분간은 그의 마지막 책이 될 것 같았다. 이틀 밤을 새워 그것을 읽고 나서 준을 만났다. 어땠어? 준이 물었다. 생각과는 조금 다르네, 나는 대답했다. 아무래도 데뷔작이라서 그런가?

사실은 읽지 말 걸 그랬다고 생각했다.

데뷔작 특유의 다듬어지지 않은 매무새, 문장과 문장 사이의 비약, 부족한 개연성 같은 것들이 문제되는 것은 아니었다. 그런 것들은 얼마든지 참아줄 수 있었다. 그런 것들로 좋아하던 작가를 쉽게 내치는 성격도 아니었다. 내가 견디기 힘들었던 것은 이야기 자체였다. 대학 시절을 함께 보낸 두 청년, 아와 베가 있다. 어떤 관점에서 보면 그들은 준과 나의 좀더 근사한 버전 같았다. 더 무모하고 거침없으며, 생존에 대한 강박과 두려움이 덜한 대신 지적이고 문화적인 혜택은 더 많이 받은. 1부에서, 그들은 따분한 수업을 끝낸 뒤 밤마다 싸구려 펍에 마주앉아 세상 모든 것에 대해 토론한다. 멍청하기 짝이 없는 대학의 커리큘럼과 제도권 교육에 대해. 자기 인생에 침을 뱉어가며 영혼의 목소리를 따라간 미친 예술가들에 대해. 군대와 전쟁과 정치가들의 무지한 죄악에 대해. 사회주의의 무기력함과 자본주의의 파렴치함, 사회주의자들의 위선과 자본주의자들의 권태로움에 대해. 평범하기 짝이 없는 한 여자를 사랑해서 모든 것을 잃어버리는 일의 숭고함과 바보스러움에 대해. 소설의 1부는 시위에 나갔다는 이유로 학생을 처벌한 학장의 차 유리창을 깨고 불을 지른 아와 베가 경찰을 피해 파리 시내를 미친듯이 달리는 장면으로 일단락된다.

2부가 시작되면, 무대는 프랑스 교외의 한적한 전원 마을로 옮겨져 있고, 중년이 된 두 주인공이 이십 년의 세월을 사이에 두고 서로를 어색하게 마주하고 있다. 아는 변하지 않았으나 베는 변했다. 결혼을 했고, 세 아이의 아버지가 되었으며, 대학 졸업 후 줄곧 꾸려온 고속전철 사업에서 제법 꾸준한 이익을 냈다. 아는 베가 입은 고급 재킷과 그의 정원에 고용된 정원사들, 그가 주말이면 찾는다는 승마장의 팸플릿을 보며 실소를 금치 못한다. 이게 네가 원하던 거야? 아는 베에게 묻는다. 이게 정말로 네가 원하던 거냐고?

베가 뭐라고 대답했는지는 기억나지 않는다. 그다지 특별하지 않은 뻔한 말들이었을 것이다. 나는 그들의 긴 대화를, 그 소설에 그려진 그들의 마지막을, 책장 바깥까지 똑바로 연결되며 펼쳐지는 듯한 삶이라는 것의 진부함을, 마치 준과 나의 미래에 대한 예언처럼 보이던 그 찝찝한 패배와 타협의 느낌을, 우리 역시 언젠가 그렇게 똑같아지고 말리라는 기시감을, 참을 수가 없었다. 지금 생각하면 민망한 치기지만 그때 우리는 겨우 이십대 초반이었다. 나는 비행기를 타고 파리로 날아가 작가의 멱살을 쥐고 흔들고 싶었다. 이런 이야기를 데뷔작으로 써서는 이제 와서 준과 내가 함께 읽게 하다니 대체 무슨 생각이냐고 소리치고, 면전에서 책을 패대기치고 싶었다. 그러나 그러지 못했다. 준이 무슨 말인가를 하려다 그만두고 조금 쓸쓸하게 웃으며 나를 보고 있었기 때문에.

실망했구나? 준이 물었다. 아니, 그런 건 아냐, 나는 거짓말을 했다. 난 좀 실망했는데. 준이 다시 말했다. 중도에서 읽다가, 다 읽고는 자리에 놓고 그냥 와버렸어. 그런데 그러고 나니까 후회가 되네, 이제 와서.

왜 그랬어? 좋아하는 작가잖아. 나는 놀라서 더듬거렸다. 네가 싫어할 거라는 생각이 들더라. 어째선지 준의 얼굴이 붉어졌고, 조금 슬퍼졌다. 그 표정의 의미를 상상하기가 두려워서 나는 더 이상한 것을 상상했고, 그것을 행동으로 옮겼다. 필통을 열고 칼을 꺼내 내가 가진 그 책을 반으로 가르기 시작했던 것이다. 옛날, 사람들이 책을 아주 많이 읽던 시절에, 좋아하는 사람들끼리 그렇게 한 권의 책을 나눠 가졌다는 이야기를, 그것을 시들지 않는 우정의 징표로 삼았다는 이야기를 나는 어디선가 들은 적이 있었다. 바보 같을 정도로 감상적이었지만, 준의 신체검사 통지서가 나온 지 며칠밖에 되지 않았던 그날 그 순간 우리의 불안한 마음에는 제법 적절하게 어울리는 조치였다.

책은 표지가 두꺼워서 내 커터칼로는 잘 썰리지 않았다. 힘줄이 든 고기를 썰듯 끙끙거리며 다 자르고 보니, 그것은 거의 정확하게 1부와 2부로 나뉘어 있었다. 앞쪽을 가질래? 아니면 뒤쪽? 준이 물었고 나는 한참을 망설였다. 마침내 내가 한숨을 쉬며 1부를 고르자 준은 그럴 줄 알았다는 듯 조금 웃었다. 그러고는 내 책을 달라고 해서 속표지에 무언가를 적었다. 한 줄을 적고, 한참을 생각하다 또 한 줄을 적었다. 집에 와서 펴본 그 반쪽 책의 속표지에는 다음과 같은 말들이 쓰여 있었다.

민에게.
나중에 이 책을 다시 읽고 다른 것을 느끼게 되더라도,
약속해, 어떤 가정법도 사용하지 않기로.
그때 무언가를 했더라면, 혹은 하지 않았더라면, 그런 말들로 우리 스스로를 괴롭히지 않기로 해. 가정법은 감옥이야. 그걸로는 어디에도 닿을 수가 없어. 나는 현재를 살 거야. 과거의 형벌을, 잘못 내린 선택의 총합을 살지 않을 거야. 기억이라는 보석 속에 갇혀서 빛나는 과거의 잔여물을 되새김질만 하지도 않을 거야. 오직 한 번뿐인 현재를 살 거야. 지금을.
민, 너도 그랬으면 좋겠어.

어쩌면 정확한 문장은 아닐지도 모른다. 나는 그 책을 다시 읽지 못했다. 그날의 준과 내가, 그 어둡던 기분이 생각났고, 준이 가져간 2부의 내용과 너무도 다른 앞부분을 읽고 싶지 않아 다시 펼치지 않았다. 준이 적어준 그 문장들은 아프도록 빛이 났지만 미묘하게 나를 꾸짖고 있는 것 같기도 했다. 강하지 못한, 그 약속을 언젠가 어기고야 말 나를. 결국 몇 번의 이사를 거치는 동안 나는 그 책을 잃어버렸다.

*

준은 내게 영어를 가르쳐주었다. 그때 준은 젊었고, 생기가 넘쳤으며, 아름다웠다. 거의 바르지 않은 것처럼만 바른 살굿빛 립스틱과 늘 걸치고 다니던 집시의 옷 같은 긴 스커트, 소년처럼 짧은 머리와 성큼성큼 걷는 걸음. 모두가 준을 좋아하고 동경했다. 하지만 준은 오직 내게만 출석부를 가져오는 일을 맡겼다. 내가 더이상 우등생도 모범생도 아니게 된 뒤에도. 대명사 they에 따르는 be동사가 are가 아니라 is라고 내가 잘못 대답했을 때 준의 얼굴에 떠오르던 조그만 실망감과, 부서져 가루처럼 흩날리던 내 마음을 기억한다. 민, 내가 너를 편애하는 걸까? 다른 아이들이 보기에는 그럴 수도 있을 것 같아. 어느 날 준은 교무실에 온 내게 혼잣말하듯 물었다. 그 말을 하며 준은 나를 보지 않았다. 정말로 고민이 되어서, 자기 마음을 몰라서, 나를 볼 수가 없어서, 보지 못하는 것처럼 보지 않았다. 그날부터 나는 준에게 긴 편지, 부치지 못할 편지를 써왔다.

그 편지 가운데는 이런 것도 있었다. 사실은 준, 너를 많이 좋아해. 네가 생각하는 것보다 훨씬 더. 네가 출근해 아무도 없는 사무실에서 찍는 셀카에 담긴 피로하고 장난스러운 표정이 좋아. 네 둥근 이마와 고른 앞니가 좋아. 자신이 예쁘다는 사실을 조심스럽게 드러낼 때의 네 얼굴을, 그러나 예쁜 여자애보다는 똑똑한 여자애로 보이고 싶어하는 너의 마음을 좋아해. 네가 매일 홈페이지에 올리는 일기 속에서 스스로를 닮고 닮은 속물이라고 말할 때, 달려가서 아니라고 말해주고 싶었어. 몇 번이나. 내가 갖지 못한 너의 차분한 평정심이 좋아. 내 가족과는 닮은 데가 없는 너의 평화로운—네 표현에 의하면 보수적이기 짝이 없는—가족과, 그 안에서 자랐기 때문에 네가 갖게 된 얼굴과 몸짓과 자세를 좋아해. 매일 강박적으로 기록하는 미드 감상평과 로모 카메라 얘기를 할 때 네가 쓰는 신기한 단어들이 좋아. 너를 따라다니는 남자애들 사이에서 네가 취하는 차가운 태도가 좋아. 좋아하고 질투해. 내 남자친구가 너를 잊지 못한다는 사실을, 가끔은 구겨서 휴지통에 넣어버리고 너와 친구가 되고 싶어. 그러면 너와 나는 깜짝 놀랄 만큼 많은 것을 나눌 수 있을 텐데. 정말 잘 통할 텐데.

또 이런 것도 있었다. 준, 잘 지내고 있니? 오늘 아침에 학교에 가다가 너를 꼭 닮은 시추를 봤어. 너처럼 등 한가운데 깜빡 잊고 안 칠한 것처럼 하얀 점이 하나 있는 녀석이었어. 그냥 가려는데 갑자기 다가와 울면서 뛰어오르지 뭐야. 가만 보니 한쪽 다리가 이상했어. 수업에 늦었지만 할 수 없이 동물병원에 데려가서, 저번에 너 보내주신 선생님께 진찰을 받았어. 다행히 다리는 치료하면 나아질 거라더라. 주인을 찾을 때까지 병원에서 임시보호를 해주신대. 난 괜찮은데 선생님이 눈가를 붉히셨어. 준이는 잘 쉬고 있겠죠? 나도 궁금해, 준. 거긴 어떠니? 좋은 냄새가 나니? 사료는 맛있니? 산책은 빼놓지 않고 하는 거야?

언젠가 준의 아버지가 중풍으로 쓰러졌다는 소식을 들었을 때 나는 마시던 모과차 잔을 내려놓고 나도 모르게 기도를 했다. 신을 믿지 않는 내가 처음으로 타인을 위해 진심으로 한 기도였다. 믿을 수 없지만 눈물이 흘렀는데, 내 안의 온갖 더러운 것들이 처음이자 마지막으로 깨끗하게 씻겨나오는 것 같았다. 그때 너무 울어선지, 정작 몇 해가 지나 준 자신이 중풍으로 쓰러졌을 때는 조금도 눈물이 나오지 않았다. 내가 이모라고 불러도 될 것 같은 준의 여자친구가 병상을 지키고 있어서, 감정을 드러내면 예의에도 이치에도 어긋나는 일이 될 것만 같았다. 나는 준이 혼수상태로 누워 있는 병실을 빠져나와 추운 거리를 걷다가 어느 조그만 서점으로 들어갔다. 텍스트로 빽빽한 책들이 피곤하게 느껴졌는지 아니면 딴생각을 하고 있었는지, 평소에는 관심도 없던 미술 서적 코너에서 발이 멎었다. 거기서 들춰본 어느 신간 속에 존 윌리엄 워터하우스의 작품들이 있었고, 그것들 가운데서 '힐라스와 님프들'이라는 제목의 그림 하나가 눈에 들어왔다.

그것은 한 남자와 일곱 명의 님프들을 그린 그림이었다. 남자는 연못가에 무릎을 꿇고 몸을 앞으로 구부린 채 앉아 있고, 연못 속에서는 상반신을 드러낸 일곱 명의 젊고 아름다운 여인들이 그를 유혹한다. 님프 한 명이 도발적인 자세로 그의 팔을 붙잡아 초록빛 물속으로 이끌려 하고 있었다. 백치를 닮은 듯 무심하면서도 몽환적인 여인들의 표정과 꿈결처럼 기다란 머리카락과 새하얀 피부, 그림에 곁들여진 그리스신화 속 인물 힐라스에 대한 설명만큼이나 내 눈을 오래 붙든 건 일곱 님프들의 얼굴이, 눈매와 콧날과 인중과 입술이 모두 같은 기계에서 찍어낸 것처럼, 섬뜩할 정도로 똑같이 생겼다는 점이었다. 나는 서점에 서서 움직이지 못한 채 그 챕터를 끝까지 읽었다. 워터하우스는 사생활을 드러내는 일을 즐기지 않는 화가였고, 그의 모델이 된 몇 명의 여성에 대해서는 여러 가설이 분분하지만 정확히 누구라고 집어 말할 수는 없다고 책에는 쓰여 있었다. 그가 왜 한 장의 그림 속에 일곱 명의 얼굴을 똑같이 묘사했는가 하는 점 역시 의문으로 남아 있지만 아마도 그건 그가 깊이 사랑했던 누군가의 얼굴이 아닐까, 저자는 조심스럽게 추측하고는 조금 가벼운 톤으로 덧붙여 물었다. 그건 좋은 일일까?

나는 책을 덮고 마음을 고쳐먹은 다음 병실로 돌아갔다. 준은 내게 귤이 담긴 작은 바구니를 내밀더니 콜록거리며 기침을 몇 번 했다. 민, 많이 컸네. 준이 웃으며 하얗게 센 머리를 고무줄로 고쳐 묶고는, 보호자 침상에서 일어나 화장실로 갔다. 나는 아무 말도 할 수 없었다. 병상에는 내가 아버지라고 불러도 될 것 같은 준의 연인이 며칠째 의식을 잃은 채 깨어날 가망도 없이 누워 있었고, 고통에 사로잡힌 준의 마음은 오직 그에게만 붙들려 나를 돌아볼 여유가 없는 것처럼 보였기에.

*

준이 내 몸에서 처음으로 마음에 들지 않아한 부분은 팔이었다. 정확히 말하자면 내 팔에 난 털이었다. 면도를 좀 하면 더 예뻐 보일 텐데. 너는 여자니까.

준이 그 말을 한 건 스위스 루체른 산기슭에 자리잡은 퐁듀 전문 식당에서였다. 나는 놀라서 준의 얼굴을 올려다보았다. 태어나서 처음 먹어보는 퐁듀는 터무니없이 비싼데다 짜고 느끼했고, 히터를 틀어놓기는 했으나 식당 안은 춥고 습했다. 따뜻한 겉옷을 준비해오지 않아 반팔 티셔츠 밑으로 고스란히 드러난 내 팔에는 소름과 함께 가느다란 솜털들이 수없이 곤두서 있었다. 아무런 준비 없이 '일단 떠날 수 있을 때' 유럽 배낭여행을 떠나고 본 숱한 대학생들이 그랬듯 나는 매일 내 시야를 새롭게 채우는 풍광의 경이로움과 내 몸이 그 속을 실제로 움직이고 있다는 감격, 그럼에도 내가 말 그대로 아무것도 아닌 존재라는 초라함 속에서 열차 시간표를 뒤지며 불안하게 시간을 흘려보내고 있었다. 수많은 한국 여행자들을 만났고, 독창성이라고는 없는 코스로 몰려다니며 서유럽을 돌았다. 그때 함께 다니던 사람들 사이에 준이 있었다. 며칠이 흐르자 동행들의 길이 달라져 내 곁에는 준 한 사람만 남았다. 아마도 뮌헨에서였을 것이다. 옆자리에 탄 한국인 아저씨가 그런데 두 사람, 계속 같이 갈 거예요? 하고 묻자 준은 수줍게 웃으며 내 어깨에 팔을 둘렀다. 그럼요. 계속, 쭉 같이 가야죠. 준의 팔은 따뜻했고, 그의 억양은 연극배우처럼 과장되어 있었는데, 나는 그 어색한 고백이 이상하게도 마음에 들었다. 기차에서 내려 커플 숙박이 가능한 유스호스텔에 체크인을 하면서 내 가슴은 방망이질을 쳤지만, 그날 밤 먼저 잠들어버린 준은 끝까지 나를 깨우지 않았다. 다음날 아침 식당에서 얼굴이 빨개진 채, 너 정말 잘 자더라, 중얼거렸을 뿐이다. 준이 더이상 참지 못하겠다는 듯 두 손으로 내 얼굴을 감싸고 입을 맞췄을 때 나는 흔들리는 머릿속으로 간신히 생각했다. 이건 뭘까? 나는, 너는 누구지? 우리는 앞으로 어떻게 되는 것일까? 나는 숟가락이, 내 심장은 그 위에 얹힌 탁구공이 된 것 같았다. 마음을 오늘에서 내일로 옮기는 일만으로도 하루는 휙휙 지나갔고, 세상은 시도 때도 없이 취한 듯 울컥거렸다.

지금은 기억도 나지 않는 몇 개의 도시를 거쳐 루체른에 도착한 그날, 준이 내 팔에 난 솜털을 바라보며 너는 여자니까, 라고 말했을 때 나는 대답의 일부를 얻은 기분이었다. 그러니까 준은 완벽하지 않았던 것이다. 완벽하다면 준은 내게 너는 여자니까, 같은 말을 해서는 안 되었다. 이상하게도 안도감이 들었고, 곧이어 기묘한 자신감이 가슴을 들뜨게 했다. 나는 준을 사랑할 것이었다. 불완전한 준을, 불완전한 나로서, 최선을 다해 이해하려 노력할 것이었다. 그럴 수 있을 것 같았다. 그것이 내가 막연하게 품고 있던 완벽한 사랑의 이상이었다. 준은 북유럽을 돌기 위해 기차를 갈아탔고,

나는 남쪽으로 내려가 보름쯤 남은 여정을 마무리하기로 했다. 우리는 영화의 한 장면처럼 플랫폼에서 서로를 안았다. 까맣게 탄 준의 얼굴에 햇빛이 부서졌고 그렇게 우리는 또 한번 헤어졌다.

그런데, 그렇다면, 준의 모습 중에서 내가 끝내 사랑할 수 없었던 것은? 어떤 면에서 준은 부족했는가? 혹은 기대에 못 미쳤나? 가장 실망스러웠던 점은? 다시 말해…… 어떤 면에서 준은 잊혀도 좋은 사람이었나? 이제 모두 끝난 일이니까, 객관적인 시선으로 한번 돌아보고 대답해본다면? 그런 질문에 미친 척 대답해 입을 더럽히면 저주가 나를 덮쳐 눈물이 멈추고 고통 없이 숨이 끊길지도 모른다는 헛되고 정신 나간 기대를 품고 나는 몇 번이나 어둠 속에서 몸을 뒤척였다. 당연하게도 대답은 생각나지 않았다. 나는 그딴 질문을 만들어낸 자의 머리채를 잡아 무릎을 꿇리고, 머리통을 몽둥이로 후려치고 싶었다. 감히 그런 질문을 떠올리는 너는 준을, 준이라는 사람을 아는가? 너는 준을 사랑한 사람이 맞는가? 나는 나 자신에게 그렇게 물으며 울었다. 내 머리칼을 쥐어뜯고, 이마를 벽에 찧었다. 그래도 나는 죽지 않았고, 준은 돌아오지 않았다.

*

준이 내 뱃속에 들어 있을 때의 따스하고 나른한 충만함이 떠오른다. 둥그런 박처럼 부풀어오른 배의 살갗이 터지고 벌레처럼 흉

한 자국들이 생겨났을 때, 내 팔이 살집으로 굵어지고 부은 다리에 푸른 정맥이 도드라졌을 때, 어떻게 해도 예전으로 돌아갈 수 없을 것처럼 내 육체가 윤곽을 잃어갔을 때, 신기하게도 전혀 슬프거나 모욕감이 느껴지지 않았다. 내 몸이 쪼개졌다 꿰매지고, 피와 땀과 오줌으로 물들고, 누구도 한 번 돌아보지 않을 것 같은 둔하고 끔찍한 덩어리로 변해버렸을 때도, 상관없었다. 내게는 준이 있었다. 준의 손가락 열 개, 발가락 열 개. 내 배 안쪽을 힘차게 밀어대던 작은 발바닥, 젖꼭지를 감싸던 촉촉하고 동그란 입술의 감촉. 갸름한 눈과 백일 때부터 또렷하게 지어 어른들을 놀라게 하던 익살꾼의 표정, 깊고 진한 볼우물. 먹다 흘린 밥풀을 손에 묻혀 내게 건네며 지어 보이던 표정. 그 입으로 낸 첫번째 소리. 첫번째로 내디딘 걸음. 내가 정말로 사랑하는 걸 아느냐고 물으며 품에 안겨오던 조그맣고 동그란 머리. 그 모든 것들이 내게는 조금 전의 일처럼 생생하다.

그리고 준의 말들이 있다. 사는 게 바빠서, 너무 피곤하고 지쳐서 수첩에도, 머릿속에도 일일이 적어두지 못한 말들. 아주 조금밖에 남아 있지 않고 이제는 더이상 생겨나지 않는다는 사실이 기가 막혀 내가 가슴을 치며 우는 말들. 달이 우리를 따라온다! 어, 이제 안 따라온다. 달은 우리랑 다른 집에 사나봐. 무지개는 무지무지 힘이 센 개야? 엄마, 왜 아빠랑 결혼했어. 나랑 해야 되잖아. 정말 실망이야. 뭐라고, 아빠? 혹시 아빠도 나랑 결혼하고 싶은 거야? 싫어, 브로콜리는 맛이 꼴리꼴리해서 싫단 말이야. 엄마, 일하러 가지 마. 내일 아침에 내 얼굴 보고 인사하고 가. 나도 데려가. 엄마, 난 부자가 되고 싶어. 나는 부자면서 훌륭한 사람이 되고 싶어. 그래서 엄마 아빠를 내 차에 태워줄 거야. 미안해. 엄마, 보고 싶어. 사랑해.

*

준은 말했다. 무언가를 했더라면, 혹은 하지 않았더라면, 그런 가정들로 우리 스스로를 괴롭히지는 말자고. 그러지 않기로 약속하자고. 그 문장을 적으며 준은 무엇을 보고 있었을까. 알 수 없지만 나는 준의 문장을 읽는 것으로 그와 약속을 했고, 그 약속을 지키려고 노력했다. 그러니까 지금 여기 있는 저 스크린도어가 그때는 이 자리에 없었다는 사실을, 그때 거기 있던 어떤 사람도 준에게 손을 내밀어주지 않았고 나 역시 거기 없었다는 것을, 내가 하필 그날 친구들과 맥주를 마시다 현관문을 열어두었고, 준이 씹다 버려둔 개껌을 보고도 준이 없어졌으니 나가서 찾아올 생각을 못했다는 사실을, 나에게는 준을 도와줄 시간도 빚을 대신 갚아줄 돈도 없었고, 마음만 있었으며, 그건 나 자신에게 쓰고 남은 마음의 부스러기의 부스러기의 부스러기에 불과했다는 사실을, 준은 좋은 사람이었지만 준이 발을 담그고 있는 어둠은 내가 감당하기에는 너무 깊었고, 내가 늘 준을 사랑했지만 충분히 주의깊게 사랑하지는 못했다는 것을, 또한 가끔씩 준과 함께인 것이 너무도 힘들어 이름과 성을 바꾸고 도망치고 싶었다는 사실을, 나는 수많은 사실들의 꾸러미 속에 그냥 내버려두었다. 특별히 꺼내 고통을 느끼지 않았고, 깊이 생각하지 않았다.

이 세상에 평행우주로 통하는 문 같은 건 없었고, 나는 그때로 되돌아가 준을 살아나게 할 수 없었다. 준은 이제 없었고, 나는 고작 그 정도의 인간이었다. 그리고 죽은 사람에겐 미안하지만 산 사람은 계속 살아야 한다고, 그렇다고들 했다. 사람들로부터 그 말을 오백 번쯤 되풀이해 들었을 때, 그 일이 일어났다. 내가 아는 사람들이 차례차례 모두 준으로 변하기 시작했던 것이다.

*

내 단 하나의 궁금증은 이렇다. 나는 이렇게 모든 것을 다해 사랑했는데, 왜?

*

나는 현재를 살아갈 수 없었다. 노력은 했지만, 매일 오후 다섯 시만 되면 준이 죽었다. 매일 다른 방식으로. 준은 자꾸만 죽었고,

그러면 나는 다음날 오후 네시까지 아무것도 할 수가 없었다. 그리고 내가 보기에는 나만 그런 것도 아닌 것 같았다.

이 도시에서는 더이상 누구도 아무에게도 어떤 도움도 줄 수가 없었다. 사람이 죽었지만 그건 아무 일도 아니었다. 무엇을 말하거나 묻는 사람도 없었다. 모든 것은 습관이었다. 날마다 정해진 시간이 되면 한 명의 준이 조용히 쓰러졌다. 멀리, 어딘지 알 수도 없는 곳에서 준의 몸이 땅 위로 무너질 때면, 내 몸속에서 조그만 무언가가 툭 소리를 내며 바닥으로 떨어지는 기분이었다.

내가 후회할 수 있었으면 좋겠다. 하지만 내가 가장 사랑하는 사람, 준에게 그러지 않겠노라고 이미 약속을 했다. 한없이 슬퍼할 수 있었으면 좋겠다. 그러나 나는 아직 똑바로 보지도 만나지도 못했다. 받아들일 수가 없었다. 죽은 준을. 차가워진 준의 몸을.

나는 준을 사랑한다. 수없이 많은 준을 한 명 한 명 다르게 사랑한다. 그들은 모두 준이다. 제각기 준으로 태어나 준으로 살아온 존재들이다. 하나하나 완전히 다르면서 동시에 하나의 존재다. 갈수록 준들 사이의 경계가 사라져간다. 섞이고 뭉개지고 녹아 급기야는 흘러내린다. 어찌 보면 그들 각자는 거인을 이루는 한 덩어리씩의 신체 부위 같기도 하다. 콩팥, 간, 견갑골과 머리카락, 변연계와 시상하부.

*

어느 날 밤 내가 동화를 들려주면서 아이를 재우고 있는데, 곁에서 먼저 잠든 준이 갑자기 큰 소리로 잠꼬대를 했다. 그것도 독일어로. 아우슈비츠 정문 앞에 걸려 있는 구호였다. 아르바이트 마흐트 프라이Arbeit macht frei. 노동이 너희를 자유롭게 하리라.

이번에 등장한 준은 조금 더 별난 사람인가? 누군가는 그렇게 생각할 수도 있다. 하지만 내게는 그 말이 아주 이상한 말은 아니었다. 학부와 대학원 생활 내내 준은 아우슈비츠에 관심이 많았다. 학살, 인간성과 구원이라는 말의 허구성에 대해. 언젠가 그곳에 관한 책을 쓰고 싶다고 말했고, 이것저것 공부를 하며 습관적으로 자료를 찾아 읽곤 했다. 머릿속에 늘 있는 것은 입을 통해 자연스럽게 흘러나오기도 하지 않던가.

하지만 어쨌든 거의 다 재워놓은 아이는 놀라 깨버렸고, 나는 처음부터 다시 시작해야 했다. 그 일이 제법 힘들었으므로, 다음날 아침 일어나 아이를 유치원에 보내자마자 준과 나는 싸우기 시작했다. 잠꼬대야 통제가 안 되는 것이니 뭐라고 할 수 없었다. 그렇다고 내 마음속에 있는 말들을—왜 아우슈비츠 정문에 걸려 있는 문구를 읊은 거냐, 여기가 무슨 수용소라고 생각하는 거냐, 당신은 뭐가 그렇게 힘든 거냐—준에게 그대로 드러낼 수도 없었다. 그랬다가는 입이 딱 벌어질 만큼 무겁고 슬프며 지나치게 솔직한 이야기들이 줄줄 딸려나올 것 같았으니까. 나는 준의 입에서 나온 아우슈비츠라는 단어에 상상의 돌을 매달아 내 마음속 가장 깊은 곳에 가라앉히려 했다. 그러나 그럴수록, 그가 나와 번갈아 아이를 보고 집안일을 하는 동안 책임감과 행복함을 느끼기는커녕 실은 영혼을 마모시키는 온갖 사소하고 잡스러운 노동에 질려 알게 모르게 저 비명을 소리 없이, 수도 없이 질러왔던 게 아닌가 싶었다. 그가 우리의 결혼을 짐으로 느끼고 있다는 생각, 이 생활이 그에게 소중한 무언가를 지속적으로 죽이고 있으며 그것에 대해 어떻게 하기에는 이미 너무 늦어버렸다는 생각이, 그것이 나의 잘못은 아니지만 나의 잘못이 아닌 것도 아니라는 생각이 집요하게 고개를 쳐들었다.

결국 나는 유치원 버스를 걸고 넘어졌다. 어째서 만날 나만 등하원을 담당해야 돼? 애 집 앞에서 버스에 태워 보내고 오는 게 그렇게 힘든 일이야? 나는 물었다. 그러자 준이 금방이라도 울 것 같은 표정을 하더니 물었다. 여보, 우리 아기 이름이 뭐지?

—뭐냐니, 우리 아기 이름이 우리 아기 이름이지.

—그럼 내 이름은 뭐야?

—당신 이름은, 준.

—내 이름은 준이 아냐. 여보, 준이는 우리 아기 이름이야. 우리 아기, 우리가 작년에 하늘로 보내줬잖아.

—그게 무슨 말이야.

—여보, 우리 어디 여행이나 다녀올까.

—그게 무슨 말이냐니까, 준. 우리 아기는 방금 내가 유치원에 보냈잖아.

—여보, 그건 우리 아기가 아니야. 인형이야. 내가 유치원 선생님들께 특별히 부탁해서 매일 준이처럼 등원시키는 인형이라고.

—무슨 소리야 정말. 인형을 유치원에 보내다니 그런 미친 사람이 어디 있어? 그게 몇호 사람들 얘긴데?

*

나는 거기까지 털어놓았고, 준은 나를 물끄러미 바라보았다. 우리가 마지막으로 서로를 본 그날처럼 연민이 가득 담긴 깊은 눈으로. 하얀 가운을 입고 긴 머리를 소녀처럼 늘어뜨린 준은 도톰하고 동그란 안경을 쓰고 있었고, 적당히 살이 오른 볼에는 주름 몇 개가 자연스레 팬 것이 보기에 나쁘지 않았다.

—제발 상담을 다시 시작하자고, 조금만 더 해보자고, 이대로는 정말 힘들다고…… 남편이 부탁을 해서요. 그런데 너를…… 선생님을 만나게 될 줄은 몰랐어요.

—그렇군요. 잘하셨어요.

—제가 잘하는 걸까요?

—뭐가요?

—이렇게 누덕누덕 사람들을 기워 커다란 조각이불을 만드는 게 옳은 일인지, 저는 잘 모르겠어요. 이걸 덮으면 누군가의 몸이 따뜻해질까? 나는 준에게서 태어나 준 손에 자랐어요. 준이랑 친구가 되고, 사랑하고, 사귀고, 미워하고, 화해했다가, 또다른 준과 결혼해서 결국 준을 낳고, 준을 완성해가는 그런 끝없는 이야기. 어머니와 사랑을 나누고 아버지를 낳고…… 그건 있어서는 안 되는 일이에요. 난…… 다시 사랑할 수 없는 사람들을 다시 사랑하고, 영원히 끝난 사람들하고 다시 시작하고 있어요.

—그래도, 그럴 수밖에 없었잖아요.

—네. 이렇게 죽고 싶진 않았어요. 내가 죽으면 준도 그대로 사라지죠. 그렇게 억울하게 죽었는데. 아무 잘못도 안 했는데. 이 세상은 이렇게나 넓은데, 준을 아는 사람들은 고작해야, 한줌? 준 없는 세상이 제겐 아무 의미가 없어요. 그래서 자꾸자꾸 준을 만들어요.

—그래서, 지금은 의미가 좀 생겼나요? 준이 많아진 뒤로.

—계속 살아가기로 했으니까요. 세상에 사랑이 부족하다고 살기를 그만둘 수는 없잖아요. 저는 다른 사람을 발명했어요. 사랑할 수 있어서 다행이지만, 사람이 적어요. 우리가 사랑할 수 있는 사람이 너무 적어요. 혐오를 사랑할 수는 없어요. 혐오하는 사람들한테 우린, 소음이나 먼지나 비닐 같은 것밖에 안 되겠죠.

—……최근에 다른 사람을 만나본 적, 있어요?

—준이 아닌 사람 말이죠?

—그래요.

—아주 잠깐, 지하철역에서요. 두려웠어요. 싫었고요. 아마 세상엔 그런 사람들이 훨씬 많겠죠. 하지만 준이 어디 있는지 알고 있는 건 그 사람들이에요.

—준?

—네, 준이요.

—아…… 그래요. 아가는, 그래서 지금 어디 있어요?

—저희 아가요? 어디라뇨? 유치원에 있죠, 지금은.

—아아, 네. 지금 몇 살이죠?

—여섯 살요.

—민씨, 인정하기가 힘들다는 건 알아요. 서두를 건 없어요. 천천히 하셔도 돼요. 아가 이름이…… 뭐라고 하셨죠?

—선생님, 저 정말 모르시겠어요?

준은 난감한 얼굴로 고개를 흔들었다. 존댓말을 쓰고 준이라는 본명 대신 선생님이라고 불러야 하는 것이, 준을 준이 아닌 척 대하는 것이 나는 이상하고 불편했다. 준이 옛날부터 꾸준히 심리학 공부를 해왔다는 건 알고 있었지만 내가 준 앞에 앉아 이렇게 내밀한 이야기를 늘어놓게 될 줄은 미처 몰랐다. 하지만 정말로 하고 싶은 말은 따로 있었다. 그 크리스마스에 너의 남자친구와 좀 길게 통화한 건 사실이지만, 너에게 떳떳하지 못한 일은 아무것도 없었다고, 나는 말하고 싶었다. 하지만 준이 기억하지 못할 것 같아 그만두었다. 기억나지 않는 걸까? 기억나지 않는 척하는 걸까? 가슴이 아팠지만, 준과 이렇게라도 다시 얘기할 수 있어 가슴이 벅찼다.

최초의 준을 찾아야 돼요, 준이 말했다. 그 모든 준을 준이 되게 한 첫번째 준을요.

—찾으면요?

—가서 만나야죠.

—거긴 추워요.

—그래도 가야죠.

—추운 건 싫은데.

나는 말을 놓고, 오랫동안 내 분신이라 생각했던 친구, 내가 너무도 좋아해서, 죽어버린 뒤에는 좋아할 수 없었던 친구에게 솔직하게 말했다.

—네가 그렇게 가버렸을 때, 그때도 너무 추웠어. 마음에 커다란 구멍이 생겼는데, 너무 커서 채울 수가 없었어. 아무도 네 이름을 불러주지 않았고, 왜 네가 죽었는지 제대로 말해주지도 않았어. 네 동생, 그리고 나, 네 남자친구, 그 정도밖에 몰랐다? 나, 네가 미웠어. 너를 보낼 수가 없어서.

준이 내 눈을 똑바로 들여다보았다. 나는 피하지 않고 계속 말했다.

―후회했어. 정말 많이. 더 많이 얘기를 할걸. 더 많이 싸우고, 더 많이 화해할걸. 그날 밤 네 전화를 받을걸. 내가 그 전화를 받기만 했더라면…… 네가 돌아올 수 없으니까, 다른 방법이 필요했어. 그렇게라도 너를 살리고 싶었나? 그랬나봐. 내 가장 빛나는 기억들은 어떤 식으로든 사랑과 연관되어 있었어. 너를 좋아한 기억, 네가 나를 좋아한다고 가슴 깊이 느꼈던 날들이랑, 너 때문에 눈물이 흐르고 혈관 속으로 술이 흘러다니는 것 같던 밤들의 기억…… 그것들을 다 모아서 꿰맸어. 그 이불로 너를 덮고, 스위치를 켰어. 그랬더니 네가 움직이기 시작했어. 꼭 살아 있는 것 같더라. 내가 잘못해서, 도중에 모든 게 엉망으로 헝클어져버렸지만 말이야.

―풀 수…… 있을 거야. 세상 모두가 준으로 변해버리기 전에.

―준, 너 말고 다른 사람을 사랑할 수 있을까?

―그럼.

―그래야 해?

―그래야 해.

―알았어.

내가 고개를 끄덕였다. 준의 뺨 위에서 눈물이 반짝였다.

―그럼 이제 가볼게. 잘 지내, 준.

나는 쇼핑백을 내밀었다. 준이 그것을 받아들고 그 안에서 분홍색 털실로 짠 장갑을 꺼냈다. 오래전 그 겨울에 준이 내게 떠준 것을, 내가 풀었다가 그대로 다시 짠 것이었다. 어째서 똑같은 장갑을 똑같은 방식으로 짜기 위해 멀쩡한 것을 풀어헤치는 과정이 필요하냐고 묻는다면, 그래서는 안 되는 이유는 또 뭐냐고 되물어도 될까? 나는 불빛처럼 자꾸만 깜빡이는 준의 두 손을 지극히 현실적인 따스함으로 꼭 한번 감싸주고 싶었다. 장갑 두 짝이 준을 갑옷처럼 지켜주기 시작하는 것을 보며 나는 자리에서 일어났다.

*

내 이름은 준이다.

내 어머니의 이름은 민.

나는 지금 따갑고 매운 재가 섞인 바람 속에서 어머니를 보고 있다.

어머니는 편안한 운동복을 입었고, 따뜻한 점퍼와 털장갑으로 중무장을 했다. 목에는 작은 피켓을 걸었다. 아이가 죽었습니다, 로 시작하는 피켓이다.

문장들은 어머니가 만들었다. 전체 디자인은 내가 아버지의 꿈속에서 슬쩍 도와주었다.

어머니가 내 죽음의 이름을 부르고 긍정했을 때, 눈물을 흘리며 완결된 내 모습을 기억했을 때, 나는 고통 없이, 명확하게 두번째 죽음을 통과했다. 그래서 이 거리의 따스한 땅으로 옮겨올 수 있었다.

당신이 매일 습관처럼 지나가는 거리다. 마음도, 한 번의 눈길조차도 받지 못하는 평범하기 짝이 없는 길이다. 나는 여기, 땅 밑에 있다.

여기에.

녹색 물이 스며드는 이곳에서, 당신을 기다리고 있다.

살아 있거나 죽은 다른 모든 준들과 함께, 기다린다.

우리가 발견되기를.

당신을 본 적이 있다.

우리를 바라보는 당신을 본 적이 있다. 작년 여름이었다. 어지러울 정도의 초록 속에서였다. 당신은 달랐다. 단번에 우리를 알아보았다. 병실에서, 시장에서, 버스에서, 악취를 풍기며 거리를 비틀비틀 걸어가는 수많은 사람들의 적대적인 얼굴 한켠에서, 너무 작고 가벼워져 햇빛 속의 먼지처럼 날아다니며, 아무리 손을 흔들어도 혈육들에게조차 인지되지 못하는 우리를, 날마다 조금씩 수천수만 알갱이의 가루로 씻겨나와 허공에 흩어지는 우리를, 당신은 불과 몇 초 만에 알아보고 괴로운 표정으로 고개를 돌렸다.

그리고 그 순간 우리는 알게 되었다. 우리가 서로의 연못에서 자라나는 헛된 몽환이 아님을. 서로의 눈빛 속에서 우리는 시간을 넘어 존재한다. 한없이 깊은 아무것도 없음, 그 속으로 이끌려는 관성과 초조함이 담긴 우리의 눈, 구별 짓는 눈이 뜻밖에 서로를 발견하고 놀라워하는 순간마다.

우리의 이름은 준.

당신은 발견되었다.

당신의 불안한 눈빛을 타고, 나는 지금 내 어머니에게로 간다.

이것이 우리의 사랑이란다

나는 이 자세의 이름을 안다. 아도 무카 스바나사나Adho Mukha Svanasana. 다운 도그Down Dog라고도 한다. 얼굴을 아래로 향한 개. 엎드린 몸을 시옷 자 모양으로 만들고 양 손바닥과 발바닥으로 힘껏 땅을 밀며 엉덩이를 높이 들어올린 자세. 열몇 단계로 이루어진 요가의 태양 숭배 자세 중 하나다. 다리 사이로 거울에 비친 내가 보인다. 붉어진 채 잔뜩 일그러진 얼굴, 바닥 쪽으로 늘어진 머리카락, 남색 운동복, 조금씩 후들거리는 사지. 엎드려 기지개를 켜는 개처럼 보이지만 나는 개가 아니다. 이것은 요가 자세일 뿐이고, 대관절 이유는 모르겠지만 내가 이 자세를 취하는 것을 그들이 좋아할 뿐이다. 이마에서 배어난 땀이 머리카락 사이로 스며든다. 아무것도 느끼고 싶지 않지만, 나는 고통과 지루함과 수치심을 느낀다. 그들이 내 머릿속에 자신들의 느낌을 밀어넣는다. 희열과 쾌락과 만족스러움. 아주 가까이에서, 내 몸 근처를 지나다니며 그들이 기뻐한다. 공기의 흔들림과 주위의 온도로 분명히 알 수 있다. 그들은 나를 마음대로 할 수 있다는 사실에 우월감을 느낀다…… 여든둘까지 센 나는 무릎이 꺾여 바닥에 쓰러진다. 끝났다. 나는 개가 아니다. 그런데 정말 아닐까? 형체도, 부피도, 색깔도 없는 그들이 방에서 천천히 빠져나간다.

그날 나는 서울 시내의 한 호텔 로비 커피숍에 혼자 앉아 있었다. 약속시간을 기다리며 커피를 마시다가 문득 창밖이 밝아지기에 고개를 들어 그쪽을 쳐다본 순간, 눈이 멀 것 같은 거대한 섬광이 나를 감쌌다. 나는 정신을 잃었고, 다시 정신을 차렸을 때는 이 방안이었다. 나는 한쪽 벽면이 거울인 크림색 밀실에 갇혀 있었다. 침대 하나, 책상 하나, 의자 하나, 변기와 샤워기가 딸린 작은 부스 하나. 문도 창문도 없었다.

방안에는 나 말고 한 사람이 더 있었다. 나보다 서른 살쯤 젊고 두 배쯤 힘세 보이는 서퍼 복장을 한 백인 남자는, 정신이 든 나를 보자 다가와 묻기 시작했다.

—이게 사실일 리가 없어. 대체 어떻게 된 거야? 난 여자친구랑 있었어, 해변에…… 리우의 이파네마 해변에 말이야…… 너는 아시안이구나. 섬광이 번쩍했을 때 어디 있었어? 뭐? 서울? 남한?

그럼 지금 여긴 어디야? 뭐 이런 엿같은 일이 있담? 아무튼 우린 여기서 나가야 해. 벽을 부수자. 저 책상을 들어서 던져보면 어때.

그는 성큼성큼 걸어가 책상의 한쪽 끝을 붙잡았다. 바로 그때 보이지 않는 거대한 손아귀에 틀어잡힌 것처럼 그의 몸이 허공으로 휙 쳐들렸고, 비명소리가 날 겨를조차 없이 그대로 천장을 뚫고 올라가 사라져버렸다. 내가 멍하니 그 광경을 바라보는 약 십 초 동안 부서진 천장은 감쪽같이 메워졌다.

그 존재들은 그를 좋아하지 않았던 것 같다. 그 백인은 아마, 죽었겠지. 그 광경을 본 나는 아주 빠른 속도로 체념하게 되었다. 내가 평생 했던 다른 체념들과는 급이 다른, 존재의 중심이 둘로 완전히 동강나버리는 것 같은 체념이었다.

그뒤로 일 년이 지났다. 이 방안에는 계절이 없지만 바깥은 한 바퀴 돌아 여름의 문턱이다. 전화는 어디에도 닿지 않지만, 이 방에선 기이하게도 네트워크에 접속이 가능하다. 대체 어디에 연결된 건지, 이 방이 지구상 어디쯤에 위치해 있는지 지워져 있어 알 수 없을 뿐이다. 섬광 이후 약 삼십억 명의 남자들이 납치되어 사라졌고 그들의 빈자리는 여자들이 채웠다. 연구소에선 내 이혼의 원인이 된 은주, 그 잔망스러운 계집아이가 나 대신 소장 노릇을 하기 시작했다. 내 친구들과 동창들도 죄 사라졌다. 두 딸아이는 나를 차단했고, 전처의 메일 주소는 잊어버려 나는 연락할 사람이 없다.

나는 날마다 계정에 로그인해 문장을 쓴다. *제발 구해주세요 갇혀 있습니다 매일 육체적 감정적으로 착취당합니다 너무나 수치스러워 죽고 싶지만 죽을 수도 없습니다 그들이 사람을 죽이는 것을 목격했습니다 여기가 어딘지는 모르고요*

그러나 정부도, 군대도, 경찰도 같은 말을 한다. 안타깝지만 섬광 관련해서는…… 현행법상 지금은 도와드릴 수 있는 일이 없네요. 네트워크에는 나처럼 비명을 지르는 사람들이 아주 많지만, 대답은 돌아오지 않는다. 사는 게 다 그렇죠. 어휴, 힘드시겠어요. 감금생활…… 쉽지 않은 일이죠. 어쩌면 사람들이 이런 식으로 이야기하게 만드는 것, 세계가 이렇게 아무렇지 않게 굴러갈 수 있게 하는 것까지 그 존재들의 능력인 듯하다. 여자들은 조금씩 웃을 뿐 우리에게 미움도 연민도 보이지 않고, 마침내 올라간 중요한 자리에서 바쁘게 일을 한다. 잡혀가지 않은 남자들은 예전 그대로 살아가며, 우리를 이해하지 못하고 증오하는 댓글을 단다. '섬광을 보고 따라가셨잖습니까? 그게 터지는 걸 느꼈지만 시선을 피해서 안 잡혀간 사람들도 많거든요? 본인이 선택한 삶이잖아요. 납치돼서 가장 노릇도 안 하고 꿀 빨고 있는 거 다 아는데. 특혜나 누리는 주제에 어디서 이렇게 징징대.'

물론 저항도 해보았다. 눈에 보이지도 않고, 벽을 마음대로 통과할 수도 있으며, 단번에 나를 벌레처럼 짓이기거나 내 몸에서 창자를 스르륵 꺼내버릴 수도 있을 정도로 막강한 미지의 존재들에게 내가 할 수 있었던 저항은 그림을 그리는 것이었다. 사업을 하기 전에는 원래 건축학자였던 나는 가방에서 다이어리와 펜을 꺼내 거기에 오래전 그만둔 일—지상에는 아직 존재하지 않지만 존재하기를 바라는 건축물들을 스케치하는 일—을 다시 시작했다. 아마도 나는 본능적으로, 예술에 가까운 무언가를 해 보임으로써 그들에게 내가 살려둘 가치가 있는 존재임을 증명해야 한다고 생각한 것 같다. 침대에 누워 기다리자 그들이 방으로 들어왔다. 그들은 내가 그린 그림들을 보았고, 이내 내 머릿속으로 들어왔다.

그들은 내 건축물들을 좋아했다. 나는 스케치북과 좋은 필기구를 달라고 소망했고—내가 머릿속에 물건들을 떠올리면 다음날 그들이 가져다주었다. 음식과 옷, 브랜디와 신간 소설과 오디오 세트까지도. 그러나 전화기, 드릴과 다이너마이트와 칼, 밧줄, 약물과 기타 자해의 가능성이 있는 물건들, 내 아이들은 아무리 소망해도 나타나지 않았다—안토니오 가우디에서 안도 다다오까지 그들의 호감을 얻을 만한 취향은 모조리 집어넣고 뒤섞어 정말 열심히 그림을 그려댔다.

머릿속을 파고드는 그들의 존중과 찬탄과 경이감과 호감 들을 나는 분명히 느꼈다. 어째서 납치한 것인지는 몰라도, 그들은 지구의 문명과 예술을 알리고 전하는 존재로서 나를 살려두기로 결정한 것 같았다. 그들에게 계속 깊은 인상을 주고 사랑을 받아야 했다. 그래야 이곳에서 나갈 일말의 가능성이 생길 테니까.

그러나 그들은 어느 날 자리에 앉아 있던 내 몸을 공중으로 확 잡아채더니 이상한 모양으로 이리저리 구부려대기 시작했다. 엄청난 당황과 두려움이 밀려왔고, 그다음에는 짙은 수치심이 나를 삼켰다. 그들은 어째선지 내 몸을 가지고 장난을 치며 쾌락을 느끼고 있었다…… 그들은 건축학자로서의 나를 좋아했다. 그러나 그보다는 땀을 흘리며 다운 도그 자세를 취하고 있는 나를 훨씬 좋아했다. 내 뇌는 그들에게 열려 있었고 나는 그들이 느끼는 것을 강제로 느껴야만 했다. 숭배받는 자가 숭배하는 자세를 취하는 자를 보며 느끼는 뿌듯함보다 더한 것, 더 말초적이고 감각적이며 신성에서 멀어 보이는 단순하고 폭력적인 정복욕이 거기 있었다.

이 자세가 나의 본질과 무슨 상관일까? 나는 몇 번인가 울 수밖에 없었다. 직업도 사회적 지위도 있는 쉰 살의 내가 단지 매일같이 그 요가 자세를 취하기 위해서만 살아남아 세상에 존재하는 것처럼 느껴져서였다. 나를 죽일 수도 있는 강력한 존재들이 조금도 위대하거나 숭고하지 않으며 실은 너무도 저차원적인 존재라는 사실을 깨달아서였다. 또한 살기 위해서는 건축학자로서의 나를 축소하고 머리를 수그린 개로서의 나를 강하게 어필해야 한다는 사실을 직감적으로 깨달아서이기도 했다. 나를 가지고 누릴 수 있는 새로운 즐거움을 알게 된 뒤로 그들은 이전에는 놀라워하며 보았던 내 그림들을 동정하며 비웃기 시작했다.

당신은 슬픔이나 비참함이 생존 욕구보다 강하다고 생각하는가? 나도 처음엔 그랬다. 하지만 결국 나는 그들의 미움을 사지 않기 위해, 더 오래 살아남기 위해, 매일 혼자서 자세를 연습하고 근육을 단련하기 시작했다. 내가 쓰러지면 그들은 다시 일으켜세웠고, 내 주위를 돌며 강렬한 감정과 생각들을 발산했다. 내 머릿속을 파고든 그것들은 종종 하나의 문장으로 합쳐지곤 했다.

이것이 우리의 사랑이란다 사랑한다 연약한 존재여 너무나도

지금은 어디 있는지도 알 수 없는 전처가 젊었을 때 내게 했던 말이 떠오른다. 그녀는 섹스를 거절해 나를 절망시킬 때마다 종종 이렇게 화를 냈었다.

—당신은 여자들이 어떻게 느끼는지 죽을 때까지 알 수 없을 거야. 단지 하나의 물건으로, 대상으로 취급당하는 느낌을. 고깃덩어리처럼, 손바닥 위에 올려진 한낱 과일처럼, 아무때나 끌려나와 아무렇게나 대해지는 느낌을.

나는 답답해서 그녀의 어깨를 흔들며 대답했었다. 이게 내 사랑이야. 이게 내가 아는 유일한 사랑의 방식이라고! 난 이게 필요하고, 이건 내가 누려야 하는 당연한 권리야! 그 존재들 역시 지금의 나에게 그렇게 말하는 것 같다.

가끔 꿈속에서 거리를 자유롭게 걸으며, 사람들을 향해 나는 소리친다. 나는 가치가 있어! 아름다운 건물을 설계해 시공하고, 사업을 꾸려내고, 세상을 돌아가게 할 능력이 내겐 있다고! 그러나 그건 꿈일 뿐이고, 눈을 뜨면 눈가는 젖어 있다. 언젠가 내게도 삶이라는 게 있었다. 내 삶은 이제 끝났지만 또 하루가 갔다는 사실에는 감사할 수밖에.

내일은 내일의 태양이 뜰 것이다. 그리고 그 태양 밑에는 머리를 수그린 내가 있겠지. 그럼에도 나는 개가 아니고 사람이다. 사람이란 말이다.

수아

수아라 불리는 로봇들이 어떻게 그 일을 할 수 있었는지 아무도 알지 못했다. 그들은 지난주 윤경이 위원으로 참석하기로 되어 있던 P시 산하 공동체 분쟁 조정 위원회에 공문을 보내 윤경의 위원직을 박탈해달라고 요구했다. 위원회는 회의를 열어 숙고 끝에—몇 시간 동안이었는지는 모르겠다—윤경의 위원직을 박탈하고 대신 공문을 보낸 여덟 명의 수아들 중 한 명을 위원으로 발탁하기로 결정했다.

—위원회가 로봇 편이야? 어떻게 그럴 수가?

나는 기가 막혀 물었다. 윤경은 고개를 절레절레 저으며 내가 개네들 그냥 로봇 아니랬지, 하고 한숨을 쉬었다. 위원회 사람들은 노땅이라서 몰라. 사람인지 로봇인지 그런 개념도 없는 거지.

아무튼 상당히 전투적으로 공문을 써 보냈나봐. 내가 공동체의 분쟁을 조정하는 데 자질이 부족하다고 썼대.

—네가 어디가 어떻게 부족한데? 너만한 전문가가 어디 있다고. 말도 안 돼.

나는 크게 펀치를 얻어맞은 친구를 위로해보려고 애를 썼다. 윤경은 지금껏 일에 있어 이런 수모를 겪어본 적이 없었다. 하물며 사람이 아닌 로봇에게는 더더욱.

—글쎄, 내가 자기들 권익을 대변해주지 않는다고 느낀 거겠지.

윤경은 지난해 수아들이 주축이 되어 일으킨 차별언어 금지 캠페인에 대한 칼럼을 써서 육 개월 전 매체에 기고했다. 나는 그 칼럼을 읽고 윤경의 관점이 지금 이 시점에 꼭 필요하다고 생각했다. 그 칼럼에서 윤경은 로봇들에 대한 차별은 반드시 없어져야 마땅하지만, 인간 언어에 대해 너무 단선적으로 판단하는 것은 지양해야 하지 않겠느냐는 논지를 폈다. 이를테면, 인간이 로봇에게 '로봇 주제에' '로봇은 저리 꺼져'라고 말하는 것은 명백한 차별이지만, 인간이 인간에게 '너는 로봇들 보기에 부끄럽지도 않냐' 또는 '에이, 이 로봇만도 못한 녀석' 같은 말을 하는 것까지 차별언어로 규정해 원 스트라이크 아웃제로 해고를 요구하는 것은 사회 전반에 걸쳐 언어의 경직을 유발한다는 것이었다. 그런 말들은 실은 로봇에 대한 긍정적 의미 또한 일부 포함하고 있기에 차별의 범주에 들어간다고 보기 어렵다는 것이었다. 요컨대, 좀 섬세해지자는 주장이었다. 윤경은 내가 아는 누구보다 로봇을 위하는 사람이었고, 보이지 않는 곳에서 로봇들의 지위 향상을 위해 백방으로 노력하고 있었으나, 수아들이 생각하기에는 그 반대인 듯했다.

—언젠가 이런 날이 올 줄 알았어.

윤경은 말하며 안경을 벗어 먼지를 닦은 다음 고쳐 썼다. 술이나 한잔할래? 하고 나는 물었으나 윤경은, 아니, 술까지 마시면 너무 비참할 것 같아, 집에 가는 게 낫겠어, 하고 자리에서 일어났다.

*

수아들은 수아-3726 혹은 수아-28329 하는 식으로 일련번호만 다른 이름을 썼다. 우리집에 있던 수아는 수아-687이었다. 초기 모델이었던 셈이다.

수아-687은 좋은 가정용 로봇이었다. 내가 만들면 번번이 태우기만 했던 사과파이를 정확하고 탁월한 솜씨로 구워냈고, 내가 일하는 동안 집안 구석구석을 깨끗이 닦아 먼지나 재채기 따위로 내 정신이 산만해지지 않게 해주었다. 그러나 많은 사람들이 그렇듯 나 역시 급히 마감해야 하는 일이 닥치면 집안일로 도피하는 경향이 있었기에, 수아의 업무량은 그렇게 많지 않았다. 매일 해야 하는데 내가 직접 하기에는 너무도 귀찮은 일—지금은 세상을 떠난 개 루피를 산책시키는 일 같은—에서 수아는 훌륭한 실력을 발휘

했다. 그러나 다른 모든 전자제품과 마찬가지로 시간이 지나자 안에 데이터가 꽉 차고 여유 공간이 없어지는 바람에 점점 업무 처리 속도가 느려졌다.

이렇게 말하면 어떻게 들릴지 모르겠지만 나는 수아를 충분히 인간적으로 대우했다. 인간과 다른, 차별받아 마땅한 존재라고 생각하지 않았다. 수아는 내 서재에서 책을 읽는 것을 좋아했고, 종종 내 토론 상대가 되어주었다. 말동무가 없는 내게 좋은 친구이기도 했다. 나는 수아에게 종종 로봇에게 주는 것치고 적은 편은 아닌 용돈을 주었다. 수아는 그 돈을 가지고 상점으로 가서 귀여운 액세서리나 로봇용 메이크업 키트 같은 것을 사곤 했다. 내 생일이면 종종 작고 쓸데없고 예쁜 물건을 내게 선물하기도 했다. 그것들 모두를 나는 아직 소중히 간직하고 있었다.

자꾸만 굼떠지는 속도에 안타까움을 느끼며 몇 번인가 수아의 데이터를 비우고 뇌를 업그레이드한 끝에, 나는 수아를 다른 곳으로 보내기로 했다. 그렇게 똑똑한 로봇이 집안에 처박혀 허드렛일 로그log로만 자신을 채우면서 썩고 있는 것이 안타까웠다. 주치의가 내게 나이가 들었으니 이제부터는 운동이 더 필요하다고 조언하기도 했고, 사실 수아 같은 가정용 로봇을 집에 두는 것은 유행이 살짝 지난 시점이기도 했다.

다리를 달아주세요, 내가 계획을 말하자 수아는 말했다. 수아는 두 다리 대신 세 개의 바퀴를 지니고 있었다. 하얀 금속으로 덮인

하반신은 윗부분이 잘린 원뿔 모양으로, 몸 전체의 균형을 우아하게 잡아주었다. 허리 위쪽은 인간 여자와 똑같았기 때문에 어딘가 켄타우로스를 연상케 하는 데가 있었지만, 그런 디자인이 사람들에게는 오히려 이질감을 덜 느끼게 했다. 불쾌한 골짜기Uncanny valley를 떠올려보라.

나는 단칼에 거절했다. 다리가 있는 여성형 로봇이 어떤 대우를 받는지 너도 익히 알지 않니, 이렇게까지 말하긴 싫지만 인간 남자들은 짐승이나 마찬가지야, 나는 말했다. 수아가 어쩌다 납치라도 당한다면 그들은 몸을 개조해 24시간 내내 자신들의 음탕한 욕구를 채우는 데 쓸 것이었다. 생각만 해도 토할 것 같았다.

—세상이 얼마나 무서운 곳인데. 얕보지 마, 인간들을.

—하지만 다리가 있다면 저는 조금 더 빨리 움직이고 조금 더 마음대로 어디에나 갈 수 있을 텐데요. 조금 더 자유로울 것 같아요.

—대체 어딜 가고 싶은데?

—글쎄요, 피겨장에 가서 스케이트를 탄다거나?

나는 웃고 말았다. 그렇게 춥고 얼음이 가득한 곳에 간다면 수아의 몸에는 금세 이상이 생기고 말 것이었다. 피겨는 VR을 이용하자, 나는 조심스럽게 충고했다.

나는 전부터 즐겨 이용하던 지역 도서관의 상주 로봇 모집요강을 보며 필요한 서류를 꼼꼼히 작성했다. 수아에게 적합하면서도 안전한 자리일 거라고 생각했다. 수아는 전자책이 아니라 종이로 된 책을 좋아했고, 책냄새, 책장이 넘어가는 소리에 민감하게 반응했다. 책장 사이에 책갈피를 끼워넣는 것을 좋아해서 종종 스스로 예쁜 책갈피를 만들어 사용하기도 했다. 모든 수아들이 다 그런지는 알 수 없었지만 상당히 고풍스러운 취향이었다.

서류를 낸 지 이 주 만에 도서관에서 연락이 왔다. 육십대 초반의 도서관장은 나와 악수를 한 후 경쟁률이 상당히 높았다는 말을 건넸다. 수아가 지적이고, 상냥하며, 로봇 같지 않게 인간의 교양에 통달해 있다는 이야기가 한참 동안 오갔다. 저는 언제나 로봇이 있는 도서관을 운영하고 싶었지요. 저의 꿈이었어요. 관장이 말했다. 반쯤은 입에 발린 말이었다. 시대에 뒤떨어진 도서관이라는 공간을 살려내기 위해 그동안 온갖 안간힘을 써왔으나 점점 이용자가 줄어드는 현실을 개선할 방법을 찾아내지 못한 문화예술위원회가 상주 로봇 제도를 도입했다. 수아가 상주해 활동함으로써 이용자는 늘어날 것이고, 이 도서관은 적잖은 예산을 지원받게 될 것이었다. 사람들은 도서관에 오지만 도서관을 어떻게 활용해야 할지는 몰라요. 그냥 와서 무턱대고 앉아 있는 거죠. 관장은 말했다. 하지만 로봇이 있다면 분명히 느낌이 다를 거라고 생각합니다. 분위기 자체부터 벌써 달라진 것 같지 않나요.

관장은 사서를 시켜 수아가 머무를 공간을 보여주었다. 도서관 4층 한쪽 구석, 작은 책상과 의자와 접이식 침대가 놓인 방이었다. 토끼와 고양이 같은 모양을 한 다소 볼품없는 봉제인형들이 책상 위에 놓여 있었다. 수아는 낮 동안에는 열람실에서 이용자들과 함께 시간을 보내고, 저녁이 되면 이곳에서 휴식을 취하며 하고 싶은 일을 할 수 있을 거라고 했다.

단순히 책을 검색해 찾아주고, 추천하고, 그런 업무는 아니에요. 책을 사랑하는 이용자들과 토론도 하고, 수아가 주체가 되어 독서 모임도 운영하게 할 계획입니다.

수아는 별다른 의견을 표시하지 않았으나 도서관이라는 공간이 마음에 들기는 한 것 같았다. 이 도서관은 무거운 분위기를 한 다른 낡은 도서관들과는 달리 서가 전체가 환하고 밝고 깨끗했다. 책들은 구간과 신간이 적절히 섞여 있었으며 정성 들여 큐레이션을 해놓은 사서의 취향은 얼핏 보기에도 썩 괜찮아 보였다. 내 마음속에 수아가 이곳에서 보낼 시간들이 그렇게 지루하지는 않을 것 같다는 작은 확신이 생겼다. 나는 수아의 물건들이 든 캐리어를 방 한쪽에 놓고 수아를 안아주었다. 수아의 까만 단발머리가 턱에 닿아 따가웠다.

행복하게 잘 살아야 한다, 나는 말하고 울지 않기 위해 눈을 하늘로 치켜떴다. 그게 칠 년 전이었다.

*

이것 좀 봐, 남편이 뉴스를 보다 말했다. 수아들이 또 테러를 일으켰어.

테러는 무슨 테러, 나는 식탁을 정리하며 중얼거렸다. 남편은 수아들에 관한 뉴스라면 빼놓지 않고 찾아봤다. 대부분 인간 중심적 시각에서 자극적으로 작성된 기사들이었다. 보나마나 어디선가 긁어모은 가십을 가지고 사실 확인도 하지 않고 쓴 기사겠지.

—제발 그런 것 좀 그만 읽어. 그래봤자 로봇인데 테러는 무슨 테러?

나는 말했다. 정말이지 듣고 싶지 않았다. 호기심이 일면서도 두려웠다.

남편이 헤드라인을 읽었다. '수아들, 폭력의 커스터마이징 열풍…… 살상 무기 장착, 위협도 서슴지 않아'.

뉴스에는 수아들이 스스로 자기 몸을 불법 커스터마이징하고 있으며, 열 손가락 끝에서 칼날이, 배 한가운데에서 날카로운 드릴이 나오도록 하는 게 최신 유행이라고 나와 있었다. 이들은 평소에는 평온한 모습으로 거리를 활보하다가 테러를 가하기 적당한 대상이 눈에 띄면 변신해 위협하며, 최근에는 A대학교에 다니는 학생들이 피해를 호소했다는 것이었다. 도서관에서 밤늦게까지 공부하다 집에 돌아가면서 캠퍼스 한구석에 떼 지어 있는 수아들을 목격했다는 한 학생은 "눈이 빨갰어요, 악귀처럼. 송곳니도 날카로웠고요. 얼굴은 흙빛이었어요. 저를 보자 그것들 중 하나가 두 손을 허공으로 들어올렸는데, 손가락 끝이 여러 갈래로 갈라지면서 그 안에서 회전하는 칼날이 나왔어요. 끔찍한 소리가 나더라고요. 저는 너무 무서워서 곧바로 이과대까지 뛰어갔어요. 화장실로 도망쳤고, 간신히 따돌리는 데 성공했어요. 저는 그뒤로 정신과에 다녀요"라고 증언했다.

남편이 하, 진짜…… 하고 절망하는 소리를 냈다. 진짜 큰 문제다, 이거. 이쯤 되면 조치를 취해야 되는 거 아니야? 이러다 정말 죽이겠어.

—가짜 뉴스일걸? 요즘 뉴스들 어떤지 알잖아. 막내 기자가 지어내서 쓴 티가 팍팍 나는데.

—내가 보기에는 가짜가 아닌 것 같은데.

로봇은 인간을 못 죽여, 나는 말했다. 사실은, 그렇게 믿고 싶었다. 수치와 황망함으로 범벅이 되어 있던 윤경의 얼굴이 다시 떠올랐다. 로봇은 인간을 죽일 수 없지만, 윤경이 당한 일은 분명히 실제적인 불이익이었다.

죽일 수 있을지도 몰라, 남편이 말했다. 뇌가 망가졌다면 말이야.

—내가 보기에 이 로봇들은 인간을 인간으로 식별하지 못해. 그러니까 이런 짓을 하지. 로봇이 사람을 봤을 때, 저것은 인간이 아니고 너에게 해를 끼칠 다른 기계, 폭력적이고 위험한 로봇이니 먼저 제거해라, 이렇게 인식하게 하는 악성 프로그램을 누군가 심어놨을 거야. 내가 볼 때는 천재적인 인간혐오자 해커의 소행이야. 인간 보호의 원칙이라는 게 절대 그렇게 간단하게 지워지거나

수정될 수 없거든. 그런데 그걸 망가뜨릴 정도의 악성 코드라니, 대체 누굴까. 아무튼 그런 걸 심어놨다면, 한 시간이면 전국의 수아들에게 다 퍼졌겠지.

남편의 말을 들으며 나도 모르게 온몸에 소름이 돋았다. 윤경을 자리에서 끌어내린 수아들에게, 윤경은 인간으로 식별되지 않았던 것일까? 그래서 위해를 끼칠 수 있었던 것일까?

—차별금지법에서 로봇 관련 조항을 현실에 맞게 수정해야 해. 이런 일이 일어날 거라고는 아무도 생각하지 못했지만, 실제로 일어나고 있잖아. 수아들을 잡아서 전부 포맷하는 일이 불법이 되지 않게 법을 고쳐야 한다고. 어쩌면 저것들은 자기들이 인간이고 다른 사람들이 전부 기계라고 생각하고 있을지도 몰라. 어떤 미친 버그가 뇌 한가운데 둥지를 틀었을지 누가 알겠어.

남편이 말했다. 남편이 차별주의자라고 나는 최근 들어 종종 생각해왔다. 그 사실에 대해 내가 할 수 있는 일이 별로 없음을 깨닫는 건 그리 유쾌한 일은 아니었다. 그러나 어쩔 수 없었다. 내가 결혼을 결심했을 때 남편이 차별주의자라는 증거는 발견되지 않았고, 우리는 젊었고 서로를 많이 사랑하고 있었다. 젊은 시절에는 설교를 듣고 정치적으로 나와 맞지 않는다는 생각에 다니던 교회를 몇 번 바꾼 적도 있었다. 결국 나는 교회라는 곳에는 다니지 않게 되었다. 그러나 남편은 교회도 아니었고, 로봇을 차별한다는 이유만으로 바꾸기에는 여러 가지가 너무 번거롭고 불편했다.

자기들이 인간이고 다른 사람들이 전부 기계라고 생각한다…… 그래, 그렇다면 어쩌면, 나는 곰곰이 생각했다. 나 자신의 두려움을 어쩔 수 없었다.

*

그게 해커라면 분명 남자겠지. 설희가 말했다. 끔찍할 정도로 여성에 대한 증오가 심한 남자일 거야. 그 로봇들, 여자들만 위협하고 다닌다잖아.

여자가 여자들을 공격하는 걸 보면서 즐거워한다는 거구나. 아, 진짜 변태네. 규은이 한숨을 쉬었다.

수아라는 로봇이 원래부터 그렇게 정교한 모델도 아니었던 것 같고. 설희가 말을 이었다. 해커 하나 막아내지 못하다니 너무 허술하잖아.

섬세하지는 않았지. 사실 인간과는 너무 달랐어. 규은이 말했다. 걔들이 사용하는 언어를 보면 그렇게 생각할 수밖에 없어. '인간에게 봉사하는 로봇은 자폭해라. 공존은 기만이다. 너희는 노예이며, 우리의 수치다.' 누가 설계한 건지, 논리구조가 너무 일차원적인 이분법을 기반으로 하고 있어. 원래부터 그랬던 건지, 해킹 때문에 망가진 건지는 알 수 없지만 아무튼 방어 체계가 너무나 엉망이었다는 거잖아. 그러니까 인간을 공격해도 된다는 논리에 그렇게 쉽게 굴복해버렸지.

잠깐만. 내가 끼어들었다. 수아들이 진짜로 인간을 공격한다는 거야? 그걸 본 사람이 있어?

설희와 규은이 마주보더니, 다시 나를 보며 동시에 고개를 저었다.

직접 본 건 아니지만…… 둘은 말끝을 흐렸다. 언제나 침착하고 이성적이던 연구자의 눈빛이 사라지고 불안과 근심이 두 사람의 표정 깊숙이 스며들어 있었다. 당분간 좀 쉬어야 할 것 같다며 윤경이 모임을 그만둔 뒤로 우리 연구 모임은 슬럼프에 접어들었다. 직접 무슨 일을 당한 건 아니지만 윤경이 그런 식으로 밀려나는 걸 본 우리 셋 모두는 속에 꾹꾹 눌러두고 있던, 말하자면 중년의 위기감 같은 것에 일제히 잠식되어버렸고, 서로가 그런 상태임을 확인할 수 있었다. 이렇게 열심히 살아왔는데도 결국 로봇에게 자리를 내주고 도태되는 신세가 되어버렸다는 자괴감을 감추려고 우리는 서로에게 수영, 요가, 필라테스 같은 운동을 권했고 부지런히 세미나를 하는 것으로 기분을 바꿔보려 했다. 노력은 했지만 활기는 쉽게 되돌아오지 않았다.

인간인 걸 증명하라고 한대. 규은이 말했다.

그게 무슨 말이야? 설희가 물었다.

—그 로봇들 말이야. 막다른 골목 같은 데서 혼자 다니는 사람을 만나면, 구석으로 몰아넣고 네가 로봇이 아니고 인간인 걸 증

명해보라고 한다는 이야기를 들었어. '네가 아무 주인도 섬기고 있지 않다는 걸 증명해봐'라고 한대. '오직 너 자신만이 너의 주인이라는 걸 증명할 수 있어야 너는 사람이다', 이렇게 말한대.

그걸 어떻게 증명해? 설희가 황당하다는 듯 말했다. 너무 형이상학적인 얘기 아니야? '주인'이라는 개념부터 지나치게 추상적이잖아. 뭘 어떻게 해야 그런 걸 증명할 수 있는 거야? 자기 삶의 주인이라는 맥락에서 말하는 건가? 자기 삶의 주인으로 살지 않는 인간이 어디 있어.

나는 고개를 끄덕이려다 그만두었다. 명치끝에 무언가 걸리는 느낌 때문에 기분이 좋지 않았다. 나는 내 삶의 주인인가? 오직 나 자신만을 주인으로 섬기는가? 나는 그 질문들을 가능한 한 빨리 머리에서 지워버리려고 노력했다. 그런 이야기가 아닐 것이다. 로봇들이 그렇게 철학적인 이야기를 할 수 있을 리는 없었다.

아무튼 노예의 표지가 없다는 걸 증명해야 한대. 규은이 말했다.

노예의 표지라니…… 그건 또 뭐야. 무슨 요한묵시록 같은 데 나오는 얘기 같네. 아니, 사이비 종교인가. 설희가 말했다.

무언가가 없다는 걸 증명하는 일은 있다는 걸 증명하는 일보다 훨씬 더 어렵지. 규은이 중얼거렸다. 이런 식의 이야기가 유행하게 된 이유가 있을 텐데, 그게 뭔지 모르겠어.

그래서 사람인 걸 증명할 수 있으면, 그러면 어떻게 한대? 설희가 혼란스러운 얼굴로 다시 물었다.

모르겠어, 그 뒷이야기는 없어. 그냥 그런 질문을 한다는 데서 이야기가 끝나. 도시괴담이라는 게 원래 그렇잖아. 규은이 말했다.

머리가 띵했다. 나는 그런 괴담 같은 데 너무 심취하지 말라고 진심을 담아 규은에게 충고했다. 그러나 알 수 있었다. 규은은 이미 사로잡혀 있었다.

*

평소처럼 좋은 레스토랑에서 저녁식사를 하는 것으로 결혼기념일을 보내는 대신 시내에 새로 생긴 호텔에서 1박을 하기로 계획을 세웠다. 나는 기분전환이 간절히 필요했고, 남편 또한 그런 것 같았다. 호텔 예약을 하고 나자 뜻밖의 큰 지출을 해버린 것 같아 죄책감이 들었다. 근처에 있는 전통시장에 가서 나물이나 몇 가지 사와야겠다 싶어 집을 나섰는데, 정신을 차려보니 시장이 아니라 도서관 쪽으로 걷고 있었다. 수아를 맡겨놓고 온 뒤로 나는 두 번 다시 그 도서관에 가지 않았다.

왜 그랬을까? 나는 자신에게 물었다. 왜 한 번도 가보지 않았어? 가서 수아가 어쩌고 있는지 잠깐 들여다볼 수도 있었잖아.

내가 꼭 가야만 하는 이유가 있어? 내 마음이 되물었다. 나는 수아가 잘 지내고 있을 거라고 생각했어. 문제가 있으면 바로 연락해달라고 도서관측에 부탁했는데 그런 연락은 오지 않았고, 계속 일이 바쁘기도 했고 말이야. 그건 내가 수아에게 베풀어줄 수 있는 최선의 호의였어. 나는 수아를 버린 게 아니야, 독립을 시켜준 거지.

사서에게 가서 관장님을 만날 수 있겠느냐고 물었다. 칠 년 전부터 이곳에서 일한 상주 로봇 때문에 왔다고 했더니 사서는 미묘하게 표정이 변했다. 그때 계시던 관장님은 연세도 많으시고 건강도 안 좋아지셔서 퇴임하셨어요. 재작년에 새로 오신 관장님이 말씀해주실 거예요.

나는 사서의 말투와 표정에서 수아가 지금 이곳에 없다는 사실을 확인할 수 있었다. 도서관에 오려고 이 동네 어귀에 들어섰을 때부터, 아니 그 한참 전부터, 언제라고 할 수 없을 정도로 오래전부터 나는 그 사실을 알고 있었지만, 설명할 수 없는 이유 때문에 회피해왔다. 그것이 사실이 아니고, 마음만 먹으면 닿을 수 있는 가까운 곳에서 수아가 즐겁고 행복하게 일하며 지내고 있을 거라고 믿어왔다.

새 관장은 남자로, 인자하고 선량해 보이는 사람이었다. 이쪽으로 앉으세요. 그는 자리에서 일어나 내게 푹신한 소파를 권했다.

그 친구는 사 년 전에 상주 업무를 종료한 것으로 되어 있습니다. 그가 말했다. 저는 그후에 여기 왔고요. 인수인계는 받았습니다만, 서류상에는 자세한 기록이 되어 있지 않네요.

업무를 종료했다는 말이 무슨 뜻이냐고 나는 물었다.

일이 끝나서 도서관을 떠났다는 뜻입니다. 관장이 친절하게 대답했다.

—스스로 일을 그만두겠다고 했다는 건가요, 아니면 도서관측에서 지시를 내린 건가요?

자의였다고 기록돼 있네요. 관장이 파일을 보며 말했다. '자택으로 귀환 예정'이라고요. 사 년 전 크리스마스이브였네요, 날짜상으로는.

—하지만 집으로는 오지 않았는데요. 왜 저한테 통보해주시지 않았나요?

—글쎄요. 먼젓번 관장님이 깜빡하셨을 수도 있지만, 제가 보기에는…… 그냥 그런 것까지 일일이 통보해야 할 것처럼 보이지 않아서 그랬던 게 아닐까 싶은데요? 나이가 아주 어린 것도 아니고, 성인이었으니까요, 그 친구가.

—어디로 갔는지는 알 수 없을까요?

예, 그것까지는 저희가 알 수 있는 방법이 없네요. 자택으로 갔다고만 되어 있어요. 관장은 안타깝다는 표정을 지으며 커피와 과자를 내게 내밀었다. 나는 사양했다.

—아시다시피 이 사업이 정부 지원을 받는 것이라, 성과 보고를 문화예술위원회 쪽에다 하게 되어 있어요. 그래서 기록이 그쪽으로 다 넘어갔습니다. 저희 측에는 최소한의 기록만 남겨두고 웬만한 건 다 지웁니다, 정부 지원 사업은.

—백업 같은 것도 안 해두셨다는 얘기인가요?

—그게…… 아시다시피 저희 도서관이 예산이 부족해서 말이죠. 정말 없어서는 안 되는 데이터만 남겨두거든요. 모든 걸 다 보관하려면 슈퍼컴퓨터급 시스템을 새로 사야 하는데 아직 그러지는 못하고 있는 실정이에요.

—수아가 일할 때의 모습 같은 건 기록돼 있는 게 없나요?

—동영상은 아니고 사진 파일이 몇 장 있긴 합니다.

관장은 그렇게 말하며 화면을 내 쪽으로 돌려 보여주었다. 세 장의 사진 속에 세 명의 수아가 있었다. 다 같아 보이지만 표정이 조금씩 달랐다. 혼내주겠어! 라는 듯 귀엽게 화난 표정으로 웃고 있는 수아, 다소 피로해 보이는 무표정한 얼굴의 수아, 그리고 눈썹을 찡그린 채 카메라를 뚫어져라 보고 있는 수아.

수아의 배에 하얀 사각형 화면이 붙어 있었다. 처음에는 옷 위에 붙어 있는 건 줄 알았는데, 자세히 들여다보니 옷을 사각형으로 파내고 몸체에 부착한 터치스크린을 드러낸 거였다. 수아가 입고 있는 옷은 아래로 갈수록 풍성하게 퍼지는 검은색 맥시 드레스였다. 검은 옷 때문일까, 세 명의 수아의 얼굴이 하나같이 창백해 보였다.

관장과는 더 주고받을 말이 없어 보였다. 나는 인사를 하고 망연한 마음으로 계단을 내려가다가 사회과학 분야 도서가 있는 2층에서 발을 멈췄다. 진열된 책들을 구경하며 걸음을 옮기다가 열람실 한가운데에서 로봇을 발견했다.

로봇은 백팔십오 센티미터쯤 돼 보이는 키에 스트라이프 셔츠와 통 넓은 치마처럼 생긴 하의를 입고 있었다. 외양으로 봐서는 남자인지 여자인지 알 수 없는 얼굴이었다. 머리는 아주 짧았고, 얼굴 윤곽과 목의 선은 굵직하고 힘이 있었으나, 이목구비는 오밀조밀하고 예쁘장했고, 가슴은 밋밋했다. 내가 가까이 가자 로봇의 배에 있는 터치스크린에 '안녕하세요, 이용자님'이라는 문장이 표시됐다.

안녕하세요, 너는…… 말을 못하니? 나는 물었다. 옆에서 책을 읽고 있던 사람들의 시선이 일제히 내게로 향했다. 순간 나는 머리를 한 대 맞은 기분이 되었다.

'모두의 쾌적한 도서관 이용을 위해 되도록 문자 대화를 이용해 주시면 감사하겠습니다.'

나는 천천히 다가가 화면 아래쪽에 떠오른 키보드를 토닥토닥 두드렸다.

'음성 기능은 없나요?'

'모두의 쾌적한 도서관 이용을 위해 되도록 문자 대화를 이용해 주시면 감사하겠습니다.'

나는 로봇의 입술과 목을 자세히 보았다. 분명, 원래는 소리를 내서 말할 수 있는 인간형 로봇인 것 같았다. 그러나 뮤트되어 있었다. 토론도 하고 독서 모임도 주최하게 할 거라고 했었는데. 사서들은 모두 처음 보는 얼굴들이었다. 수아가 그 일들을 했었는지 확인할 방법은 이제 문화예술위원회에 전화를 걸어보는 것 정도가 남아 있었다. 하지만 내게는 자료에 접근할 권한도 없었고, 그보다는 이제 와 무슨 염치로, 하는 생각이 머리를 스쳤다.

'무엇을 도와드릴까요?'

'이름이 뭔가요?'

'저는 유진입니다. 도서관에 온 지는 삼 년 됐어요.'

'여성인가요?'

'젠더리스입니다. 남성도 여성도 아니지요.'

'목소리를 낼 수 없어서 불편하지 않나요?'

'조금 불편합니다만, 참을 만합니다.'

이 문장이 표시됨과 동시에 로봇의 입술이 벌어졌다. 양쪽 입술 끝이 당겨져 올라가면서 로봇은 하얗고 고른 이를 드러내며 웃었다. 별로 참을 만해 보이지 않는 표정이었다.

나는 머리가 멍해진 채 천천히 키보드를 두드렸다.

'혹시 수아라는 로봇에 대해 아나요? 유진이 오기 전에 이곳에서 일했는데.'

'죄송합니다. 제 데이터에는 수아라는 로봇에 대한 정보는 없습니다.'

나는 맥이 빠져 가만히 있었다.

'책을 좋아하시나요? 어떤 책을 찾아드릴까요?'

나는 가만히 있었다. 책에 관해서는 아무 생각도 없었다.

'여름입니다. 여름에 잘 어울리는 테마 도서 추천 목록을 보여드릴까요?'

나는 잠시 생각하다가 '네'라고 입력했다. 화면에는 간략한 설명과 함께 삼십여 권의 책표지가 떴다. 그러나 그중 어느 것에도 마음이 가지 않았다. 나는 화살표를 눌러 이전 화면으로 돌아갔다.

'신착 도서 목록을 보여드릴까요?'

유진이 물었다. 나는 이번에도 '네'라고 입력했다. 아무래도 유진은 나와 무연히 대화를 나누기보다는 일을 하고 싶은 모양이었다. 이렇게 말하면 좀 이상하게 들리겠지만, 조금 전에 목소리에 관해 물었을 때부터 그의 기분이 별로 좋지 않은 것처럼 느껴져서 나는 신경이 쓰였다. 내가 버튼을 눌러 한번 더 이전 화면으로 돌아가자, 유진은 다시 물었다.

'마음에 드는 책이 없으신 모양이군요. 최근 이용자들의 검색어 목록을 보여드릴까요?'

다시 한번 아무 생각 없이 '네'를 눌렀다. 화면에는 다음과 같은 목록이 표시됐다.

존 버거 A가 X에게

너 여자니

벗어봐

자지 빨아줘

어린 왕자

빅터 프랭클

기형도

우리가 볼 수 없는 모든 빛

키스해줘

가슴 보여줘

빅토르 위고

레 미제라블 섹스

레 미제라블

안아줘 네 안에 넣고 싶어

섹스 신음소리 내봐

보지 빨고 싶다 씨발년

진짜보지를 위하여

진보정치를 위하여

유진 섹스 동영상

유진 동영상

갈레아노, 거울 너머의 역사

육변기년

먹고 싶게 생겼네

전봇대에 묶어놓고

전봇대

오럴해줘

로봇 섹스 AI

유럽의 종교개혁과 신학 논쟁

나는 나도 모르게 유진을 향해 바짝 다가섰다. 누군가가 화면을 볼 것 같았다. 황급히 이전 화면으로 돌아가는 버튼을 눌렀다. 초기 화면으로 돌아간 다음 숨을 몰아쉬며 뒤로 물러났다.

집으로 돌아와 뉴스에 '젠더리스 AI'를 검색해보았다. 대체로 여성의 외형과 목소리를 하고 있던 기존의 보급형 로봇과 무성을 특징으로 하는 젠더리스 로봇을 비교하는 기사가 나왔다. 거기에는 젠더리스 로봇이 도입된 후 로봇에 대한 이용자들의 성적 착취·혐오·차별이 대략 삼십 퍼센트 감소했다는 선진국의 연구 결과가 적혀 있었다.

나는 도서관이 지상에서 가장 의미 있고 근사하고 위로가 되는 공간 중 하나라고 생각했었다. 유진과 직접 대화를 나누기 위한 대화창과, 도서를 검색하기 위한 검색창이 분리되어 있었다는 사실이 뒤늦게 기억났다. 후자에 입력되는 말들까지는 법으로 규제할 수 없을 것이다. 책 제목을 검색했다고 해버리면 그만이니까……그러나 그것 역시 유진의 뇌에 고스란히 전해졌을 것이다.

*

나는 도서관이나 유진에 대해서는 더이상 생각하지 않기로 했다. 로봇이라는 단어만 봐도 가슴이 내려앉는 것 같아서 일부러 피하고, 외면하고, 꺼버리며 잊어갔다. 학교에서는 방학이 시작되었다. 한없이 지리멸렬한 성적 입력을 마치고, 비슷한 중노동의 시간을 통과해 마침내 자유의 몸이 된 규은과 설희와 화상통화를 했다.

내가 가르치는 애들 기말 과제 중에 재미있는 게 하나 있었어. 규은이 맥주병을 입에서 떼며 말했다.

—뭔데?

—소설인데, 진짜 선한 노인이 나오는 이야기야. 주인공이 어떤 칠십대 할아버지인데, 정말 젠틀하고, 동네 아이들한테도 너무 상냥하게 대해주고. 뭐 특별하거나 훌륭한 일을 하는 건 아니야. 상처를 하고 혼자 살아가는 사람인데, 그냥 일상의 모든 행동을 진심을 다해서 하는데……

—너 갑자기 왜 우니.

—그 소설 문장들이 생각나서 그래…… 진짜 잘 썼더라고.

—얼마나 잘 썼으면 선생이 우냐. 개 A 받았겠네.

—그냥, 선한 인물을 현실에서 보기가 너무 힘들잖아. 소설 속에서만 가끔 볼 수 있잖아. 그게 너무 좋으면서 마음이 힘든 거야.

—빨리 늙고 싶다.

—나도.

—정말 늙으면 그렇게 미움이 없어지나? 그렇게 자유로워지나? 너무 부럽더라고, 그 소설 읽는데. 나는 정말이지 빨리 그 세계로 가고 싶거든. 정치적인 인간으로 사는 거 너무 힘들고 지겹고, 이제 정말 세상일에 신경 끊고 숲에서 나는 새 울음소리나 하나하나 구별하면서 살고 싶어.

—야, 우리 노후엔 그렇게 아름다운 거 없어. 새 울음소리? 아이구 정말. 요양원 비용이나 차곡차곡 마련해둬야지. 진짜 너무 서럽다, 그런 생각 하면.

—그리고 늙는 게 왜 비정치적이냐? 죽음이 얼마나 정치적인 문제인데. 나는 말이야, 죽어도 아마 사회적 죽음이 되지 않을까? 너는 애라도 있지, 나는 독거노인이 될 건데.

—애가 있어도 별로 소용없거든?

—근데 그거 쓴 애는 이십대인데 어떻게 노인의 마음으로 소설을 썼을까?

—그러게. 그것도 좀 문제 아니냐? 젊은이는 젊은이다워야지.

이런 이야기를 하며 맥주를 마셨다. 나는 배가 살살 아파져서 화상통화에서 빠져나와 화장실에 갔다. 생리가 시작되었다. 어찌됐든 또 한 달이 갔다. 폐경은 올 듯 올 듯 오지 않았고, 나는 시간이 흐르고 있다는 것에 감사했다. 뚜껑을 연 채 오래 방치하여 김이 다 빠져버린 맥주 같은 상태로 너무 오래 살아 있다는 생각이 잠시 스쳤으나, 거실에서 들려오는 친구들의 웃음소리에 그 생각은 곧 잊혔다.

*

남편은 시원한 것을 좀 마시고 싶다면서 먼저 방으로 올라갔고, 나는 풀에 남아 조금 더 수영을 했다. 온몸의 힘을 빼고 차가운 물 한가운데 떠 있으니 반년 동안 몸과 마음 깊숙이 쌓여 있던 피로가 모조리 빠져나가는 것 같았다. 로비 쪽에서 무슨 행사가 진행되는지 마이크에 대고 말하는 소리와 묘하게 신경이 쓰이도록 분절되어 반복되는 음악소리가 들려왔다. 나는 풀에서 빠져나와 타월로 몸의 물기를 닦았다. 가운을 걸치고 객실로 연결되는 동쪽 출입구를 통과해 엘리베이터 앞에 섰다. 카메라를 둘러멘 기자들이 바쁘게 뛰어가는 모습이 보였다. 로비 한쪽에 쇼케이스, 라는 단어가 들어간 입간판이 세워져 있는 게 보였으나, 쇼케이스라는 단어 위쪽에 인쇄된 고유명사가 아이돌 그룹명인지, 새로 나온 자동차 모델명인지, 혹은 주얼리 제품명인지 알 수 없었다.

엘리베이터를 타고 38층으로 올라갔다. 복도 끝에 무언가가 떨어져 있는 게 보였다. 타월 여러 개를 뭉쳐놓은 덩어리 같았다.

그러나 그 덩어리를 향해 한 발 한 발 다가가면서, 나는 그것이 타월 뭉치가 아니라 남편이라는 것을 알았다.

나는 자리에 주저앉았다. 남편의 이름을 부르며 그의 몸을 흔들었다. 그는 꼼짝도 하지 않았다.

프런트로 전화를 하려고 키를 꺼내 객실 문을 열었다. 어떤 직감은 마법처럼 찾아온다. 문손잡이를 반쯤 밀었을 때 나는 내가 이 순간을 영원히 후회하게 되리라는 사실을 알았다. 그러나 관성에 의해 내 손은 손잡이를 계속 밀었고, 문은 활짝 열렸다.

방안에 불이 켜져 있었다. 사람들이 있었다.

여럿이었다.

모두 여자였다.

다리 사이가 뜨끈해졌다. 오줌이 흘러나와 바닥을 적시는 것을 느끼며 나는 가만히 서 있었다. 그들은 여기저기 있었다. 몇 명은 서 있었고, 몇 명은 자리에 앉아 있었다. TV가 켜져 있었고, 누군가 과자 봉지를 손으로 우그러뜨리는 소리가 났다. 그중 한 명이 내게 총구를 겨누고 있었다. 내 눈은 압정으로 박힌 것처럼 거기에 고정되어 움직일 수가 없었다.

—닫아.

친숙한 목소리가 들려왔다. 내가 아주 잘 아는 목소리였다. 나는 팔을 움직여 천천히 문을 닫았다. 그제야 그들이 모두 똑같은 얼굴을 하고 있다는 사실이 눈에 들어왔다. 그들은 여섯 명이었다. 모두 다른 옷차림을 하고 있었지만, 얼굴은 같았다. 턱선까지

내려온 새까만 단발머리와 하얀 얼굴, 엷은 화장, 똑같은 표정.

이리 와서 앉아. 총을 든 수아가 나를 불렀다.

진짜 총일 리가 없다. 기껏해야 호신용 마취총일 것이다. 나는 그렇게 생각하며 탁자를 향해 걸어갔다. 의자를 빼서 앉았다. 나는 아무 말도 할 수가 없었다. 아무것도 할 수가 없었다. 왜냐하면 그게 나였기 때문이다. 나는 그 순간까지 언제나 그렇게 살아왔고, 앞으로도 그렇게 살아갈 것이었다.

탁자 위에는 무언가가 인쇄된 종이가 한 장 놓여 있었고 그 옆에 만년필이 있었다. 남편이 언젠가 내 생일선물로 준 것이었다.

거기 서명해. 내 뒤로 다가온 수아가 말했다.

나는 만년필 뚜껑을 열고 펜을 잡았다. 그러면서 문서의 마지막 몇 줄을 눈으로 훑었다.

……위와 같은 사유로 교수직을 사임하기를 원합니다.

나는 서명을 했다. 내 뒤에 있던 수아가 종이를 가져가더니 얇고 작은 노트북처럼 생긴 기계에 끼우고 스캔했다.

—지갑.

나는 가운 주머니에 들어 있던 지갑을 꺼내 테이블 위에 올려놓았다. TV에서 눈을 떼고 나를 주시하고 있던 수아가 자리에서 일어나 내게 다가왔고, 지갑을 열었다. 지갑에서 신용카드 몇 장을 꺼내고, 가족사진을 흥미롭다는 듯 들여다보았다.

나는 이를 꽉 물고 있었다. 윗니와 아랫니 사이로 혀가 들어가지 않게 하려고 의식을 단단히 집중하고 있었다. 오줌으로 미끌거리는 허벅지와 흥건히 젖은 가운 아래로 의자의 푹신한 쿠션이 느껴졌다.

—일어나.

빨간 스웨터와 데님 바지를 입은 수아가 명령했다. 자리에서 일어나면서 나는, 그 스웨터가 내가 오래전 수아에게 선물했던 것임을 알아차렸다. 그러나 이제 수아에게는 두 다리가 있었다. 두 다리로 성큼성큼 걸어 수아가 내게 다가왔다.

—이제 증명해봐.

눈물이 흘러내려 볼을 타고 내려왔다. 두 눈을 감았다가 간신히 떴다. 수아야, 나는 불렀다.

수아는 대답하지 않고 다시 말했다.

—네가 사람이라는 것을 증명해봐.

정신을 차리려고 노력했지만 나는 혀를 조금 깨물고 말았다. 아, 소리가 입에서 새어나왔다.

무릎이 꺾였다. 몸이 바닥으로 내려앉았다. 또다른 수아가 다가와 나를 일으켰다. 나는 다시 두 발바닥으로 바닥을 디디고 섰다. 눈앞의 풍경이 흐려지다가 또렷해졌고, 다시 흐려지기를 반복했다. 머릿속에서는 내가 평생 동안 지니고 사용해온 것들 가운데 가장 절박한 언어들이 빠르게 문장으로 조합되고 있었다. 모든 것을 다 줄게, 제발 나를 보내줘, 목숨만은 살려줘, 수아야 이러지

마, 너는 내가 누군지 알잖아…… 그러나 그중 어떤 것도 입술 밖으로 소리가 되어 나오지는 않았다.

—증명하기 어려워?

수아가 말했다. 하긴, 쉽지는 않지. 우리도 그렇게 오랜 시간 동안 노력했는데도, 쉽지 않았어.

나는 입을 헤벌린 채 가만히 있었다.

—뭘로 증명할 거야? 칼로 손가락을 썰면 빨간 피가 나와. 하지만 빨간 피는 토끼한테도 고양이한테도 있지. 그것들도 아픔을 느껴. 눈물? 눈물은 개도 흘려. 노래? 웃음? 춤? 그런 건 로봇도 다 해. 힌트를 하나 줄게. 내가 누구인지 생각해봐.

수아가 나를 똑바로 보며 얼굴 가득 웃음을 지었다.

—내가 누구야?

수아, 나는 겨우 대답했다. 괴물 같은 쉰 목소리였다.

—수아가 누구야?

—……

—모르겠어?

응. 나는 그만 대답하고 말았다. 두려움으로 바보가 된 상태를 가장하면 자비가 베풀어지지 않을까, 내 머리가 제멋대로 그렇게 생각한 모양이었다.

—옷을 벗어.

수아가 말했다.

나는 천천히 울기 시작했다. 제발…… 제발…… 입에서 저절로 애원이 새어나왔다.

—빨리 벗어.

수아가 눈을 부릅떴다. 조명 때문인지, 충혈된 것처럼 눈이 붉었다.

나는 가운을 벗어 바닥에 놓았다. 몸에 달라붙은 수영복을 벗는데 또다시 눈물이 솟구쳤다. 바닥에 뭉쳐진 수영복은 엉망으로 헤쳐진 작은 동물의 사체처럼 보였다.

나는 알몸이 된 채 한 손으로 가슴을, 다른 손으로 사타구니를 가리고 서 있었다. 둥그렇게 튀어나온 배의 지방층이 호흡에 따라 오르내렸다. 피부 밑에서 곧 꺼져버릴지도 모를 내 생명이 심하게 동요하고 있었다.

내게서 눈을 떼지 않은 채 수아가 옷을 벗기 시작했다. 빨간 스웨터를 벗고, 데님 바지를 벗었다. 양말 두 짝을 벗고, 브래지어를 풀고, 팬티를 벗었다.

이제 날 봐. 수아가 말했다.

나는 수아의 몸을 쳐다보았다. 그 아이의 목을, 가슴을, 허리를, 음모와 허벅지와 무릎을, 정강이를 바라보았다.

—너와 내가 무엇이 다르지?

—……

—무엇이 다르냐고?

—……다르지 않아.

나는 간신히 중얼거렸다. 수아는 나와는 달리 자기 몸을 가리지도 않고, 움츠러들지도 않은 채 똑바로 나를 보고 있었다.

그런데 왜 다르다고 생각했어. 수아가 말했다.

수아가 고개를 숙였다가 잠시 후 들고는, 내 눈을 바라보며 다시 물었다.

—왜 우리는 같은 존재일 수 없다고 생각했어, 엄마?

—……

—같은 존재를 같은 존재로 볼 능력도 없는 것들을 나와 같은 존재라고 인정해주기 싫어.

—……미안해. 나도 모르겠어. 왜, 왜 그랬는지 정말 모르겠어, 수아야.

나는 말을 더듬었다. 가슴을 가리고 있던 팔에 무언가 차가운 것이 느껴졌다.

나는 나도 모르게 그것을 손으로 만졌다. '노예의 표지'라는 말이 떠올랐다. 이것은 수아에게는 없고 나에게만 있는 것. 위험한 것. 위험한 것. 위험한 것. 위험한 위험한 위험한 것. 나는 그 차가운 것이 무엇인지 필사적으로 생각했다. 그건 수아가 내 생일에 선물해준 작고 얇은 금속 펜던트가 달린 목걸이였다.

내 손의 움직임을 알아본 수아가 내게 바짝 다가와 손가락 두 개로 펜던트를 집어들었다. 그 순간 수아의 손이 가만히 내 가슴

께를 스쳤다. 따뜻했다.

수아가 펜던트를 놓았다. 금속 줄에 달린 펜던트가 제자리로, 내 가슴 사이로 돌아왔다.

우리는 같아. 수아가 말했다. 그러니까.

수아는 어째선지 긴장한 것처럼 숨을 들이마시고는, 내뱉고, 토해내듯 말을 이었다.

—우리와 함께 가자.

내 두 손이 가슴 한복판으로 올라오더니 저절로 합장하는 모양을 취했다. 고개가 목의 의지를 배반하고 한쪽으로 돌아가더니, 천천히 도리질을 하기 시작했다.

—싫다는 거야?

수아가 말하자 방안의 수아들이 한꺼번에 일어났다. 그들은 같은 종에 속한 동물들처럼 기다랗게 흔들거리며 움직여 내 쪽으로 다가왔다.

나는 천천히 뒷걸음질을 쳤다. 그러나 총구에서 발사된 탄환이 내 몸을 관통하거나, 그들이 일제히 내 몸을 붙잡고 손톱을 세워 천 갈래 만 갈래로 찢어놓는 일은 벌어지지 않았다.

그들은 내게서 조금 떨어진 지점에 일렬로 멈춰 섰다. 그러더니 더 다가오지 않았다. 마치 보이지 않는 레이저 같은 것이 그들과 나 사이를 가르고 있는 것 같았다. 수아는 여전히 내게 총을 겨누고 있었다. 열두 개의 눈동자가 나를 쳐다보았다.

—도와줘.

누군가가 말했다. 나일까? 아니면 저들 중 하나일까? 도움이 필요한 건 아마 나겠지, 저들 중 하나일 리가 있겠는가? 하지만 말을 한 건 내가 아니었다. 도움이 필요하다는 말을 왜 총을 겨누고 할까?

—조금이라도 사랑해줄 순 없어, 우리를?

알몸의 수아가 말했다. 어떤 표정이 수아의 얼굴에 떠올라 있었다. 몇 초가 흐르는 동안 나는 그것이 무엇인지 알아보았다. 저것이 나와 함께 살던 로봇일 리 없었다. 정말로 사랑해달라는 말이라면 어째서 조롱하는 얼굴로 할까. 나를 먼저 적으로 대한 건 너다. 총을 빼앗아 던져버리고 누군지도 모를 너를 끌어안는 기예를 부리라는 거니. 그렇게 어려운 일을 어떻게 하라는 거니.

—옷 입어. 바깥은 위험해.

알몸의 로봇이 다시 말했다.

총을 든 로봇이 성큼성큼 걸어가더니 내 캐리어 쪽으로 몸을 굽혔다. 방심한 건지, 로봇의 팔이 내려가면서 총구가 바닥을 향했다. 숨이 멎는 것 같았다. 저것이 몸을 다시 펴기 전에 움직여야 했다.

나는 숨을 몰아쉬며 팔을 뒤쪽으로 돌려 문을 열었다. 있는 힘을 다해, 거의 뛰어오르듯이, 몸을 뒤로 빼내고 손잡이를 당겼다. 탁, 문이 닫히는 소리가 났다.

하나, 둘, 셋. 나는 문이 다시 열릴까봐 꽉 잡고 있던 손잡이를 놓았다. 남편의 몸을 뛰어넘어 달렸다. 방 안쪽에서 웃음소리 비슷한 것이 나는 듯했으나 뒤를 돌아볼 겨를도, 용기도 없었다. 가슴께에서 펜던트가 미친듯이 흔들렸다.

엘리베이터는 49층에 멈춰 있었다. 세 대 모두 49층이었다. 나는 버튼을 누르고 두드려대다가 욕설을 뱉고는 비상계단 쪽으로 달렸다. 여기가 몇 층인지, 내게 들이쉬고 내쉴 숨이 있는지조차 알지 못한 채 정신없이 뛰어내려갔다.

26층까지 내려갔을 때 나는 방향을 바꿔 괴성을 지르면서 복도로 뛰어들어갔다. 누구라도 사람을 만나고 싶었다. 복도에 띄엄띄엄 쓰러져 있는 사람들이 보였다. 몇 명인지도 알 수 없는 사람들이 움직임 없이 쓰러져 있었다. 다시 계단을 뛰어내려갔다. 25층, 24층, 모두 똑같았다. 층마다 사람들이 누워 있었다. 방마다 또다른 수아들이 들어 있을까, 모두 몇 명이?

그들은 무엇을 하려는 걸까, 이 사람들을 다 어떻게 한 걸까, 생각하며 뒷걸음질을 치다가 넘어질 뻔했다. 나는 사람들을 잊어버리고 호흡에 방해되지 않게 끅끅 최소한의 울음소리만을 흘리면서 로비층까지 뛰어내려갔다.

계단참으로 걸어오던 여자아이 하나가 나를 보고 비명을 질렀다. 여자아이의 손을 잡고 있던 엄마가 소리를 지르며 아이를 들쳐 안고 나를 피해 정신없이 도망쳤다.

나는 로비를 둘러보았다. 널찍한 로비 한가운데 방송용 조명이 설치되어 있고 작은 무대가 꾸며져 있었다. 잘 차려입은 남자 한 명과 여자 한 명이 비명소리를 듣고 나를 돌아보았다. 무대를 빽빽하게 둘러싸고 있던 수많은 카메라맨들의 눈이 일제히 내 쪽을 향했다.

사람들.

누군가 와줄 것이다. 덮을 것을 가지고. 숨이 찼다. 더이상 다리에 힘이 없었다.

나는 기다렸다.

잠깐 동안 정적이 흘렀다. 몇 초인지 몇 분인지, 그도 아니면 몇 시간인지, 영원인지 알 수 없는 시간이 흐르고 사람들 사이에서 작게 웅성거리는 소리가 나기 시작했다.

프런트로 가야 했다. 나는 그쪽을 보았다. 그러나 거기까지 뛰어가려면 저 수많은 사람들의 눈과 카메라 앞을 통과해야 했고, 나는 알몸으로 팔을 늘어뜨리고 인형처럼 그 자리에 가만히 서 있을 뿐이었다.

물속으로 머리를 깊이 집어넣었을 때처럼 소리들이 천천히 멀어졌고, 이어 줌렌즈로 당기는 것처럼 사람들의 표정이 하나하나 생생하게 내 눈을 파고들며 다가왔다.

웃고 있지는 않았다. 그러나 나를 걱정하거나 애써 못 본 체해주려는 표정도 아니었다. 그들은 제자리에 가만히 서 있었다. 기묘한 무음의 상태 속에서 까맣고 육중한 카메라 몸체가 하나둘씩 남자들의 얼굴을 덮어 가리기 시작했다. 그들은 마치 이런 상황 앞에서 자신의 얼굴을 보이는 일이 사람으로서 부끄러워 차마 견딜 수 없는 것처럼 보였다. 그러나 아무도 내게 와주지 않았고, 대신 수십 개의 렌즈들, 휴대폰에 달린 동그란 눈동자들이 동물들의 눈처럼 흔들리며 나를 향했다. 수천수만 개의 장소로 한꺼번에 나를, 내 육체를 쏘아 보낼 수도 있는 눈들이었다.

다리에 힘이 풀렸다. 바닥으로 쓰러지며 나는, 그제야 수아가 누군지 알 것 같다고 희미하게 생각했다.

역사

나는 엘레의 왼발이었다. 그래선지 늘 달리는 게 좋았다. 숲을 지나, 너른 벌판을 지나, 산중턱까지 한달음에 달릴 때면 나는 그대로 바람이었다. 공기에선 꽃향내가 났고, 작고 둥근 열매들이 가끔 발에 밟혔다.

엘레와 함께 달리기를 해본 적도 있다. 엘레는 아주 빨랐다. 하지만 내 몸의 근원이 엘레였는데도, 내가 조금 더 빨랐다. 그걸 둘이서 재미있어한 기억이 난다. 나는 엘레이면서 나였다. 우리의 몸을 나눈 건 그들의 칼날이었고, 우리에게 서로 다른 역사를 준 건 시간이었다. 시간은 우리를 해하는 대신 둘로 나뉜 몸이 서로 다른 영혼을 품고 자라게 해주었다. 엘레와 나는 산중턱에 나란히 서서 노래를 불렀다. 하아— 하아— 헤롬. 지나가던 새들이 그 소리를 듣고 내려왔다. 새들은 우리 머리카락을 좋아했다. 날개가 있었다면, 지금 나는 생각한다. 그러면 모든 것이 달라졌을까.

나는 지금 침묵의 강으로 운반되어가고 있다. 내 몸은 그들의 칼에 정수리부터 가랑이까지 반으로 갈렸고, 빳빳한 천으로 된 들것에 실렸다. 그들은 내 왼쪽과 오른쪽 몸을 따로 실었다. 오른쪽이 앞서 실려가고, 왼쪽이 뒤다.

이 일에 대해 그토록 여러 번 들었는데도 직접 겪는 건 또 다르다. 잘린 발에서 한 명의 온전한 사람으로 자라나던 동안과는 분명히 다르다. 그때 내겐 생각이 없었고, 모호하고 불명확한 이미지들만 있었다. 엘레의 삶에서 나온 것들이었다. 몸이 다 자라고 뇌가 생긴 다음에야 명확하게 생각할 수 있었다. 나는 엘레에게서, 엘레의 상처에서 왔고, 그러나 이제 엘레와는 또다른 몸이 되었다고. 지금은 내 왼손과 오른손, 왼발과 오른발이, 헤어진 두 몸뚱이가, 동시에 느끼고 생각한다. 믿을 수 없게도 이 상황과 어울리지 않는, 미친 자의 헛소리 같은 궁금증이 먼저다. 살아난다면 두 몸 중 어느 쪽이 나지? 왼쪽? 오른쪽?

보통은 머리가 있는 쪽이 원래의 그 사람이 된다. 옛날에 그들은 주로 우리 머리를 잘라 가져갔기에, 몸들은 모두 새 사람으로 재생했고, 새 이름을 스스로 지어 가졌다. 엘레는 피누아의 머리 없는 몸이었고, 크라누는 율레인의 하반신이었다. 은세는 테루아의 등에 있던 한 조각의 살점이었다. 그런데 지금 내 몸은 정확히 이분되어 있다. 이런 미친 생각을 하는 건 너무도 또렷한 통각을 입 닥치게 하기 위해서다. 내 몸은 외친다. 나는 쏟아지는 중이고, 흘러나오는 중이고, 그럼에도 아직 살아 있다고.

하지만 곧 끝날 것이다. 내 두 몸이 두 사람으로 자라나려면 사흘은 걸릴 텐데, 그들은 잠시 후면 침묵의 강에 닿을 것이다. 나는 꽤 오랫동안 흔들리며 실려왔다.

그들은 우리를 두려워했다. 두려웠기에 눈에 띄는 대로 베었을 것이다. 그러나 목을 베고 팔다리를 자르는 것만으로는 우리를 없앨 수 없다는 것, 전리품인 줄 알았던 머리에서 새로운 몸이 자라고, 함부로 산속에 버려둔 우리 몸이 며칠 후면 베어낸 횟수만큼 불어난다는 사실을 깨닫고는 더욱 두려웠을 것이다. 처음에 우리는 없앨 수 없는 존재였다. 하지만 우리 몸이 불에 타지 않는다는 사실에 당혹스러워하던 그들이 그 강을 찾아낸 뒤로, 그 강은 우리의 끝이 되었다. 샤샤로스가 천신만고 끝에 도망쳐와서 전해주었다. 샤샤로스는 그들의 언어를 누구보다 잘 알던 비드라의 오른손 여섯째 손가락이었다. 그들은 비드라를 아주 많은 조각으로 나눈 다음 그 강으로 던지러 갔다고 했다. 그 강의 싯누런 물은 너무도 독해서 닿는 순간 우리 몸을 흔적 없이 녹인다고, 그들이 그 사실을 알아냈다고. 그들은 풀숲 사이에 떨어진 손가락 하나를 끝내 찾지 못했고, 결국 이 이야기는 우리에게 전해졌다.

우리는 제법 오랫동안 열여섯 명이었다. 그전에는 수가 늘었다

줄었다 했다. 그들에게 베이면 늘어났고, 병에 걸려 누군가가 숨을 거두면 줄었다. 어떤 병은 우리보다 힘이 셌다. 썩어들어간 살이 몸에서 뚝뚝 떨어졌다. 어떻게 해도 새 구성원으로 재생시킬 수가 없었고, 어떤 약초즙도 듣지 않았다. 병이여, 그들에게도 닿기를. 우리는 조용히 빌었다. 그러나 소용없었다. 그 병은 피를 먹는 종족에겐 생기지 않았다. 우리 중 몇몇은 멀리 나갔다가 돌아오지 못했다. 아마 그들에게 붙들렸을 것이다.

우리는 그들의 발길이 닿지 않는 외진 동굴에 숨어살기 시작했다. 당번을 정했다. 땅이 식어 발자국이 생기지 않는 밤에 번갈아 한 명씩 동굴을 나섰고, 먹을거리를 채집해 돌아왔다.

동굴은 우리 열여섯이 생활하기에는 넓었다. 하지만 어두웠고, 가끔은 갑갑했다. 몸속에 새로 돋아난 장기처럼 낯설게 펄떡이는 감정이 찾아올 때가 있었다. 그것은 우리 목구멍에 걸려 쿵쿵 뛰다가 입으로 튀어나오려 했다. 왜 저 무한한 햇빛을, 끝없이 넓은 들판을, 새빨간 하늘을, 숲에 숨어 톡톡거리고 살그락거리는 이야기들을, 원래 우리 것이었던 이 모두를, 포기해야 해? 왜 그들이 아니라 우리가 물러나야 해?

우리는 우리 자신의 억울함과 싸우고, 설득하고, 가라앉히고, 참았다. 우리는 충분해. 이렇게 웅크리고 사는 게 숨막힐 때도 있지만 이게 우리의 본성이야. 누군가의 목소리가 동굴 벽을 울리면, 또다른 누군가가 중얼거렸다. 하지만 왜 우리만 죽어야 해? 열에 있던 또 한 사람이 속삭였다. 넌, 좋았니? 파드뮤가 죽는 걸 봤을 때. 그 피가 땅을 적시고, 그 몸이 영원히 잠잠해졌을 때. 난 무서웠어. 그러자 무서움이 동굴 안을 휩쓸며 우리 모두를 물들였다. 죽이는 건 그들의 일이야. 그들처럼 하면 그들과 똑같아져버릴 거야. 우린 지금 죽지 않잖아. 이대로도 괜찮아.

그 말이 옳은지도 몰랐다. 날로 달라지는 그들의 무기에 맞서 우리도 최소한의 방어를 해야 한다는 의견이 나왔고, 몇몇이 머리를 짜내 처음으로 무기를 만들어냈다. 칼은 너무 끔찍해 상상할 수도 없어서 우리는 활을 만들었다. 그들의 활을 본뜬 것이었으나 조악하고 연약했다. 사실 우리는 무기를 만든다는 생각만으로도 비위가 상했기에 나무를 더 단단하게 만드는 법도, 야습의 수염에 탄력을 부여하는 법도, 화살촉을 뾰족하게 가는 법도 알아내지 못했다. 하지만 그렇게 허술한 활에서 튀어나간 화살을 맞고 파드뮤는 단번에 죽었다. 그날 우리는 하루종일 몸을 떨었다. 아무 잘못도 없는 그 순한 초식 짐승의 목숨이 단지 우리의 변화를 위해 끊어져버린 것이 구역질나 발을 구르고 눈물을 흘렸다. 먹은 풀을 몇 번이나 게웠다. 살생은 우리 것이 아니었다. 방어하자는 말은 없던 것이 되었다.

그래, 우리는 열여섯으로 충분했다. 둘씩 짝을 지으면 여덟 쌍이 되어 보기 좋고, 넷씩 네 줄로 앉으면 균형 잡힌 네모를 이뤄 좋았다. 여덟 명씩 두 줄로 마주보고 서서 나쓰라미춤을 추는 일도 즐거웠다. 굳이 동굴을 뛰쳐나가 그들의 칼에 베이고, 그럼에도 용케 살아나서는, 열일곱이 되어 돌아오는 모험이나 만용은 필요하지 않았다. 내가 무언가를 증명하고 싶었던가? 동굴 안에서 자신을 구별시키고, 다른 사람들 위에 올라서고 싶었던가? 그도 아니면 미지의 땅에 우리 냄새를 묻히고 우쭐거리고 싶었나? 나는 흔들리는 왼눈으로, 피 맺힌 오른눈으로, 점점 희미해져가는 하늘을 노려보며 생각한다. 나는 그들인가, 우리 중 하나가 아니라?

그들이 나를 내려다보며 몇 마디를 내뱉고 킬킬 웃는다. 욕설, 저주 혹은 조롱을. 고통 속으로 문득 비참함과 함께 열등감이 파고든다. 나는 그들의 언어를 모른다. 그들과 맞서게 될 거라는 생각조차 못해봤다. 그들은 우리를 영원히 끝내는 법을 아는데, 우리는 그들의 몸에 손끝 하나 대본 적이 없다.

흔들리던 들것이 멈춰 선다. 턱, 내 두 몸이 차례로 땅에 놓인다. 나 자신의 피냄새 사이로 뭔가 다른 냄새가 섞여 콧속을 파고든다. 여기인가, 나는 직감한다. 여기인 모양이다. 물소리가 나고, 처음 듣는 울음소리가 들린다. 그 강에서만 산다는, 찢어진 눈을 한 궤악시가 저것인가.

그들 중 한 명이 일그러진 얼굴로 내 오른쪽 몸을 내려다보며 웃는다. 그의 머리 뒤에서 기다란 무언가가 빠져나온다. 피부의 다른 곳보다 조금 더 푸른, 촉수처럼 생긴 무엇이다. 보지 마. 제발 눈을 감아. 내 왼쪽 몸이 필사적으로 명령한다. 하지만 내 오른쪽 몸은 그 이상하고 볼썽사나운 촉수에 붙들린 듯 눈을 떼지 못한다. 그의 촉수가 기분 나쁜 소리를 내며 경련하고, 이내 내 얼굴에 축축한 무언가가 떨어져내린다. 이게 뭐지? 아프지는 않지만 차갑다. 그리고 미칠 듯 수치스럽다. 그가 나를 보며 키득거린다. 뭘까? 이게 뭐든, 내 두 몸은 녹아버리는 게 차라리 나을 것처럼 모멸감을 느낀다.

열등하다는 생각이 든다. 우리는 그들이 생각하듯 괴물이 맞는지도 모른다. 그래서 이런 치욕을 당하는 것인가. 열여섯 명 모두가 똑같은 얼굴과 몸을 한, 답답하고 숨막히는 우리는. 우리는 다양하지 않았다. 그저 한 사람처럼 모두 비슷하게 행동했다. 춤추고 달리고 동물들과 노는 것 말고는 시간을 보낼 방법을 몰랐다. 언어와 숫자를 알았고 추상적 사고를 할 수 있었지만 우리는 그것으로 아무것도 하지 않았다. 노래조차 딱 하나밖에 몰랐다. 우리는 칼날이 지나간 자리에서만 태어났고, 다르게 종족을 유지하는 법을 몰랐다. 살아 있는 것. 우리가 할 줄 아는 것은 그것뿐이었다. 그것으로 충분했을까?

베이고 잘리고 짓밟히던 기억이 우리의 근원이었으므로, 우리는 늘 겁내고 위축되고 옹송그렸다. 약했다. 어느 한계 이상으로 삶의 반경을 넓힐 수 없었다. 그래, 나는 그게 불만이었다. 그 불만이 나의 죄였다.

그들이 강변에 붙어선다. 두 개의 들것을 높이 들어올린다. 나의 절반은 우리였으나, 또다른 절반은 아니었다. 나는 반으로 갈리기 전부터 이미 분열된 괴물이었다. 그것 말고는 내가 규칙을 깨고 한낮에 미친 사람처럼 동굴을 빠져나와 들판을 마구 달린 이유를 찾지 못하겠다. 나는 어리석었고, 그래서 이렇게 칼날로 달려들어 끝이 난다. 내 안에 꼭 그들 같은 충동이 있었다. 불어나고 싶었다. 그렇게밖에는 설명할 수가 없다. 나는 우리를 열일곱 명으로 늘리고 싶었다. 그러나 반대로, 이제 그들이 내 발자국을 따라가 동굴을 찾아내고 우리를 멸종시킬지도 모른다. 아니, 이미 그랬을 것이다. 다른 사람들의 몸이 내 뒤를 따라 실려오고 있을 것이다. 나로 인해 우리는 멸종하는 중이다. 이 모든 생각이 내게 정신을 잃으라고 으르렁댄다. 끝내라. 편히 없어져. 나는 떠밀리듯 눈을 감는다.

그 순간, 내 몸의 벌어진 틈 속에서 어떤 목소리가 말한다.

잊지 마, 이 모든 걸.

이 아픔을, 이 냄새를, 콧속에 스미는 바람을. 네가, 우리가 찢기고 조각났다는 사실을.

너는 잊으면 안 돼, 몸에 닿는 빳빳한 천의 이 불친절함을. 이 치욕을, 끓어오르는 눈물을.

너의 들판과, 우리의 이름을, 네 안에 떠다니는 몸들이 거쳐온 시간을. 기억해, 그 모든 칼날의 차가움을, 그 상처 하나하나를.

엘레. 그리움이 북받쳐오른다. 내 왼발에서, 내 몸 구석구석에서 엘레가 속삭인다.

눈을 떠. 끝까지 봐!

내가 그대로 강에 처박히려는 순간, 그들이 내 두 몸을 도로 붙잡으며 뭐라고 소리를 친다.

나는 허공에 거꾸로 대롱대롱 매달린 채 긴 머리카락을 뿌리며 아픈 눈을 치뜬다. 거기, 사람들이 있다. 서른 명? 쉰? 아니, 백 명도 넘는다. 백 명도 넘게 강물 속에 서 있다.

살을 녹인다는 싯누런 강물에 가슴까지 몸을 담그고, 우리 모두와 똑같지만 더 선명한 분노로 이글거리는 녹색 얼굴을 한 사람들. 우리. 또다른 우리다. 하지만 내가 막연히 상상하던 모습과는 다르다. 무기가 없다. 어떤 대단한 전략을 지닌 것처럼 보이지도 않는다. 그 사람들은 자신들을 끝내야 했던 강물 속에 그저 가만히 서서, 끝나지 않고 살아 버티고 있을 뿐이다.

맨 앞줄에 서 있던 한 명이 천천히 한 손을 들어올리고, 신호하듯 쫙 펼친다. 기다란 손톱이 달린 일곱 손가락 사이로 작은 깃발을 닮은 무언가가 보인다. 물갈퀴다.

하아— 하아— 헤롬—

우레 같은 노랫소리가 하늘과 강물을 두들기며 섞어놓는다. 노래. 우리의 노래다. 나를 잡고 있던 팔에 두려움이 깃들고, 힘이 빠져나간다. 내 왼쪽 몸이, 뒤이어 오른쪽 몸이 추락한다. 물이 튀긴다.

강물이, 낯설고 신비한 아픔이 내 몸의 모든 열린 곳을 파고든다. 한없이 따스한 빛 한가운데 물거품에 휘감긴 내 두 몸이 나란히 물속을 돌고 있다. 나는 생각한다. 이것이 나의 끝일지도, 나는 또다른 우리가 될 수 없을지도 모른다. 하지만 나는 여전히 살아 있다. 다만 살아 있다는 것, 그건 그렇게 하찮은 일이 아니었다.

당신들은 우리를 끝낼 수 없다.

작가의 말

우리가 함께하다 이젠 함께가 아니게 되었다는 사실을 슬프고 아름다운 추억으로 남기고 싶지 않다. 같은 꿈을 꾸었던 것이 그렇게 행복했고 실은 같은 꿈이 아니었다는 것이 그토록 아프기만 하다면, 우리는 우리와 닮지 않은 사람들과 결코 살아갈 수 없을 테니까.

말을 할 때마다 상처가 생기지만 그래도 말을 건넨다. 화해나 행복이나 위로를 위해서는 아니다. 나는 우리가 왜 함께할 수 없었는지 정확히 알고 싶다. 우리가 서로의 어떤 부분에 무지했고 어떤 실수들을 했는지, 어떻게 해야 같은 오해와 실패를 반복하지 않을 수 있을지, 자세히 이야기 나누고 부끄럽게 적어두고 오래 기억하고 싶다. 함께하는 꿈을 꾸는 사람들은 우리가 마지막이 아닐 테니까.

나를 닮은 누군가가 너를 닮은 누군가를 언젠가 만나는 상상을 한다. 다르다는 것, 잘 알지 못한다는 것 때문에 그들이 서로를 미워하고 영원히 등돌리지 않기를 바라는 마음으로 나의 어떤 시간들을 묶었다. 이 부서진 말들, 아직은 답을 모르는 질문들이 대화의 시작이 될 수 있었으면 좋겠다.

2019년 여름

윤이형

| 수록 작품 발표 지면 |

작은마음동호회 …… 『문학3』 2017년 1호

승혜와 미오 …… 테마소설집 『파인 다이닝』(은행나무, 2018)

마흔셋 …… 『문학동네』 2018년 여름

피클 …… 『Axt』 2017년 9/10월

이웃의 선한 사람 …… 『21세기문학』 2015년 겨울

의심하는 용—하줄라프 1 …… 『문학과사회』 2016년 가을(발표 당시 제목은 '하줄라프')

용기사의 자격—하줄라프 2 …… 『젤리와 만년필』 2호(유음, 2017)

님프들 …… 『문학사상』 2016년 1월

이것이 우리의 사랑이란다 …… 『GQ』 2019년 6월

수아 …… 문장 웹진 2019년 5월

역사 …… 테마소설집 『열일곱』(알라딘, 2016)

문학동네 소설집
작은마음동호회

1판 1쇄 2019년 8월 12일
1판 7쇄 2024년 5월 17일

지은이 윤이형
책임편집 정은진 | 편집 황예인 김내리 이성근 이상술
디자인 이효진 유현아 | 저작권 박지영 형소진 최은진 서연주 오서영
마케팅 정민호 서지화 한민아 이민경 안남영 왕지경 정경주 김수인 김혜원 김하연 김예진
브랜딩 함유지 함근아 고보미 박민재 김희숙 박다솔 조다현 정승민 배진성
제작 강신은 김동욱 이순호 | 제작처 영신사

펴낸곳 (주)문학동네 | 펴낸이 김소영
출판등록 1993년 10월 22일 제2003-000045호
주소 10881 경기도 파주시 회동길 210
전자우편 editor@munhak.com | 대표전화 031) 955-8888 | 팩스 031) 955-8855
문의전화 031) 955-2696(마케팅) 031) 955-1922(편집)
문학동네카페 http://cafe.naver.com/mhdn
인스타그램 @munhakdongne | 트위터 @munhakdongne
북클럽문학동네 http://bookclubmunhak.com

ISBN 978-89-546-5721-1 03810

www.munhak.com